WOLFGANG HERLES

Eine blendende Gesellschaft

Buch

Deutschland im Übergang von der Bonner zur Berliner Republik. Die politischen Verhältnisse im Land sind stabil, und genau das ist das Problem: Die politische Führung ist erstarrt, sie verwaltet ein gelähmtes Land, und alle drängenden Zukunftsfragen bleiben grundsätzlich ungelöst.

Der schwäbische Bundestagsabgeordnete Anton Sommer, der einen mysteriösen Mordanschlag auf seinen Freund und Parlamentskollegen Frank Schmid-Selbelang untersucht, entdeckt dessen Doppelleben zwischen zwei Frauen und seine Verwicklung in eine Korruptionsaffäre um Stasi-Gelder. Die beiden Frauen interessieren Anton nicht weniger als der Tod seines Freundes. Sommer wird Mitglied im einflußreichen »Verein der Freunde des Golfsports« und daraufhin als Hinterbänkler sogar vom Kanzler wahrgenommen.

Im Lauf seiner Nachforschungen wird ihm klar, daß es sich bei den Golffreunden weniger um eine Loge politisch gleichgesinnter Patrioten als um eine mafiose Vereinigung handelt, die in Ostdeutschland mit Golfplätzen und Regierungsbauten den großen Reibach machen will. Auf den Bermudas kommt es zum Showdown mit verblüffender Auflösung.

Autor

Wolfgang Herles, geboren 1950, aufgewachsen in Lindau am Bodensee, studierte Germanistik, Geschichte und Psychologie. Promotion 1980. Er beobachtete als Bonner Chefkorrespondent des ZDF Politiker aus nächster Nähe, war Gastgeber der Talk-Show »Live« aus der Alten Oper in Frankfurt und ist Moderator der Büchersendung »Schrifttypen« bei 3SAT. Veröffentlichungen: »Nationalrausch« (1990), »Geteilte Freude« (1992) und »Das Saumagen-Syndrom« (1994). Herles lebt in München.

WOLFGANG
HERLES

Eine blendende Gesellschaft

Roman

GOLDMANN

Umwelthinweis:
Alle bedruckten Materialien dieses Taschenbuches
sind chlorfrei und umweltschonend.
Das Papier enthält Recycling-Anteile.

Der Goldmann Verlag
ist ein Unternehmen der Verlagsgruppe Bertelsmann

Genehmigte, ungekürzte Taschenbuchausgabe 6/98

Umschlagentwurf: Design Team München
Umschlagfoto: Michael Kremer, München
Druck: Elsnerdruck, Berlin
Verlagsnummer: 44112
NB · Herstellung: Heidrun Nawrot
Made in Germany
ISBN 3-442-44112-9

3 5 7 9 10 8 6 4 2

Dem unbekannten Helden
der Hinterbank

INHALT

VORBEMERKUNG

Es scheint, als hätten einige der in diesem Roman geschilderten Personen und Ereignisse eine gewisse Ähnlichkeit mit der Wirklichkeit. Dennoch sind die Handlung und ihre Personen frei erfunden.

WAS FÜR EIN SIEG!

Anton Sommer ging zu schnell in die Spur. Aus dem Kaltstart trieb er den Puls in die Höhe. Er sog eisige Luft durch den aufgerissenen Mund in die Lunge. Am Leib klebte der genschergelbe Rollkragenpulli, schon nach drei Kilometern, noch vor dem kräftezehrenden Anstieg zum Paß. Jeweils zwei Atemzüge durch die Nase, die zu eng wurde für die notwendige Sauerstoffmenge, den dritten und vierten Zug durch den Mund. Es tat weh. Doch der Schmerz stemmte sich ihm nicht entgegen, er hetzte ihn. Anton war ihm immer einen Schritt voraus. Wenigstens im Schnee war er gut unterwegs. Napoleon war mit dreißig Jahren erster Konsul, mit fünfunddreißig Kaiser, mit sechsundvierzig auf St. Helena. Und was war er? Sechsundvierzig und noch immer ein Talent. Wenn es so weiterging, schickten sie ihn eher nach St. Helena als ins Kabinett.

Touristen stapften vor ihm. Sie dachten nicht daran, die Spur freizumachen. Anton schnellte in die linke Überholspur: ein Doppelstockeinsatz, der Bewunderung an seine federnden Fersen heften mußte. Dann der knappe, explosive Antritt an einem kurzen Steilstück. Er zerriß schier seine Brust, und gleich darauf mußte er das Tempo drosseln, um sich ein wenig zu erholen. Jedesmal, wenn ihn einer abhängte, empfand er es als Demütigung. Aber es geschah nicht oft. Wenn überhaupt, dann überrannten ihn jüngere, wie diese Frau.

Von der rechts einmündenden Loipe schwuppte sie vor ihm in die Spur. Es wäre besser gewesen, sie ziehen zu lassen, als sich im Zweikampf zu übernehmen und womöglich zu blamieren.

Ein rotblonder Zopf wippte im Takt des Schritts. Unwillkürlich übernahm Anton den Rhythmus, wie hypnotisiert von dem pausbäckigen Hinterteil. Keine zehn Meter nahm die Frau ihm ab. Anton spürte Reserven in sich. Da war Kraft. Vermutlich war sie zwanzig Jahre jünger als er. Er spürte, wie er sie, in ihrer Spur, in ihrem Sog, allmählich in Besitz nahm.

Es konnte der Frau nicht entgangen sein, wie er sich an ihr festbiß. Sie blickte sich nicht um, doch plötzlich zog sie an. Anton ließ nicht locker. Eine Heidenlust machte das, auch wenn es im ganzen Körper stach. Diese Geschmeidigkeit! Diese Zähigkeit in ihm! Ellen hatte keine Ahnung davon, welche Reserven in ihm steckten, kam es nur darauf an. Nichts als milden Spott hatte sie übrig für seinen sportlichen Ehrgeiz. Sie ließ das Altern mit sich geschehen. Anton ergab sich nicht.

Es ging jetzt erbarmungslos hinauf. Der zappelnde Zopf zog ihn. Er brauchte ihren Blick, ihre Bewunderung! Überholen mußte er sie! Winkte am Ende ein doppelter Sieg? Er hatte sich vorgenommen, seine persönliche Bestzeit auf dieser Strecke anzugreifen. Nach den ersten Kilometern hatte er das Unterfangen schon beinahe aufgegeben, jetzt aber schien das Ziel wieder erreichbar. Andere Leute liefen ein paar verschneiter Fichten und des bizarr vereisten Bergbachs wegen. Anton brauchte immer eine Grenze, gegen die er sich verausgabte. Vierundfünfzig Minuten und dreißig Sekunden: Das war die Marke, die ihn heute antrieb, und zusätzlich winkte die Prämie, ihr Gesicht, gerötet von Kälte und Anstrengung. Er jagte die Frau. Und sie jagte seinen Kreislauf in den roten Bereich.

Der Holzsteg über den Wildbach. Der Wendepunkt. Weiter hinauf ging es zur Franz-Josef-Gedächtnis-Hütte. Die Läufer glitten jetzt abwärts. Das Gewicht, das Anton eben noch mit sich hinaufgeschleppt hatte, konnte er nun zu seinen Gunsten in die Schlacht werfen. Doppelstock und Doppelstock und Schlittschuhschritt und gnadenlos vorbei an ihr! Ein rundes, heiteres Gesicht erhaschte er. Lächelte es ihm zu? Verspottete es ihn?

Nur nicht aufgeben jetzt! Ein innerer Jubel riß ihn vorwärts, ein Gefühl, als sprenge es ihm die Schädeldecke auf. Auch Oberschenkel, Rücken, Lunge waren jetzt ein einziger metallischer Schmerz. So feierte sein Wille einen Triumph.

Schon kam der Parkplatz in Sicht. Noch ein paar das Letzte herauspumpende Schübe und der Griff zur Stopptaste der Uhr. Fünfundfünfzig Minuten und vier Sekunden. Anton hing zwischen den Stöcken und japste. Die Knie vibrierten. Verfehlt die Zeit – und dennoch: was für ein Sieg! Dampf drang aus ihm. In ihn hinein fuhren eiskalte Böen. Ein Wirbelsturm, ein Kreischen. Finger, die ihm kaum mehr gehorchten, klaubten Traubenzuckerdragees aus der Jackentasche, Grünerapfelgeschmack. Wilder, dumpfer Nebel zog auf vor den Augen. Es dämmerte sekundenschnell.

VORLÄUFIGE BILANZ NACH SCHÖNSTER HOFFNUNG

Grüne Augen, Apfelbäckchen, über ihn gebeugt. Erst hatte ihn die Loipenfee verhext, dann zauberte sie ihn zurück ins Leben, blieb wangentätschelnd bei ihm, bis die Heckklappe des Arbeiter-Samariter-Bund-Rettungswagens ins Schloß fiel. In ein helles Einzelzimmer verfrachteten sie ihn, mit Blick auf die Nagelfluhkette. Sie checkten ihn durch, taten alles für ihn, was gut und teuer war. Zuversicht und Geduld verordnete der Chefarzt.

Er stand unter Beobachtung. »Immer und überall stehe ich unter Beobachtung«, dachte Anton.

Er hing am Tropf. Zu seiner Beruhigung stand das Telefon in Reichweite. In Bonn meldete er sich zuerst.

»Freut euch nicht zu früh! In drei Tagen steht der Sommer wieder.«

Antje zweifelte nicht daran. Daran nicht. Anton beruhigte sie. Die Schwestern seien mild und in einem Alter, das Keuschheit erträglich macht.

Den nächstliegenden Anruf schob Anton hinaus. Ohnehin befürchtete er, schon die Krankenhausverwaltung könnte Ellen benachrichtigt haben. Noch ehe ihm eingefallen war, mit welchen Worten er ihr seinen Zustand verharmlosen sollte, stand sie vor seinem Bett, blaß, besorgt, bitter. Carmen und Caroline hätte er lieber gesehen, sich freilich auch geniert, seinen Töchtern derart hilflos dargeboten zu sein. Sein Zusammenbruch, das war ihm klar, mußte Ellen stärken. Antons kümmerliche Verfassung galt ihr als Bestätigung ihrer Prophezeiungen und Verwünschungen.

»So ist das kein Leben, Anton! Du machst dich kaputt.«

»Es ist nichts, Ellen. Eine kleine Schwäche.«

»Das nächste Mal wird es keine kleine Schwäche sein, sondern ein kleiner Infarkt, den du nicht überlebst, mein Schatz.«

Sie übertrieb. Übertreibend drohte sie. Anton kannte das. Trotzdem krampfte sich sein Magen zusammen. Wenn es etwas gab, das ihn krank machte, dann war es die Fürsorge dieser Gattin. Es gelang ihm, seine Auflehnung zu zügeln, sich wenigstens zu beherrschen. Es war ein kleiner Sieg gegen sie. Laß sie reden, sagte er sich. Der Zwischenfall hatte nun wirklich nichts mit Überarbeitung zu tun. Er konnte ihr schlecht die pausbäckige Wahrheit sagen. Statt dessen bestand er darauf, keinen Job zu haben, den man an- und abdrehen könne wie diesen Tropf. Er besitze Pflichten, derentwegen er gewählt worden sei.

»Was hat Deutschland davon, wenn du dich umbringst?« antwortete Ellen. »Kümmere dich besser um deine Töchter. Kennst du Carmens neuen Lover?«

Carmen war fünfzehn.

»Chris?«

»Du lebst auf dem Mond. Chris ist mega-out.«

Ihre linke Hand gab eine Geste triumphaler Resignation.

Anton behauptete, er telefoniere aus Bonn praktisch täglich mit den Gören.

Daraufhin schlug Ellen vor, die Telefonate aufzuzeichnen, damit ihm etwas bleibe von seinen Töchtern. »Falls du nicht stirbst, bevor sie aus dem Haus sind.«

Sprach man so mit einem Kranken?

Ellen begann, Antons Kürzertretenmüssen in ein Aktionsprogramm zu fassen. Genauso stellte er sie sich als Klassenlehrerin vor: ein Kinderschreck an Vernunft. Dagegen half nur Schwäche. Anton schloß die Augen. Ellen verstand. Er liebte ihre Abschiedsküsse.

Die Nagelfluhkette zog sich ins Grau der Nacht zurück.

Schlafen konnte Anton nicht. Eine gelbe Ledergarnitur auf Kanal vier. Ein fetter Moraltheologe mit milder Stimme, bedrängt von einer lesbelnden Schwäbin. Zapp. Vollmilchblondine, Magerquarklächeln des Moderators. Pinkfarbene Couch. Zapp. Heiland, gab es denn kein Entrinnen aus dieser Talk-Show-Blödnis?

»....zweifellos Zukunft...«

Zapp. Söhnlein! Reflexartig zappte Anton zurück.

Es waren Söhnlein und Göttlich. Es war das Traumpaar. Ein virtuoses Tänzchen ohne Berührung führten sie auf. Göttlichs Fragen fragten nicht, Söhnleins Antworten antworteten nicht. Göttlich, der Talkmaster, baute Söhnlein Brücken wie ein Lehrer seinem Klassenprimus. Los Söhnlein, kommen wir auf den Punkt! Sie wissen doch, was ich hören will! Behutsam plazierte Göttlich Einwände, die nicht kritisieren wollten, sondern Söhnlein Gelegenheit geben sollten, sich emporzuschwingen auf jene Entschiedenheitshöhe, die aus einem Interview erst ein Fernsehereignis macht, das Niederschlag findet in Gazetten und an Kantinentischen.

»Aber«, tönte Göttlich, »lamentieren und appellieren – darf das alles sein? Wo bleiben Führung, Vorbild, Kompetenz?«

Die Zuschauer hielten Göttlich für furchtlos und kompetent. Mit traumwandlerischer Sicherheit verstand er es, auf den Rändern der Fettnäpfchen zu balancieren, ohne jemals in eines hineinzutreten. So reüssiert man im deutschen Fernsehen.

Regelmäßig sahen drei Millionen Leute Göttlichs Vorstellung. Das war phänomenal für eine Talk-Show, die sich nicht mit Schicksalsschlägen und Körperöffnungen beschäftigte. Kein Politiker konnte es sich leisten, Göttlichs Einladung abzulehnen. Er galt als Stimme der Sprachlosen. Überhaupt: Göttlich, die Stimme. Ein Gültigkeitston trug seine Fragen. Er konnte weich und rund tönen, ins Leichtmetallische fallen oder erhaben klingen. Auf die Töne kam es bei ihm an, nicht auf Worte. Seine Wirkung war nichts als Schwingung.

Seine Gäste lobten, daß er sich nicht auf ihre Kosten profilierte. Feuilletonisten höhnten, seine Sendung sei der Luftkurort des politischen Journalismus. Er selbst lehnte die Bezeichnung Journalist ab, empfahl sich als simpler »Interviewer«. Politiker zogen, wenn Botschaften an das Staatsvolk zu adressieren waren, die Show des kugelköpfigen Rotweintrinkers jeder Debatte im Parlament vor. Es war bequemer und risikoloser, sich in Göttlichs Couchgarnitur fallen zu lassen. Ohnehin schätzte das Publikum Streit unter Politikern gering. Politischer Streit galt als schlechtes Benehmen und nicht etwa als demokratische Verrichtung. Wenn es ging, mieden deshalb die Parteien Streit. Worüber hätten sie sich auch streiten sollen? Auf die großen Fragen, derentwegen sich Streit gelohnt hätte, wußte ohnehin niemand eine befriedigende Antwort. Und die Antworten, mit denen sie sich seit Jahren zufriedengaben, kannte jeder bis zum Überdruß. Glaubte ein Politiker, einen besseren Einfall zu haben, behielt er ihn besser für sich, denn er hätte nur in den eigenen Reihen Streit entfacht. Streit innerhalb der Parteien mochte das Publikum am allerwenigsten. Es legte ihn als Führungsschwäche der jeweiligen Vorsitzenden aus. So kam es, daß die Vorsitzenden sorgsam darauf achteten, daß niemand mit eigenen Meinungen ihre Autorität untergrub. Göttlichs Show kam ihnen entgegen, sie waren stets willkommene Stammgäste.

Ein vieldiskutiertes Rätsel war es, welcher Partei Göttlich nahestand. Seine Kunst bestand darin, jeder der beiden Volksparteien glauben zu machen, er tendiere heimlich zu ihr. Lange war Friedhelm Göttlichs Karriere gemächlich im öffentlich-rechtlichen Flußbett verlaufen. Er hatte sein Studium abgebrochen und es als Plattenplauderer im Hörfunk zu einiger Beliebtheit gebracht. Als dann Gruber sein Multimediareich gründete, hatte er Göttlich abgeworben.

Er habe, verlautete Göttlich unlängst in einem Interview, ungewöhnlichen Respekt vor Politikern. Sie stellten sich zur Wahl, ihm bleibe das erspart. Göttlich aber hätte es getrost darauf ankommen lassen können. Einer Allensbach-Umfrage zufolge war er der zweitbeliebteste Deutsche.

Umfragen faszinierten Anton. Wichtige Werte hafteten in seinem Gedächtnis. Sie brachten Licht in die rätselhafte Masse, von der seine berufliche Existenz abhing. Diese Masse war beherrschbar, wußte man nur genug über ihre Wünsche, Stimmungen und Einstellungen. Zugleich herrschte sie, denn niemand konnte ihrer gewaltigen Trägheit widerstehen. Sah man genauer hin, löste sich die Masse auf in unzählbare Interessen, Meinungen, Zugehörigkeiten. Und doch genügten tausend zufällig ausgesuchte Individuen, um das Verhalten der ganzen Masse vorherzusagen. Söhnlein war ein Politiker, der virtuos mit Umfragen spielte. Das verband ihn mit Göttlich. Einwände gegen ihr Programm wischten beide mit den Einschaltzahlen beziehungsweise Wählerstimmen weg. Gerade weil Söhnlein dem Publikum nach dem Mund redete, galt er als grundsatztreuer und glaubensfester Fels inmitten der allgemeinen Orientierungskrise. Anton kannte ihn als willensstarken Strategen mit kühl kalkulierendem Hochleistungsgehirn.

»Sie zählen zu unseren schönsten Hoffnungen«, hatte Söhnlein ihn begrüßt. Als Vorschuß hatte der frisch gewählte Abgeordnete einen Platz in der sechsten Reihe des Plenarsaals eingenommen und wunschgemäß einen Sitz im Ausschuß seiner Wahl, dem Bauausschuß. In den Fraktionssitzungen hatte er aufmerksam geschwiegen, die besten Formulierungen Söhnleins notiert und sie im Wahlkreis zu seinen eigenen gemacht.

Einige Tage vor der Abstimmung über den Umzug von Parlament und Regierung nach Berlin hatte Söhnlein Anton zur Seite genommen. Er habe sauber gearbeitet und solle deshalb nach der Sommerpause in die Baukommission aufsteigen. Voraussetzung sei, unnötig zu betonen, Antons positive Einstellung zur neuen Hauptstadt. Daraufhin hatte Anton in namentlicher Abstimmung seine patriotische Pflicht erfüllt und den Posten bekommen.

Das war einige Jahre her. Passierte es heute noch einmal, würde er lieber die Beförderung ablehnen und mit Nein stimmen. Denn in Anton hatte sich etwas verändert. Zwei Jahrzehnte lang hatte ihm die Luft in der Partei zum Atmen genügt. Jetzt schien sie ihn zu ersticken.

Auf dem Parteitag vierzehn Tage zuvor hatte er sich noch zu beruhigen versucht. Er war ein wenig überlastet gewesen, dazu war das schwere Trinken mit Frank gekommen, am Abend vor der Eröffnung. Kein Parteitag hatte ihn so zermürbt wie dieser in Erfurt. Jetzt, im Krankenhausbett, wurde ihm klar: Nicht der dicke Kopf, nicht fehlender Schlaf, nicht die schlechte Hallenluft hatten ihn fertiggemacht, sondern der Smog der Wörter. Nach den Standing ovations für den Kanzler hatte er das Bedürfnis verspürt, sich die Applaushände zu waschen, und während der Rede war er in eine immer horizontalere Haltung gerutscht, als ob er unter der Tischplatte hätte verschwinden wollen. Der Wortlaut der Rede war es gar nicht, der ihm als so unerträglich vorkam; es war die Ergriffenheit, mit der die Versammelten die Rede aufnahmen. Zum erstenmal hatte er dieses Erweckungs- und Huldigungsspektakel nicht mehr auszuhalten geglaubt und den Wunsch verspürt, nicht länger dazuzugehören und den Feldgottesdienst vor dem Segen zu verlassen. Dieses Gefühl war seitdem nicht mehr verschwunden, und ihm war klargeworden, daß er die Fäden seines Lebens neu in die Hand nehmen und sortieren mußte.

Vielleicht war der tiefere Sinn seines Zusammenbruchs in der Loipe, ihm dafür die Zeit und die Ruhe zu geben. Anton hielt sich für unsentimental. Seine Bilanz fiel nicht katastrophal aus, gemessen an schönsten Hoffnungen und Erwartungen auch nicht gerade glänzend. Die Hoffnung, ein klein wenig unsterblicher zu werden als gewöhnliche Menschen, hatte er abgeschrieben. Es reichte nicht einmal für einen zweitklassigen Posten im Kabinett. Im Gefolge der Drahtzieher hielt er sich auf, diente ihnen unauffällig und strapazierfähig.

In seinem erlernten Beruf hatte er noch weniger erreicht. Die von ihm entworfene Reihenhauszeile, abgebildet in der Kundenzeitschrift der Bausparkasse Schwäbisch Hall, war der Ruhmesgipfel des Architekten Anton Sommer gewesen. Er hätte sich einreden können, der Partei zuviel Zeit geopfert zu haben, aber er wollte sich nicht länger selbst täuschen. Tatsache war, daß er einfach nicht das Zeug zum großen Architekten hatte. Die Politik war ihm kein Opfer gewesen, sondern Leidenschaft oder vielleicht auch nur leidenschaftliches Kalkül. Er wollte sich nichts mehr vormachen. Nicht einmal zum stellvertretenden Bauamtsleiter in Ravensburg hätte es gereicht ohne die Hilfe der Partei. Nun saß er seit zehn Jahren im Parlament, zu unauffällig, um aus der Menge herauszuragen, zu eigensinnig, um im Windschatten anderer weiter nach vorn zu kommen.

Architekt war er geworden, weil er gehofft hatte, aus Glas und Beton etwas zu schaffen, was seine Lebensspanne überdauerte. Später hatte er sich eingebildet, als Politiker könne er einige Dinge verändern, an denen ihm lag. Inzwischen war ihm klargeworden, daß allenfalls andere ihn dazu brauchten, Dinge zu verhindern, die dringend nötig gewesen wären. Auch sonst war der Lohn der Mühen gering. Das Ansehen der Abgeordneten glich dem von Anlageberatern und Bestattungsunternehmern, von deren Einkommen Anton allerdings nur träumen konnte.

Kein Grund zum Jammern. Natürlich hatte Anton Sommer Glück gehabt im Leben. Die Kinder waren gesund, die Ehe kaputt, aber kein Horror. Das Schicksal, Anton selbst sprach lieber von Zufall, hätte ihm wie seinem Vater zwei Weltkriege verpassen können. Der war Kassierer bei der Kreissparkasse gewesen und nicht unzufriedener als sein Sohn, der Volksvertreter.

Noch konnte die lichtgraue Schraffur an den Schläfen dem Dunkelblond nicht viel anhaben. Anton hatte sein Gewicht gehalten, sah jünger aus, als er war. Kraft und Erfahrung hielten sich jetzt, vielleicht nur wenige Jahre lang, die Waage. Jetzt, nicht irgendwann, hätte er ein aufreibendes Staatsamt meistern können. Daraus wurde nichts, womit er sich allmählich abfinden mußte. Anton fand, er sei inzwischen zu alt, um noch irgendwem in den Arsch zu kriechen.

Söhnlein erklärte noch immer die alles in allem durchaus nicht unvorteilhafte Lage der Nation. Göttlichs Lippen spielten ironisch mit einem Lächeln, und Anton schnarchte, als die Nachtschwester nach ihm schaute.

DER DUFT DER KOHLROULADE

*H*ubertus Pflüglin stellte den Schirm neben die Tür, wickelte die mitgebrachte Flasche aus dem Seidenpapier und stellte sie auf Antons Rolltisch. Den Nöten seines Schützlings hatte er sich stets geöffnet wie das schnurrende Tor seines Anwesens am See. Das hier war zwar nicht Pflüglins Zirbelstube, aber wo immer er auftrat, selbst am Krankenbett, war es, als gehörte alles ihm und alle anderen seien seine Gäste. Breit lehnte Pflüglin am Fensterbrett und schaute auf die schneebedeckten Gipfel der Nagelfluhkette.

»Du hast es gut«, sagte er.

»Nicht so schlecht.«

Pflüglin wandte sich ab von den Gipfeln und musterte den Patienten mit lebhaften Augen unter buschigen weißen Brauen, die sich an der Nasenwurzel fast berührten. Zum grünen Tweedanzug paßte der elegante Schnauzer und das volle, glatt nach hinten gekämmte Silberhaar.

»Hier kommst du schnell auf die Beine«, sagte er.

Pflüglin stellte das fest. Anton hatte keine andere Wahl, als schnell auf die Beine zu kommen. Pflüglin konnte Lahmen Beine machen, und Blinde glauben, sie sähen, wenn es ihnen der Mann versicherte, der es nie nötig gehabt hatte, hohe Parteiämter anzustreben.

»Zu Hause alles bestens?«

»Ellen hat alles gnadenlos im Griff, und die Gören haben genug Grips im Kopf, sich nicht schwängern zu lassen.«

Caroline, die Zwölfjährige, war Pflüglins Patenkind.

»Schwierigkeiten?«

Keine Frage, eine Behauptung. Anton sollte sich besser konzentrieren, wenn Pflüglin ihn examinierte. Er ließ nicht nach.

»Streß mit Ellen?«

Pflüglin hatte das Recht, so zu fragen, wußte Anton, und das gefiel ihm nicht. Der Abgeordnete versuchte abzulenken, indem er ins allgemeine auswich.

Politiker seien nun einmal als Familienväter unbrauchbar. Draußen verschwendeten sie ihr Talent als Animateure undankbaren Publikums. Wenn man sie zu Hause brauchte, seien sie selten da. Sie suchten nur ihre Ruhe und störten damit noch mehr als durch ihre Abwesenheit. »Ohne dich packen sie es besser. Du willst es nur nicht wahrhaben«, sagte Anton.

Pflüglin mußte widersprechen. Der Pflüglinclan war berühmt für seinen Familiensinn. Ohne die vier und ohne Irmhild hätte er es nicht geschafft, behauptete er. Er wisse immer, wofür er sich plage.

Der älteste seiner Prachtsöhne leitete den Vertrieb des Fruchtsaftimperiums, der zweite studierte in Amerika, die Tochter war bildhübsch und der Jüngste württembergischer Jugendmeister im Riesentorlauf.

»Die Familie ist die Keimzelle des Staates«, sagte Pflüglin. Lidschlaglang herrschte Andacht. Dann prusteten beide los, laut und rauh, wie nach einem Männerwitz. Ganz kurz war der Radau, hinten wie abgeschnitten. Pflüglin nahm den Besucherstuhl, zog ihn nahe ans Bett heran, setzte sich verkehrt herum, die lodengrünen Ärmel auf der Lehne. Seine Augen folgten dem Schlauch, der von der kopfüber hängenden Flasche zu Antons Vene führte, und wanderten weiter zum Dom Perignon auf dem Tisch. Er griff sich sein Mitbringsel und löste den Verschluß. Der Korken ploppte wie geschmiert aus der Flasche.

Das, sagte er, sei das zweitschönste Geräusch dieser Welt.

Der Stoff war zu warm und schäumte stark, aber Pflüglin hatte ihn unter Kontrolle. Er goß zwei Wassergläser fast voll und drückte eines davon Anton in die an den Schlauch bandagierte Hand. Großzügig trank Pflüglin. Anton verzog etwas das Gesicht, weil die Säure in der Speiseröhre brannte.

»Dein Problem ist Ungeduld«, sagte Pflüglin. »Mit Mitte Vierzig muß man nicht Minister sein.«

»Fast Ende Vierzig.«

Das sollte trotzig klingen, kam aber etwas jammernd. Anton war es sofort peinlich, denn er verriet eine Schwäche. Er wollte weder zu den beleidigten Leberwürsten zählen noch zu den Leuten, die ihre Gefühle auf der Zunge trugen. Aber er fühlte sich elend, und Pflüglin war einer von zwei Menschen, denen er sich anvertraute. Er hatte ihn aufgebaut. Er hatte in ihm die Überzeugung reifen lassen, daß er das Zeug zum Minister habe.

»Um etwas zu werden, bin ich nicht angepaßt genug«, sagte Anton.

»Du mußt unterscheiden«, widersprach Pflüglin, »zwischen Kriechen und Sichbeherrschen. Zum Kriechen bist du nicht gezwungen.«

»Wie soll man sich beherrschen, wenn alles erstickt? Wir versäumen den Aufbruch. Die Partei lahmt.«

»Das nennt man stabile Verhältnisse«, sagte Pflüglin. Es klang sarkastisch.

Wenigstens einer, der so denkt wie ich, dachte Anton.

»Leute mit eigenem Kopf sind nicht bloß unbequem, sie sind gefährlich«, fuhr Pflüglin fort, »weil ihre Ideen auf Widerstand stoßen. Kommen sie aus dem eigenen Lager, destabilisieren sie die Stellung des Machthabers. Die Weiter-so-Fraktion riskiert deshalb nichts. Sie wartet auf Weisung. Doch der Machthaber redet aus Prinzip zweideutig. Jederzeit muß er sich lossagen können von eigenen Entscheidungen, wenn sie zu große Widerstände erzeugen.« So habe er sich das aber nicht gedacht, sagt er dann, diese Idioten hätten ihn nur wieder falsch verstanden.

Selbst für Pflüglin war das ausgesprochen deutlich formuliert.

»Wir bewundern, daß es einem Mann gelingt, so lange an der Macht zu bleiben, aber fragen nicht nach dem Wie und Wozu. Wir ahmen ihn nach. So pflanzt sich der Mehltau fort, der über dem Land liegt. Begabung, Erfahrung, Können zählen nichts, Loyalität alles. Das Wichtigste für den Machthaber ist es, zu erfahren, was über ihn gesagt und gedacht wird, damit er den Kritikern rechtzeitig den Mund stopfen kann. Er beurteilt Menschen allein danach, ob sie ihm nützen oder schaden können.«

»Wie kommt der Machthaber selbst an die Macht in diesem System?«

Pflüglin lächelte.

»Natürlich als Reformer. Er hat ein untrügliches Gespür für den richtigen Zeitpunkt. Er drängt sich nicht vor, wartet, bis die Mächtigen vor ihm fast wie von selbst stürzen.«

»Und darauf warten wir jetzt?«

»Zum Glück haben wir ja noch die Opposition«, sagte Pflüglin.

Wieder prusteten sie los.

Als sich ihre Heiterkeit gelegt hatte, sagte Pflüglin zu Anton: »Tu was!«

»Was denn tun?«

»Golf spielen.«

Anton stöhnte ins Kissen. Er hielt Golfclubs für Zusammenrottungen neureicher Spießer.«

»Das schönste Geräusch der Welt«, sagte Pflüglin, »ist das trockene Klack, das ertönt, wenn du den Golfball auf die Reise schickst.«

Anton sagte, daß er wenig Sinn darin sehe, auf einen kleinen, unschuldigen Ball einzudreschen.

»Wer drischt, trifft nicht«, dozierte Pflüglin, »ganz wie in der Politik.«

Er stand auf, nahm den Champagnerkorken vom Tisch und plazierte ihn behutsam am Fußende des Betts auf den Kunststoffboden. Er nahm den Schirm, der neben der Tür lehnte und bezog mit federnden Knien und in leichter Grätsche Position. Den Schirm hielt er verkehrt herum.

»Richtige Schläger sind länger. Deshalb gehe ich etwas tiefer in die Knie. Der Schlägerkopf beschreibt auf dem Weg zum Ball eine Kreisbahn. Er macht das ganz allein, du brauchst keine Kraft, nur einen festen Willen. Dein Wille ist der Weg, und der Weg ist das Ziel. Führung durch Präzision. Wenn man es weiterdenkt, ist das geradezu ein philosophisches Prinzip: Freiheit durch Bindung.«

Pflüglin holte aus und jagte den Korken Richtung Tür, die sich in diesem Augenblick öffnete. Das Geschoß platzte ins Gesicht der Schwester, die einen Schrei ausstieß, während der Teller mit der Kohlroulade, die Tasse Maggi-Suppe und das Schüsselchen Grießflammeri samt Himbeersirup auf der grasgrünen PVC-Bahn zerschellten. Leichenblässe stand Schwester Erika im Gesicht, Schreck schüttelte sie, und Blut tropfte aus ihrer Nase.

Pflüglins königsblaues seidenes Einstecktuch nahm sich des Rinnsals an. Und kein Blitz fuhr auf ihn herab, denn Pflüglin war ein Gönner. Das Haus verdankte ihm den Computertomographen, für den es eigentlich zu klein war. Auch der Neubau des Schwesternwohnheims ging unbestreitbar auf Pflüglins Fürsprache zurück. Jetzt war, der Diskretion wegen und zur Wiedergutmachung, wieder ein Scheck fällig geworden. Pflüglin würde den nächsten Betriebsausflug sponsern. Blutzoll. Still und tapfer ihre Tränen unterdrückend trollte die Schwester sich.

Anton schien inzwischen auf bestem Weg aus dem moralischen Tief.

»Ein unterhaltsamer Sport«, gab er zu.

»Halt die Gosch!«

»Technisch anspruchsvoll. Und er rettet mich vor Kohlrouladen. Hubertus, das ist wahre Freundschaft!«

Eine andere Schwester kam mit Eimer, Schaufel, Putzlumpen und machte sich über das Scherbengericht her, demütig und zur Strafe stumm.

Pflüglin goß Anton nach. Sie tranken und schwiegen, bis die Schwester mit ihrer Arbeit fertig war und das Zimmer verlassen hatte.

Pflüglin sagte, er gebe Anton einen guten Rat. Anton wisse, was ein guter Rat von ihm wert sei.

»Wir haben da eine Art Verein, in den gehörst du rein.«

Es war mehr als ein Verein, erfuhr Anton. Man konnte nicht einfach Mitglied werden, wenn man es wollte, nicht einmal, wenn man bereit war, einige zehntausend Mark dafür hinzublättern. Bewerber brauchten gar kein Geld. Nur auserwählt mußten sie sein, zur »nationalen Elite« zählen, wie es in der Satzung hieß.

»Deshalb nehmen wir Abgeordnete nur in Ausnahmefällen«, sagte Pflüglin. »Aber die Freunde werden meinen Vorschlag nicht ablehnen.«

Anton konnte Pflüglin nur schwer einen Wunsch abschlagen.

Pflüglin bückte sich nach dem Schirm, der noch auf dem Boden lag. Wieder nahm er ihn wie einen Golfschläger, schwang aber nicht aus, sondern vollführte sachte Pendelbewegungen mit der Schulter, als wolle er den Ball einlochen. Dann gab er Anton einen Klaps auf die Backe.

»Halt die Ohren steif.«

»Nicht nur die Ohren«, sagte Anton.

Wieder lachten die Männer laut, rauh und hinten wie abgeschnitten. Und wieder öffnete sich die Tür einen Bruchteil vor Pflüglin. Er reagierte prächtig. Mit galanter Geste ließ er die Schwester ein. Sie trug ein steinernes Gesicht und ein Tablett, in den Harnisch schweren Duftes gehüllt – den Duft einer deutschen Kohlroulade.

HINTER DEN SIEBEN BERGEN

Anton zog die mittlere der drei linken Schreibtischschubladen heraus und legte seine Füße hinein. Zu diesem Zweck hatte er sie leer gelassen. Er lehnte sich zurück und schaute aus dem Fenster. Über dem Rhein standen die Gipfelchen des Siebengebirges. Auf dem Schreibtisch stapelten sich Steilwände aus Papier, vorsortiert von Antje Schütterlich. Frau Blüm, die Sekretärin, hatte er schon nach Hause geschickt. Es war kurz nach fünf.

Es war kein schwerer Tag gewesen, der erste Tag in Bonn nach der Entlassung aus der Klinik, nur das Übliche. Das Übliche war übel genug. Er hatte Sitzungen absolviert, in denen niemand sagte, was er wirklich dachte, das aber zum siebzehnten Mal. Wer behauptete, im Parlament würde etwas bewegt, hatte recht. Das Parlament bewegte sich selbst. Es erzeugte einen Strudel im Fluß, der immerfort strudelte, sich aber nicht von der Stelle bewegte. Das Ergebnis war, daß die Opposition ein ums andere Mal Wahlen verlor und Antons Partei sie ein ums andere Mal gewann. Die Mehrheit des Publikums war der Auffassung, daß der Lauf der Welt ohnehin viel zu schnell ging. Welchen Sinn sollte es da machen, auch noch die Regierung zu wechseln? Schließlich hatte man sich mühsam genug an sie gewöhnt. Ihre Verläßlichkeit bestand darin, daß es sie immer noch gab. In diesem demokratischen Land war es nicht üblich, daß Regierungen durch Wahlen abgelöst wurden. Tatsächlich war dies noch niemals geschehen. Wenn doch einmal Regierungen wechselten, dann deshalb, weil Regierungsparteien einander überdrüssig geworden waren. Aber auch das war erst dreimal passiert. Solange der Kanzler nicht des Regierens überdrüssig wurde, bestand dazu keine Gefahr, denn der kleinere Koalitionspartner taugte nicht einmal mehr zum Wechsel. Die Regierung gründete Zukunftskommissionen und veranstaltete Fortschrittskonferenzen. Es war wie Stop-and-go auf der Autobahn. Es rollt doch, behauptete die Regierung, obwohl nichts vom Fleck ging. Die Bonner Geschäftigkeit war ein Als-ob, und Anton verachtete es inzwischen.

Auf dem Besucherstuhl saß ihm Antje gegenüber und störte nicht. Sie kannte Antons Stimmungen. In der Regel hielten sie nicht lange an. Das Grußwort zum Verbandstag der württembergischen Bauindustrie konnte warten.

Ihr Boß starrte die Zipfelmützen des Siebengebirges an. Von Berlin aus gesehen lag Bonn tatsächlich hinter den sieben Bergen. Dort wohnen die sieben Zwerge, aber auch die böse Königin, die den ganzen Tag vor dem Spiegel steht. Spieglein, Spieglein an der Wand, wer ist die Schönste im ganzen Land? So spricht sie, die Urmutter aller Politiker. Die Aufgabe des sprechenden Spiegels haben heute Demoskopen und Journalisten übernommen.

Antje wartete auf Antons Frage, was sie am Abend noch vorhätte. Sie hatte nicht immer nichts vor. Der frisch Genesene, der vor wenigen Tagen einen Blick in den Abgrund getan hatte, würde ihren Trost brauchen, das hatte sie vorausgesehen.

»Laß uns einen Happen essen«, sagte ihr Boß.

Sie habe, antwortete Antje, Rolf schon vorgewarnt. Sie werde mit Sommer ziemlich lange Liegengebliebenes aufarbeiten müssen. So falsch war das nicht.

Sie fuhren in ihrem Peugeot 205 zur »Isola Ischia«. Sie waren sich einig, über zwei Dinge nicht zu sprechen, nicht über Politik und nicht über Antons Ehe. Am Nachbartisch machten zwei ZDF-Redakteure Spesen mit der Ministerin für Jugend, Familie, Frauen und Senioren. Das früh vergreiste Kind hatte der Kanzler vermutlich per Rasterfahndung gefunden. Es gab

Steinbutt. Für Antje mit Kapern, in Butter gebraten, gedünstet für ihn. Und zum Tiramisu legte Anton ein Geständnis ab. Er trage sich mit dem Gedanken, Golf zu spielen. Das war nicht die ganze Wahrheit, er hatte bereits für den kommenden Morgen die erste Stunde arrangiert. Antje fand die Idee komisch. Für einen Mann mit Kraft und Ausdauer sei das vielleicht nicht ganz der richtige Sport, gab Anton zu, aber leider werde auch er älter. Golf – er zitierte den alten Pflüglin – sei gut für den inneren Rhythmus.

Da war sie, die Depression, mit der Antje gerechnet hatte.

»Das kriegen wir schon wieder«, sagte sie.

Sie trug einen schwarzen Body zu Blue jeans und ein graues Seidensakko darüber. Der schwarze Pagenschnitt umrahmte ein ebenmäßiges, freundliches Gesicht, eine Spur zu breit, um als schön zu gelten. Sie war fast so groß wie Anton, knapp einsachtzig.

Als er ihr später das Sakko abnahm und auf einen der Drahtbügel in seiner Abgeordnetenbude hängte, war stilles Verlangen in den Zustand konkreter Erwartung übergegangen. Allgemeiner gesprochen, war dies die Stunde der Politik. Nun galt es, das Vorhaben pragmatisch in die Tat umzusetzen.

Das hieß, nichts zu überstürzen und nicht alles auf einmal zu wollen. Schon spannte Antons Hose. Auf kluges Timing kam es an. Anton nahm sich vor, vom Kopfende her zu kommen, ihr zunächst die Stirn zu küssen, dann die Augenlider, die Nasenwurzel, die schön geschwungenen Nasenflügel, ihrer Zunge einen Besuch abzustatten, nach den Ohrläppchen zu schnappen, den Hals hinab zu schlecken und unverzagt weiter und weiter hinab mit Leidenschaft und Augenmaß, bis sie sich gegenseitig mit ihren Mündern berauschten. Das alles besser erst beim zweitenmal. Beim erstenmal würde er es keine zehn Sekunden aushalten, ohne seinerseits in ihrem Schlund zu explodieren.

Noch saß Antje im Sessel. Anton entledigte sich seines sandfarbenen Fischgrätjacketts, seines zuversichtlich gestreiften Schlipses, zog ohne die Senkel zu lösen die Schuhe von den Füßen.

»Ich rauch' noch eine Zigarette«, beruhigte sie ihn, »dann wird alles gut.«

Er begann, während sie paffte, an ihr herumzuknöpfen, es duldete keinen Aufschub mehr. Sie ließ es geschehen, ohne hastiger zu ziehen.

»Wie wäre es mit etwas Trinkbarem?« regte Antje an.

Als Anton mit geöffnetem Prosecco und zwei Gläsern aus der Kochnische zurückkam, fand er sie nackt vor.

»Ich würde gern erst duschen«, sagte Antje.

Das kam ihm entgegen. Jedesmal hatte er eine gewisse Hemmung, Socken und Unterhosen abzulegen. In der Duschkabine wählte er sorgfältig die Temperatur, fast heiß. Ihn fror.

Er sagte: »Mein Kreislauf spinnt.«

»Ich dachte, du zitterst vor Erregung«, antwortete Antje.

Er seifte sie ein. Sie bildeten ein glitschiges, schwer atmendes Knäuel und glitten, notdürftig abgetrocknet, ins Bett. Antjes Fleisch war fest, ihr Tun akribisch, ihre Stimme frei von spitzer Inbrunst, wie Anton sie fürchtete.

Noch ehe er sich von ihr löste, tauchten zwei Gestalten aus dem Dunkel der Hinterbühne, Söhnlein, der finstere Asket, und der sanft lächelnde Göttlich. Anton bestand auf seinem Recht, allein gelassen zu werden, und verkroch sich in Antjes Achselhöhle, die Nase an der Wölbung ihrer Brust. Sogleich verloschten die Schatten der steinernen Gäste.

»Göttlich«, flüsterte Anton.

»Möchtest du romantisch sein?« flüsterte Antje.

Sie habe sich, gestand sie, schon morgens im Bett vorgestellt, wie er sie nehme, auf dem Schreibtisch im Büro. So etwas stellte Antje sich vor, während Rolf neben ihr im Bett lag.

»Es hat Rolf nicht geschadet«, sagte sie, »ganz im Gegenteil.« Sie biß Anton sanft in die Brust.

Von dieser Frau drohte ihm keine Gefahr, fühlte er dankbar. Diese Frau war erwachsen. Niemals würde sie verrückt spielen. Das Leben war kompliziert genug. Zur eisernen Ration seiner Lebensregeln zählte der Rat Pflüglins: »Hausfick bringt Unglück.«

Doch Antje hatte ihn schon beim erstenmal beruhigt. Nicht sein Geld wolle sie, nicht sein Leben.

»Ich will deinen Schwanz«, hatte sie gesagt.

Bald würde sie sich, wie sie es immer beim zweitenmal tat, über ihn stülpen, und er würde spüren, wie er zwischen den Lippen dieser Frau über sich selbst hinauswuchs.

Die ganze Nacht freilich mochte er sie nicht ertragen. Auch durfte sie Rolf nicht zu sehr beunruhigen. Anton ließ es sich nicht nehmen, Antje zum Wagen zu bringen. Notdürftig zog er sich an, Cordhose und Pullover direkt auf den Leib. Auf dem Flur spitzte er die Ohren wie ein Dieb. Es wäre ihm peinlich gewesen, wenn jemand gesehen hätte, wie er Antje in ihren Kleinwagen lud. Anton wartete, bis der Peugeot Fahrt aufgenommen hatte. Schlafen konnte er jetzt nicht sofort. Der Griff zur Fernbedienung war ein Reflex. Bitte keine Talk-Show jetzt! In einem englischsprachigen Kanal spielten sie Golf in einer unverschämten Landschaft. Mordsblau die Luft über quittengelber Halbwüste, in die sich saftgrüne Ströme ergoßen. Woher die wohl das Wasser hatten?

Antjes Geruch störte jetzt. Wie ein Schleier hing er im Raum. Anton verknotete die beiden Pariser, die auf dem Parkett lagen, und transportierte sie zum Mülleimer, wo er sie in einem leeren Joghurtbecher versteckte. Man war sich nie sicher, ob nicht jemand den Abfall in der Tonne visitierte. In einigen Gegenden des Landes hatte man von Amts wegen damit begonnen, nachzuprüfen, ob die Bürger ihren Müll vorschriftsmäßig trennten. Früher hatte Anton Pariser ins Klo gespült, bis Antje ihn aufklärte, sie brächten die Kläranlage in Schwulitäten. Umweltschutz sei nicht bloß Sache der Regierung, pflegte Anton in

Versammlungen zu sagen. »Er fängt bei jedem von uns selber an.«

Atemberaubend, wie die Cracks das Ding über Hunderte von Metern an die Fahne setzten, um die herum das Grün noch eine Klasse saftiger aussah als auf den schon verschwenderisch grünen Spielbahnen.

Anton öffnete das Fenster, hängte Kissen und Bettdecke über das Fensterbrett. Er duschte ein weiteres Mal und nahm ein frisches Handtuch, eines, das nicht nach der Schütterlich roch.

Verrückt, wie diese Artisten den Ball aus sicherster Entfernung verkrampft-verkrümmt am Loch vorbeischieben konnten. Offenbar war das der masochistische Zug am Golfspiel.

Anton würde Pflüglins Anregung Folge leisten. Es gab Schlimmeres als die Zumutung, Golfbälle zu schlagen. In Bonn lag nur alle Schaltjahre einmal ein paar Tage lang Schnee, man konnte praktisch das ganze Jahr über golfen. In dieser kurzen Nacht zählte er nicht Schäfchen, sondern weiße Bällchen, die über den sattblauen Himmel fuhren wie Sternschnuppen.

Der Pro, wie sich die Lehrer in dieser Sportart nennen, weil sie ihre Sucht berufsmäßig befriedigen, hieß David, ein dreißigjähriger, auch im Winter braungebrannter Amerikaner aus Florida.

Der Griff, machte David Anton klar, war der Schlüssel zum Golfspiel schlechthin. Sage mir, wie du greifst, und ich sage dir, wie du schlägst. Nicht wie eine Fahnenstange durfte Anton den Schläger packen. Der mit geriffeltem Gummi überzogene Schaft wurde nicht vom linken Handteller umschlossen, sondern nur von den Gliedern der Finger. Der Zeigefinger der Linken und der kleine Finger der Rechten waren ineinander zu verhaken.

Als nächstes wurde den unteren Extremitäten Unvereinbares zugemutet, Elastizität und exakteste Justierung zugleich. Dann dem Oberkörper: Ohne einen starren, geraden Rücken war Golfspiel nicht möglich. Diese Art der Versteifung war Anton bisher fremd. Arme, Schultern und Hüfte bildeten die beweglichen Teile einer Schaukel, deren festes Gerüst aus Beinen und Rückgrat bestand. David packte den Schläger und schleuderte ihn mitsamt den an ihm befestigten Armen seines Schülers vor und zurück. Dann war da noch der Kopf, der so tun mußte, als stünde er zum Rest des Körpers in einem völlig teilnahmslosen Verhältnis.

Es war nicht zu übersehen, daß dieser an und für sich einfache Bewegungsablauf, von David als »Swing« bezeichnet, das Koordinationsvermögen des Homo sapiens sapiens auf eine kaum zu bestehende Probe stellte. Stimmten die Knie, zuckten die Augen dem Ball hinterher. War der Griff schön locker, hingen die Schultern. Pendelten die Arme gleichmäßig genug, trottelte die Hüfte hinterher. Folgte die Hüfte, taten die Schultern, was sie wollten.

Bald setzte Antons Charakter sich durch. Seine Schwünge gerieten zu Hieben. Er säbelte und senste und haute den Schläger in die Plastikmatte, daß ihm der Schmerz in die Hände fuhr.

»Nice and smooth«, mahnte David. »Nice and smooth.«

Und plötzlich geschah Unfaßbares. Der Ball, eben noch angekettet von den Augen, war fort. Mit einem Klack, ohne den geringsten Widerstand in Antons Händen zurückzulassen, hatte er sich federleicht erhoben.

Anton schaute ihm ungläubig nach. Siebzig, achtzig Meter weit von ihm entfernt kehrte die Sternschnuppe ins Irdische zurück, senkte sich auf das Flugfeld und hoppelte nach ein paar Metern aus. Anton bewunderte sich fassungslos.

Auch wenn er sich sehr bemühte, das Kunststück zu wiederholen, gelang es ihm nicht mehr, nicht mehr in dieser Stunde. Was aber einmal gelungen war, mußte wieder gelingen. Und so war es um Anton geschehen. Fortan würde er ihn immer wieder haben wollen, immer wieder haben müssen, diesen Sieg über das harmlose, einschüchternde, lächerliche, hassenswerte Ding, das ihn quälte und verhöhnte und versöhnte und beschämte, den Sieg über die Schwerkraft, ach, über die Materie schlechthin.

DER IGNORANT UND DER PATRIOT

Das Lochspiel setzte Antons Sparsamkeit außer Kraft. Schon nach der ersten Stunde dachte er ernsthaft daran, sich in eine Golfplatzbetriebsgesellschaft einzukaufen, für fünfundzwanzigtausend Mark, zusätzlich dreitausend Mark jährlicher Betriebskosten plus Mitgliedsbeitrag im dazugehörigen Golfclub. Die Ausrüstung allerdings würde er sich günstig in den USA besorgen können, der Bauausschuß plante eine Reise nach Chicago.

Der wahre Luxus am Golfen war nicht der Verbrauch kostbaren Raums, sondern der verschwenderische Umgang mit Zeit. Erst einmal erforderte es lange, intensive Übung, überhaupt die Platzreife zu erlangen. Hatte man sie geschafft und durfte endlich auf den Platz, dauerte jedes Spiel um die vier Stunden, die ein oder zwei Weißbiere danach nicht mitgerechnet. Über so viel Zeit verfügen nur Leute, sieht man von rüstigen Alten ab, die andere für sich arbeiten lassen, oder aber Haus und Garten, Frau und Kinder vernachlässigen.

Anton vernachlässigte seine Arbeit und seine schon hinreichend vernachlässigte Familie. Ellen vermutete hinter der neuen Leidenschaft ihres Mannes »ein Weibsstück« und drohte Konsequenzen an. Anton verstand nicht. Hatte Ellen ihm nicht in den Ohren gelegen, sein Leben nicht dem Vaterland zu opfern? Das beherzigte er nun. Er regenerierte, schöpfte neue Kraft in freier Natur, locker ausschreitend, schwingend.

»Das haben wir nicht verdient«, sagte Ellen.

»Wenigstens ödet er uns nicht an«, fand Carmen.

Selbst während unvermeidlicher Sitzungen übte Anton. Er schloß die Augen und schwang mental. Wer sich diesem Sport nicht ganz hingab, konnte es zu nichts bringen, es gab nur ein Ganz-oder-gar-Nicht.

»Laßt ihn nur«, sagte Pflüglin, auf Antons Versäumnisse im Kreisverband angesprochen. Der väterliche Freund würde ihm wenigstens im Wahlkreis den Rücken freihalten, hoffte Anton.

»Achtzehn Löcher sind ein bißchen viel für einen Mann wie dich«, spottete Antje.

Dabei beließ sie es. Sie hatte jetzt mehr Zeit für Rolf, denn Anton wollte früh ins Bett, wenn er am folgenden Morgen Golf übte.

Von seiner neuen Leidenschaft machte er kein Aufheben, auf die zu erwartenden bissigen Kommentare konnte er verzichten. In seiner Fraktion galt kleinbürgerliches Ethos. Man verzieh einander zwar jede Borniertheit, betrieb man sie nur eifrig genug. Fleiß galt als höchste Tugend der Branche. Wer aber Golf spielte, konnte bei seiner Arbeit am Gemeinwohl nicht strebsam genug sein.

Anton gestand nur Frank seine Hingabe.

»Ich hoffe, du weißt, was du tust«, sagte Frank und blieb ernst. Nicht der geringste Anflug von Spott. Als ob golfen eine ernstzunehmende Suchtgefahr sei.

»Komm doch mal mit«, versuchte Anton ihn zu ermuntern.

Frank ließ sich darauf nicht ein.

»Dazu tauge ich nicht«, sagte er nur.

»Woher willst du das wissen?« lockte Anton.

»Vergiß es!«

Die beiden Abgeordneten hatten sich vor einigen Monaten erst angefreundet, worüber sich Anton immer noch wunderte.

»Schwäbischer Ignorant«, nannte ihn Frank manchmal.

»Patentpatriot«, gab Anton dann jedesmal zurück.

Frank Schmid-Selbelang war kein richtiger Ostdeutscher, auch wenn er es behauptete. Mit einem echten Ossi hätte Anton sich nicht so blendend verstanden. Frank konnte Spott vertragen. Echte Ossis vertrugen nicht einmal Ironie, wußte Anton. Sie ahnten nicht einmal, was das war. Und Anton liebte es, über den Osten herzuziehen.

Franks Familie stammte väterlicherseits aus dem Havelland, hatte aber gleich nach dem Krieg die sowjetisch besetzte Zone verlassen und war an den Rhein gezogen. Der Vater hatte das brandenburgische Kaff Selbelang als Teil seines Namens mit in den Westen genommen.

Die Partei hatte Frank aus der Bundesgeschäftsstelle als Entwicklungshelfer in den Osten abkommandiert. In Brandenburg hatte er den Wahlkampf der ersten freien und zugleich letzten Volkskammerwahlen im Frühjahr 1990 organisiert. Nach dem unerwartet glorreichen Ergebnis war er geblieben.

Frank gegenüber machte Anton kein Hehl daraus, was er von der »sogenannten Wiedervereinigung« hielt. Er hielt sie für einigermaßen überflüssig und stand mit dieser Meinung in seiner Partei keineswegs allein. Es war nur eine Todsünde, sie offen oder gar öffentlich auszusprechen. Offiziell wurde die Wiedervereinigung als historische Meisterleistung bewundert – und nicht einmal die Oppositionsparteien wagten es, dieser Legende zu widersprechen. Inzwischen hatte sich Anton entschieden, das Ereignis als unvermeidliche Zumutung hinzunehmen, als eine Art Heimsuchung. Frank verdammte ihn dafür nicht. Er lachte ihn nur ein wenig aus, weil er es ablehnte, zu den Siegern der Geschichte zu zählen. Die echten Ossis in seiner Partei hätten Anton nicht ausgelacht, sondern wären furchtbar betroffen gewesen, hätten es überall herumerzählt oder ihm geraten, doch gleich der PDS beizutreten. Sie verstanden einfach keinen Spaß, soweit Anton das beurteilen zu können glaubte. Dabei war diese »sogenannte Wiedervereinigung« überhaupt nur als Lustspiel einigermaßen zu ertragen. Frank spielte die Komödie mit, wenn er mit Anton beim Bier saß. Daß es in letzter Zeit mit Franks fröhlicher Gelassenheit nicht mehr zum besten stand, wurde Anton erst klar, als es zu spät war.

Anton hätte spätestens hellhörig werden müssen, als Frank ihn fragte, was er von Neuss halte.

Neuss war ein Schwein. Je nach Standpunkt hielten ihn die einen für eine elende Drecksau, die anderen für eine exquisite Trüffelnase.

»Was ist mit Neuss?«

»Er recherchiert Molke hinterher«, sagte Frank. »Alte Stasigeschichten.«

Anton interessierte sich nicht für alte Stasigeschichten. Er hatte nicht einmal Franks Versuche registriert, ihn neugierig zu machen. Es war eine Art Hilferuf gewesen.

Als zwei Tage später, an einem Freitagabend, Neuss Anton im Wahlkreis anrief, war es wahrscheinlich schon zu spät, Frank zu helfen.

Ein »Falsch verbunden« lag Anton auf den Lippen. Er zögerte einen Augenblick zu lange.

»Störe ich?«

»Sie stören immer«, hätte er sagen und auflegen sollen. Er fragte aber: »Wo brennt's?«

Jetzt hatte er nur noch die Möglichkeit, vorsorglich alles zu dementieren.

»Was halten Sie von den Zahlen?« fragte Neuss.

Vermutlich meinte er nicht den Cholesterinspiegel des Abgeordneten, auch nicht sein Einkommen. Verglich man es mit dem von Neuss, war klar, daß Diäten tatsächlich etwas mit Diät zu tun hatten. Welche Zahlen also interessierten den Schnüffler? Politiker dürfen einem Journalisten gegenüber niemals zugeben, auf der Leitung zu stehen. Deshalb mußte er, ohne zu wissen, worauf Neuss hinauswollte, so tun, als wisse er noch viel mehr, wolle nur nicht darüber sprechen.

»An den Zahlen könnten sich einige Leute verschlucken«, lockte Neuss.

»Was meinen Sie, was ich alles schlucken muß!«

Daß der Schrott zweieinhalbmal so teuer werde als geplant, wolle er gewiß nicht einfach hinnehmen, sagte Neuss. Er sagte tatsächlich Schrott. Also meinte er den Reichstag.

Das war nun wirklich keine Sensation. Alles wurde schließlich teurer als geplant. Es war gute Bonner Tradition. Niemand würde sich darüber aufregen, wenn das Prachtstück am Ende eineinhalb Milliarden statt sechshundert Millionen Mark kosten würde.

»Sie wissen doch, für den Stolz des Vaterlands ist uns nur das Beste gut genug«, behauptete Anton.

Neuss' Lachen schepperte in der Leitung. »Das sagen Sie schwäbischer Pfennigfuchser! Ich will Ihnen nicht die gute Laune verderben. Meiner Meinung nach ist das eine Ohrfeige für das Parlament. Ihr habt euch reinlegen lassen!«

So etwas mag kein Abgeordneter gerne hören. Es traf seinen empfindlichsten Nerv, den Stolz. Kontrollierte er nicht den Regierungsapparat nach bestem Wissen und Gewissen? War es seine Schuld, wenn die Regierung das beste Wissen für sich behielt? Anton Sommer zählte wahrhaftig nicht zu denen, die blind ihren Vorturnern nachstolperten. Den Reichstag hätte man seinetwegen gar nicht mehr auszupacken brauchen. Dieses Riesenstück Sperrmüll gehörte entsorgt statt restauriert.

»Sie glauben doch nicht im Ernst, die Berlin-Mafia nimmt Rücksicht auf einen kleinen Abgeordneten aus Wangen im unteren Allgäu«, sagte Anton.

»Was sagt Schmid-Selbelang dazu?« wollte Neuss wissen.

»Fragen Sie ihn selbst.«

»Wußten Sie nicht, daß er mit Molke Geschäfte macht!«

Jetzt erinnerte sich Anton an Franks Bemerkung, Neuss recherchiere Molke hinterher. Offenbar hatte der Journalist auch schon Frank mit Fragen behelligt.

Es machte keinen Sinn, sich ahnungslos zu stellen. Neuss erwartete keine Einzelheiten über die Baukosten des Reichstags, es ging ihm um Molke. Der Bauunternehmer bewarb sich um die Bauausführung der Parlamentsbauten. Er tat dies nicht allein, sondern zusammen mit der französischen Euroconstruct. Jetzt wurde Anton klar, worauf Neuss zielte. Er verdächtigte Schmid-Selbelang, den netten Kollegen aus der Baukommission des Deutschen Bundestags, Molke zu helfen, einen so lukrativen wie prestigeträchtigen öffentlichen Auftrag zu ergattern – und das auch noch unter dem Vorzeichen horrend steigender Kosten.

Anton wählte vorsichtig seine Worte. Er könne dem Ministerium nicht vorgreifen. Den Bauauftrag erhalte, wer am günstigsten biete, wer denn sonst? Die Ausschreibungsrichtlinien der Europäischen Union legten das Verfahren in allen Einzelheiten fest. Einer der Bewerber sei der französische Bauriese Euroconstruct. Er kooperiere mit einem deutschen Partner, schließlich gehe es auch um deutsche Arbeitsplätze. Und einige Kollegen im Parlament empfänden schon den Auftrag an einen britischen Architekten als übertrieben weltoffen. Er habe nicht den geringsten Anlaß, daran zu zweifeln, daß es mit rechten Dingen zugehe.

»Sie machen Spaß«, freute sich Neuss. »Wissen Sie überhaupt, wo Molke sein Geld herhat?«

Molke hatte Baukombinate der DDR aufgekauft. Auch in Polen und Tschechien lag er gut im Rennen. Man sagte ihm zwielichtige Geschäfte mit der Treuhand nach.

Er halte nichts von Gerüchten, antwortete Anton. »Irgendwann muß Schluß sein mit diesem Schmutz.«

»Irgendwann, aber nicht jetzt«, sagte Neuss.

Doch offenbar wußte auch er nichts Handfestes. Natürlich gab es Gerede. Das matte Raunen Bonns bestand überwiegend aus Gerede. Alle redeten so, als wüßten sie Genaueres. Aber nichts war in Bonn schwerer zu bekommen als Genauigkeit.

Das Gespräch hatte sich zu einer Art gegenseitigem Verhör entwickelt und sich schnell erschöpft. Anton gab als Informant nichts her, und Neuss hörte sich an, als wolle er nur auf den Busch klopfen.

»Gute Besserung«, sagte er.

»Arschloch«, antwortete Anton. Aber da lag der Hörer schon wieder auf der Gabel.

Er nahm ihn sofort wieder auf, wählte Franks Nummer in Potsdam und dann, da sich niemand meldete, die Berliner Nummer, die ihm Frank vertraulich gegeben hatte. Eine helle Frauenstimme meldete sich.

Frank? Nein, Frank sei nicht da und, soviel sie wisse, auch nicht zu erreichen.

Weshalb Frank nicht erreichbar war, erfuhr Anton am nächsten Morgen aus dem Frühstücksfernsehen.

Es zeigte sein Foto aus dem Handbuch des Deutschen Bundestags. Die Polizei, hieß es, tappe im dunkeln. Frank war tot. Selbstmord sei nicht auszuschließen.

»Ausgeschlossen!« murmelte Anton. Frank brachte sich nicht um. Nicht wegen so einer Geschichte. Wenn überhaupt etwas daran war.

DER VIRTUOSE UND DAS KROKODIL

Am Samstag flogen die Bälle, wohin sie wollten. Und der Sonntag war ganz ohne Golfschwünge der schwierigste Tag der Woche. Die Familie war vollzählig versammelt. In der Regel eskalierte die Situation bereits am Frühstückstisch. Caroline hing vor dem Fernsehapparat und sah Comics. Mit Carmens Erscheinen war nicht vor elf zu rechnen, vorausgesetzt, sie war überhaupt nach Hause gekommen. Anton hatte keine Lust auf Frühstück (in Bonn ließ er es weg), schon gar nicht, um mit Ellen die Eskapaden seiner Töchter durchzubuchstabieren. Ellen hatte trotzdem wie jeden Sonntag um neun den Tisch so vollkommen gedeckt, als erwarte sie Besuch. Jetzt mußte nur noch jemand die gefürchtete Frage stellen: »Was unternehmen wir heute?«

Gegen das, was dann kam, waren schwarz-grüne Koalitionsverhandlungen ein Kinderspiel. Wenigstens verstrichen so die Sonntagvormittage. Anton verzichtete freiwillig auf Golf. Ihm war nicht danach. Es war ihm nach überhaupt nichts, ins Bett hätte er sich verkriechen mögen. Ellen war für Essengehen, italienisch,Caroline bestand auf chinesisch. In diesem Moment machte sich das Faxgerät bemerkbar.

»Hallo Boß! Will nicht telefonisch ins Familienidyll platzen. Melde Störfall. Bitte kommen.«

Anton rief sofort bei Antje an. Der Störfall war die Notiz in einem Wochenblatt. Antje las vor:

»Teurer als erwartet wird der Umbau des Berliner Reichstags. Ursprünglich galten sechshundert Millionen Mark als

Obergrenze. Nach Eingang der Angebote der Bauunternehmen rechnen die Planer mit rund eins Komma fünf Milliarden Mark Baukosten. ›Die Berlin-Mafia verpulvert Milliarden‹, wettert der baden-württembergische Abgeordnete Anton Sommer. Die parlamentarische Baukommission sei zu wirksamer Kontrolle nicht in der Lage.«

»Neuss, der Sausack«, sagte Anton.

»Wir dementieren also nicht«, schloß Antje.

Natürlich sei das Zitat vollkommen aus dem Zusammenhang gerissen.

»So habe ich das nicht gesagt!«

Darauf bestand Anton.

»Aber ich fürchte, damit kommen wir nicht durch«, meinte Antje.

Anton kam es auf einen erneuten Rüffel nicht an. Wichtiger war ihm, daß Neuss nicht Frank in den Dreck zog. Ohnehin würde sich jetzt eine Bande Reporter über Franks Leben und Sterben hermachen. Ob Neuss die Todesnachricht schon kannte, als er vorgestern angerufen hatte? Vielleicht war der einzige Zweck seines Anrufs gewesen, herauszufinden, ob Anton es schon wußte. Es war vermutlich zu spät gewesen für Neuss, den Fall noch ins Blatt zu drücken. Oder aber Franks Tod hatte ihn gezwungen, seine Molke/Frank-Story in letzter Minute aus dem Blatt zu nehmen. Oder aber Neuss wußte gar nichts, und ihm war nichts anderes übriggeblieben, als sich wenigstens ein klein wenig an Anton zu rächen, dafür, daß der nicht kooperierte.

Ellen teilte plötzlich mit, ihr sei die Lust am Essengehen vergangen. Wer wolle, könne sich eine Pizza auftauen.

Caroline kreischte: »Nicht schon wieder!«

In diesem Augenblick kam Carmen nach Hause.

»Regt euch bloß nicht auf«, sagte sie prophylaktisch. Anton hatte anderes im Kopf, und Ellen regte sich darüber auf, daß Anton anderes im Kopf hatte.

»Also tschüs dann«, sagte Carmen und verließ erneut die Stätte ihrer Kindheit.

Anton floh ins Arbeitszimmer und war froh, daß er am nächsten Tag wieder nach Bonn durfte. Die Erleichterung darüber wurde nicht einmal dadurch getrübt, daß Antje ihm bereits den Termin der Vorladung übermittelt hatte.

»Wir sind alle richtig erschüttert«, sagte die Urbanek und sah Anton noch strenger an als gewöhnlich. Sie trug einen praktischen Kurzhaarschnitt in Betongrau und blaugefaßte Gläser auf langer, schmaler Nase. Ihr gegenüber hatte Frau Möller zu tun, halb so alt, doppelt so dick. An der Kaffeemaschine hantierte sie herum.

Es war Montag nachmittag. Hagen Hampel trat aus der Tür seines Zimmers. Schweigend reichte er Anton die Hand.

»Schon Erkenntnisse?« fragte der.

Hampel klemmte sich die Pfeife zwischen die Zähne. Wenn etwas bekannt wurde, erfuhr er es zuerst. Er war ein schlanker, aber nicht dünner Einsneunziger mit schütterem, glattem Haar, das rund um die Ohren von Fahlblond in Aschgrau übergegangen war. Er war einige Jahre jünger als Anton, hatte es aber weiter gebracht. Seine Beförderung ins Kabinett war nur noch eine Frage der nächsten Gelegenheit. Hampel verdankte solch glänzende Aussicht seinem Ruf als verläßlicher und effizienter Taktiker. »Er versteht es, die Enden zusammenzubekommen«, hatte der Kanzler ihn öffentlich geadelt. Hampel entging nichts, und es brachte ihn nichts so schnell aus der Ruhe, weil ihn nichts überraschte. Stets war er auf alles vorbereitet. Der etwas vorstehende Unterkiefer und der breite Mund gaben seinem Lächeln die Abgeklärtheit eines alten Krokodils. Es sah aus, als ob er immer lächelte. Hampel war für die Disziplin der Fraktion zuständig, dafür also, daß keine Abstimmung verlorenging, weil zu viele Abgeordnete fehlten oder aus Versehen Stimmkarten der falschen Farbe abgaben. Letzteres kam häufiger vor als Abweichungen aus Gewissensgründen. Gewissensbisse führten in der Regel zu Krankmeldungen. Sich zu drücken fiel leichter, als zu seiner Meinung zu stehen. Denn Hampel machte Eintragungen ins Klassenbuch. Anton rechnete mit einem schweren Verweis.

»Söhnlein erwartet Sie«, sagte er.

Es stand schlimmer als befürchtet.

Sie gingen die wenigen Meter hinüber ins Zimmer des Fraktionschefs. Die Tür stand offen, Söhnlein stand hinter seinem Schreibtisch, gab Anton das Zeichen, sich zu setzen, wartete aber nicht, bis der es getan hatte. Schon saß er wieder über seinen Papieren, als sei niemand im Raum. Nicht einmal die Hand hatte er Anton gegeben. Der Abgeordnete sollte fühlen, daß er ihn aufhielt, bei wichtigen Staatsgeschäften störte.

Hampel lehnte an der Fensterbank.

Söhnlein wirkte schmächtig und zäh wie ein Langstreckenläufer.

»Ich höre«, begann er.

Antons Hände waren eiskalt. Er schwieg.

»Ich höre, Sie waren außer Gefecht!«

»Zwei Tage zur Beobachtung«, log Anton. »Nichts Ernstes. Es ist zwei Wochen her.«

»Mit so etwas ist nicht zu spaßen«, warnte Söhnlein. »Passen Sie auf, sonst geht es Ihnen am Ende wie dem Schmid-Seltsam.«

Das fand Anton geschmacklos.

»Woran ist er gestorben?« fragte er.

»Herzinfarkt! Kaffee?«

Anton lehnte ab. Der Arzt hatte ihm von Kaffee abgeraten.

»Jedenfalls spricht man von Herzinfarkt«, sagte Hampel und zeigte sein Krokodilslächeln.

Anton sah ihn fragend an. »Sie zweifeln?«

»Denke, er starb im Bett.«

»Woran?«

»Hat sich übernommen.«

Hampel nahm dazu die Pfeife nicht aus dem Mund.

»Übernommen?«

Das Krokodil entließ die Pfeife und zeigte Zähne.

Was gibt es da zu grinsen! ärgerte sich Anton.

Söhnlein legte endlich das Papier zur Seite und lehnte sich zurück. Vor ihm ein Block und eine Batterie pfeilspitzer Bleistifte. Er staubte sie in den Hotels ab, in denen er abstieg. Er galt als hocheffektiv, hochgebildet, hochsensibel, hochintelligent, hochmotiviert und tiefgläubig. Vor allem glaubte er fest daran, daß der liebe Gott mit ihm noch viel vorhabe, weil das Vaterland ihn brauche. »Zufall kann das alles nicht sein«, hatte er in Göttlichs Talk-Show seine Karriere kommentiert.

»Sie arbeiten also für die Mafia«, stellte Söhnlein fest, »die Berlin-Mafia.«

Seine Stimme besaß die weiche Tönung eines Dialekts aus dem Rheingraben. Sie konnte zwischen piano und pianissimo variieren. Ein Mezzopiano galt als Donnerwetter. Es klang noch nicht nach Donnerwetter.

Anton erklärte das »Mißverständnis«.

»Das Leben wäre so übersichtlich, gäbe es nicht ständig irgendwelche Mißverständnisse«, unterbrach ihn Söhnlein.

Anton beteuerte, er sei aus einem vertraulichen Hintergrundgespräch zitiert worden – und das »nicht korrekt«.

»Selbstverständlich«, pflichtete ihm Söhnlein bei.

»Und natürlich ist das Zitat völlig aus dem Zusammenhang gerissen«, meldete sich Hampel vom Fenster. Er spielte den Knecht Ruprecht. Söhnlein den Weihnachtsmann.

»Das passiert jedem einmal«, sagte Anton und dachte: »Söhnlein-Brillant passiert so etwas nie.«

»Wie lange, Herr Sommer, sind Sie eigentlich schon bei uns?« So fragen Chefs. Söhnlein war nicht Antons Chef. Anton war nur seinem Gewissen verantwortlich. Jedenfalls stand es so im Grundgesetz. Söhnlein und Hampel hatten mit der Gewissensfreiheit der Abgeordneten kein Problem. Sie hielten ihre Firma für eine Art Glaubensgemeinschaft, der man gewissenhaft zu dienen hatte. Und irgend jemand mußte schließlich bestimmen, was dem Gewissen zuträglich war und was nicht.

Vor der Inquisition hatte der Delinquent nur eine Chance, wenn er widerrief, wußte Anton.

»Er streitet das Zitat nicht ab«, sagte Hampel. »Das bringt uns einen Schritt weiter.«

Er kam vom Fenster herüber und nahm sich Streichhölzer vom Schreibtisch.

Anton dachte einen Augenblick lang daran aufzustehen und zu gehen. Auf keinen Fall würde er zu Kreuze kriechen. Die meisten Kollegen rannten mit gebrochenem Rückgrat herum und hielten ihre Verletzung für einen akzeptablen Preis für den Aufstieg.

Anton sagte: »Mir geht es um die Sache« und bewunderte seine Standfestigkeit.

»Uns geht es allen um die Sache, worum denn sonst.« Söhnlein hatte eine Stimme wie Packeis bekommen. Die Unvermeidbarkeit der Kostensteigerung darzustellen, sei Aufgabe verantwortungsbewußter Politiker. Schließlich seien auch die Bonner Provisorien weitaus teurer geworden als geplant. Jetzt aber gehe es nicht um Provisorien, sondern um die gültige Gestaltung der deutschen Hauptstadt. »Statt dessen machen Sie in Populismus!« stellte Söhnlein fest.

Anton wisse so gut wie er, daß das Volk über alles jammere. »Wir sind aber nicht einem Volk von Egoisten verpflichtet; vor der Geschichte müssen wir geradestehen.«

Anton wußte, daß er von einem Haufen Egoisten ins Parlament gewählt worden war, nicht von der Geschichte. Im übrigen war er auch in die Politik gegangen, glaubte er sich zu erinnern, damit in seinem Land niemals mehr irgend jemand vor irgend jemandem geradezustehen gezwungen war, schon gar nicht vor dem, was Söhnlein für die Geschichte hielt. Wenn die Fahnen wehen, rutscht der Verstand in die Trompete: ein russisches Sprichwort, das Anton in diesem Augenblick einfiel. Er hatte es von Frank.

»Sie müssen selbst wissen, was Sie tun.«

Söhnlein wandte sich wieder seinen Papieren zu. Das war es dann wohl. Doch er schob eine Frage nach.

»Hat Schmid-Seltsam Ihnen irgend etwas erzählt, etwas angedeutet, was uns weiterbringen könnte?«

Anton konnte also alles wiedergutmachen. Für Informationen war Söhnlein empfänglich. Die Wahrheit war, dachte Anton, daß er wahrscheinlich nichts wußte, was Söhnlein nicht auch wußte. Söhnlein wußte womöglich eine Menge, was Anton gerne gewußt hätte. Für Anton hatte sich Frank als Rätsel entpuppt.

»Sie waren eng befreundet?« hielt Söhnlein ihm vor.

Ein großes Wort. Was bedeutete es schon in Bonn? Er hatte Frank gemocht. Sie hatten sich einige Abende lang geholfen, der Langeweile zu entkommen. Sie hatten miteinander über Politik gestritten, ohne jeden Satz auf die Goldwaage zu legen. Sie hatten häufig unterschiedliche Auffassungen, aber was Söhnlein und Hampel betraf, waren sie sich einig gewesen.

»Gar nichts, womit Sie uns helfen wollen...?«

»Was wissen Sie über seine Beziehung zu Molke?« meldete sich Hampel vom Fenster.

Wer da wohl Neuss informiert hat? fragte sich Anton und schwieg.

»Wir haben Grund zur Annahme, Schmid hat sich in eine ausweglose Lage manövriert«, sagte Söhnlein.

»Wie meinen Sie...?«

Söhnlein sah Anton über die Lesebrille hinweg stumm und starr an, als sei der schwer von Kapee.

»Also doch Selbstmord?«

»Wenn Sie das nicht wissen!«

Woher hätte er es wissen sollen? Offenbar verdächtigten sie

ihn, schloß Anton aus Söhnleins Anspielung, Franks Engagement für Molke in der Baukommission gedeckt zu haben, wenn nicht sogar mit Frank unter einer Decke zu stecken.

Wenigstens ordnete Söhnlein keine offizielle Untersuchung der Angelegenheit an. Man wollte nicht die schlafenden Hunde der Opposition wecken. Bis die von Neuss wachgerüttelt waren, würden noch Tage vergehen, während der man eine Menge vertuschen konnte. Und falls an Franks Tod irgend etwas seltsam war, konnte man Nebelkerzen werfen. Was sonst war der Zweck von Hampels Anspielung, Frank habe sich im Bett übernommen?

Anton durfte das nicht zulassen. Frank hatte das nicht verdient. So gut glaubte er ihn denn doch gekannt zu haben, daß er zwei Dinge für ausgeschlossen hielt: Ein evangelisches Familientier wie Frank vögelte sich nicht zu Tode und brachte sich schon gar nicht selbst um. Irgend etwas stimmte da nicht. Wo war Frank gestorben? In Berlin, hatte es in den Nachrichten geheißen. Frank lebte in Potsdam. Vermutlich war der Unterschied nur eine der üblichen Ungenauigkeiten der Journaille.

Am Nachmittag im Fraktionssaal stellte sich Anton mental mit geschlossenen Augen vor, wie sein Ball am Vorstandstisch einschlug und Söhnlein das Maul stopfte. Sein Zorn war heilig und deshalb keine Sünde. Söhnlein ließ Frank gerade ein zweites Mal sterben. Sein Nachruf zeichnete einen anderen Menschen als den, den Anton kannte. Jener »aufrechte, selbstlose, sich aus Pflicht und Liebe zu seinem Land verzehrende deutsche Patriot« hatte nie gelebt. Söhnlein hatte sich Frank nach seinem Idealbild geformt, das er jenen entgegenhielt, »die sich als Querdenker fühlen und dabei doch nur dem Zeitgeist nachlaufen«.

Anton fühlte sich angesprochen.

Solch schamloser Kitsch mußte doch die roten Tulpen und gelben Rosen welken lassen, die den Platz in der ersten Reihe markierten. Frank hatte dort nie gesessen.

DIE WITWE UND DAS PORZELLANGESICHT

Der Lufthansa-Airbus kreiste in den trüben Luftschichten über der Hauptstadt. Ursache der Warteschleife war die Landung des norwegischen Königspaares, ehrenhalber eskortiert von vier Tornados der Bundesluftwaffe. Anton roch Saures. Vor ihm hatte sich die Frau des Olympiasiegers übergeben; bis zum Staatsbankett im Schloß Bellevue würde sich ihr Magen wieder beruhigt haben. Am Ausgang in Tegel empfingen zwei Kamerateams und eine Handvoll Fotografen aber nicht den Skifahrer mit bleicher Gattin, auch Friedhelm Göttlich nicht, der ebensowenig am Tisch des Präsidenten fehlen durfte wie Paul (»Polly«) Insel, der Kolumnist, den Anton in der ersten Reihe gesehen hatte. Die Bildreporter stürzten sich auf einen Popstar, an dessen Namen sich Anton nicht erinnern konnte. Ohne jedes Aufsehen verließ auch ein schwerer, alter Hüne die Maschine aus Köln.

»Sausack«, murmelte Anton.

Seiner Meinung nach gehörte Harry Glücklich auf DDR-Rente in einen Plattenbau gesetzt. Statt dessen lebte er in einer feinen Villa im Hochschwarzwald. Im vereinten Deutschland gingen Talente nicht verloren. Stasi-Glücklich hatte es zum Immobilienspekulanten gebracht. Es bestand keine Rückfallgefahr, der Mann war »resozialisiert«. Welch schöner Begriff!

Auf Glücklich wartete eine Limousine mit Fahrer. Anton hätte den Fahrdienst des Deutschen Bundestags beanspruchen können, doch er nahm ein Leihauto der preiswertesten Kategorie und gedachte es sogar selbst zu bezahlen.

Das Flugzeug hatte die übliche Verspätung gehabt, und Anton gab Gas, als ob es um Leben und Tod ginge. Es war seine übliche Art, Autos zu bewegen, und meistens kam er auch zu spät. Nach Potsdam schaffte er es in knapp dreißig Minuten, ohne dabei von der Polizei geschnappt zu werden. Wider Erwarten fand er auch gleich den Friedhof mit Hilfe eines Stadtplans. So kam er zum Abschied von Frank doch noch rechtzeitig. Unter schwarzem Geäst alter Bäume lagen die schneebedeckten Gräber. Viel kleiner und enger zusammengedrängt als zu Hause waren die Grabsteine. Nicht einmal im Tod, dachte Anton, wurden sie hier ihre schäbige, geduckte Existenz los.

Die Friedhofskapelle, ein Klinkerbau aus wilhelminischer Zeit, war überfüllt. Politiker sind, wie jeder weiß, von Freunden geradezu umzingelt. Treten sie endgültig ab, sind die Freunde von den Gegnern endgültig nicht mehr zu unterscheiden. Alle gaben sie Frank die letzte Ehre: Vorstände von Parteien, Vereinen, Verbänden, der Kirchengemeinde, der Sparkasse, deren Aufsichtsrat er angehört hatte. Abordnungen, Kränze, rühmende Worte. Und eine klickende, blitzende Wolke von Fotografen, von Ordnungskräften am Zutritt gehindert.

Das Traurigste an Trauerfeiern, fand Anton, war nicht der Tod des Verstorbenen, sondern die eigene Sterblichkeit, die sich drastisch aufdrängte. Anton stellte sich vor, er läge im Sarg und würde rumpelnd hinuntergelassen ins Reich der Würmer. Frank sollte verbrannt werden.

Anton stand unter dem Dach der von vier Säulen getragenen Vorhalle, direkt an der Tür zum Innenraum, und tat vor sich selbst so, als sei er Beobachter statt trauernder Teilnehmer. Warum, fragte er sich zur Ablenkung, war alles, was mit dem Tod zu tun hatte, zum Heulen häßlich? Särge, Aussegnungshallen, Grabsteine?

Ein Chor ließ etwas von Bach hören, das nach Karfreitag klang. Der Pastor rühmte Franks »stille, unnachgiebige Kraft«. Demokratie sei für ihn nicht Zustand, sondern Ziel gewesen.

Anton konnte den Pastor nicht sehen und schloß mit sich selbst die Wette ab, daß er einen Vollbart trage.

»Frank, der Ankömmling aus dem Westen, er war uns keine Zumutung, sondern Hoffnung. Sich selbst hat er mehr zugemutet als uns. Mehr als seine Kräfte es zuließen.«

Die stockprotestantischen Demutssätze klangen erträglicher als befürchtet.

Von den Leuten, die mit ihm im Pulk vor der Kapelle standen und froren, kannte Anton niemand. Beerdigungen im Winter haben den Vorteil, daß man nicht weiß, weshalb sich jemand die Nase putzt. Er mochte es nicht, wenn jemand seine Tränen einfach laufen ließ. Der Frau schräg vor ihm bebten die Schultern vor Erschütterung. Rostrotes Haar fiel ihr über die Schultern. Anton hätte gern gewußt, ob das Gesicht zu den Haaren paßte. Am liebsten hätte er seine Hand nach dem Haar ausgestreckt.

Später, als er in der Reihe der Kondolierenden stand, hatte er es aus den Augen verloren.

Er haßte jede Art des Anstehens.

Der Pastor trug keinen Bart.

»Kommen Sie doch später auf einen Sprung bei uns vorbei«, forderte ihn die Witwe auf, ein breithüftiges, fahlblondes Muttertier mit einem hübschen Gesicht. Es war ungeschminkt, bis auf die Gegend der großen blaugrünen Augen.

Die Einladung überraschte ihn. Wenigstens konnte er sich jetzt den offiziellen Umtrunk schenken; es war ihm nicht nach Trauergesellschaft.

Die Zeit vertrieb Anton sich nicht in Sanssouci; an jene fröhliche Exkursion mit dem Ausschuß wollte er sich jetzt nicht erinnern. Frank war in Hochform gewesen. Statt dessen fuhr er zum Schloß Cecilienhof. Zwischen den hohen kahlen Eichen und Buchen sah es aus wie die Kulisse einer Freilichtaufführung der »Lustigen Weiber von Windsor«. Der Landsitz im Tudorstil war jedoch gerade achtzig Jahre alt. Anton löste eine Eintrittskarte und streifte durch die dunkelgetäfelten Räume mit ihren häßlichen, klobigen Möbeln. Welch ein Verfall von Geist und Stil zwischen schwulem Fritz und schwülstigem Wilhelm!

Die Witwe wohnte in einer der großbürgerlichen Villen an der Doppelallee der Berliner Straße. Einige hundert Meter weiter, an der Glienicker Brücke, war einmal das Ende der Welt gewesen.

Die meisten Häuser waren schwarz vor Dreck und heruntergekommen, als sei die DDR noch immer nicht eingegangen. Das Haus mit der Nummer 41 war als einziges weit und breit frisch herausgeputzt. Heller Ocker leuchtete in der Sonne. Der Mittelteil der Villa besaß einen klassizistischen Giebel, quadratische Säulen trugen den Balkon der Beletage, Bogen aus Stuck überwölbten die hohen Fenster. Am schmiedeeisernen Tor drei Klingelknöpfe: Effi GmbH, Mintzel, Schmid-Selbelang. Der Eingang befand sich auf der rückwärtigen Front; der Garten, in dem ein paar dürre Birken und Nadelhölzer herumstanden, wirkte ungepflegt, bot aber einen prächtigen Blick auf den See, bis zu dessen Ufer das Grundstück reichte.

Die Tür öffnete sich summend. Anton nahm die breite Treppe in den ersten Stock. Im Haus roch es nach Farbe.

Was sagte man zu frischen Witwen?

»Schön wohnen Sie hier.«

Eine knappe Geste als Antwort.

Sie trug graue Flanellhosen, dazu einen lila Pullover. Ein kräftiges Lila, nicht das fahle DDR-Flieder.

Sie bot Tee an und verschwand in der Küche. Bücherregale bis zur hohen Decke bedeckten zwei Seiten des großzügig geschnittenen Raums. Wann hatte ein Politiker mit drei Kindern Zeit, solche Mengen zu lesen? Frank hatte sogar geschrieben. »Mut zur Einheit – Zumutung Einheit«. Der Pastor hatte darauf angespielt. Nicht gerade ein Bestseller. Es gab zu viele Bücher zur Einheit. Die meisten Leute hatten schon von der Wirklichkeit die Nase voll, die wollten sie nicht noch nachlesen. Selbst

Anton war im letzten Urlaub nicht über die Lektüre von Franks persönlicher Widmung hinausgekommen.

»Bücher waren seine Welt«, sagte die Witwe, die Kanne in der Hand. Der Tee roch beruhigend. Sie sanken in schwere blaue Sessel.

»Zu meinem großen Bedauern haben wir uns nicht früher kennengelernt«, sagte Anton.

Es war nicht der passende Moment für ungeschickte Komplimente.

»Woran ist Frank gestorben?«

Die Witwe sah an Anton vorbei aus dem Fenster in das Geäst der Bäume.

»Er schien kerngesund«, sagte Anton.

Sie hob ein wenig die Schultern. Ihre Augen schimmerten schwarz.

»Wußten Sie, daß ein Journalist, Neuss, hinter ihm her war?«

»Hinter ihm her«, wiederholte sie, als ginge es sie nichts an.

»Hinter seinen Kontakten zu Molke.«

»Lassen Sie mich in Frieden damit«, sagte die Frau.

Witwen quält man nicht. Anton wechselte das Thema. Frank hatte ihm erzählt, er sei mit seiner Familie in Potsdam zunächst in den »komplexen Wohnungsbau« gezogen. Frank hatte eine Menge DDR-Ausdrücke übernommen. Er hatte das für einen Beweis seiner Hingabe an die neue Umgebung gehalten. Außerdem klang »komplexer Wohnungsbau« komfortabler und fortschrittlicher als die übliche Bezeichnung »Plattenbau«. Anton hatte ihn ausgelacht und gefragt, wie die Familie mit seinem »Komplex« zurechtkomme.

Frank hatte das gar nicht spaßig gefunden. Wer eine gewisse Enge nicht ertrage, könne da nicht leben, hatte er geantwortet. »Wir mußten weg. Es hat sich die Ehefrage gestellt.«

Anton erzählte der Witwe die Episode.

»Wir hätten nicht hierherziehen sollen«, sagte sie.

»Aber das hier ist eine Traumwohnung«, versuchte Anton zu trösten.

»Sie können sie haben. Ich gehe zurück nach Krefeld.«

Anton verstand. Er fragte sich, weshalb sie ihn überhaupt zu sich gebeten hatte. Wozu wollte sie ihn kennenlernen? Frank hatte bestimmt von ihm erzählt.

Er blieb auf eine Tasse Tee, nicht länger.

Zum Abschied legte er der blassen Frau seinen Arm um die Schultern. Sie hieß Irina, erinnerte er sich.

»Meine Irina«, hatte Frank immer gesagt.

Anton parkte in der Rykestraße vor einem frisch restaurierten, rosafarbenen Haus, nahm seinen Aktenkoffer und den Kleidersack aus dem Wagen und schloß sorgfältig ab, weil er nicht glaubte, daß ein BMW mit Wiesbadener Nummer in dieser Gegend einem Einbruchsversuch entgehen könne. Eine Litfaßsäule warb für »Hobbyland« und »Sexyland« und »Bildung ist Zukunft«. An Hauseingängen klebten Plakate für die »Ostrock-Party im Tränenpalast«. Ein Graffito warnte: »Passivität tötet«. Anton nahm von all dem Notiz, als bewege er sich in einem exotischen Land. Er passierte eine Fachtierarztpraxis für Kleintiere, »Klemmi's Flickschusterei«, zwei private Kindertagesstätten, das Siam-Restaurant »Mao Then«, den »Special-Pub Outlaws« sowie das »Rosenstübchen«. Die meisten Häuser schienen noch immer dem Verfall preisgegeben. Und doch gewann Anton den Eindruck, diese Gegend rund um den Kollwitzplatz könne in wenigen Jahren zu einer Attraktion Berlins werden. Einzelnen prächtigen Fassaden hatten Investoren bereits zu unübersehbarem Glanz verholfen. Haus Nummer 16 in der Wörther Straße war in extravagantem Hellblau gestrichen, im Erdgeschoß eine Buchhandlung eingezogen, und die Tafeln mit den Klingelknöpfen und Namen waren in Vorderhaus und mehrere Rückgebäude aufgeteilt.

Der Name »Windisch« fand sich im ersten Stock des Vorderhauses.

Ein Auge belebte den Spion, ein Schlüssel knirschte. Spaltbreit gähnte die Tür. Die rostroten Haare aus der Aussegnungshalle! Dazu ein Gesicht wie aus Porzellan modelliert, makellose Haut, ein kleines, rundes Mündchen, schattige, grüne Augen. Die Frau trug Bluejeans auf schmalen Hüften, ein weit geschnittenes Jeanshemd darüber. Wortlos öffnete sie die Kette, um Anton einzulassen.

Er betrat einen überraschend weiten Vorraum, geschmückt mit Palmen und Feigengewächsen in hellen Körben. Durch eine halboffene Tür sah Anton das ungemachte Bett. Die Frau führte ihn in ein Zimmer mit hohen Fenstern. Weiße Jalousien waren heruntergelassen, die Lamellen geöffnet. Ein Stapel Bücher lag auf dem lichtblauen Teppichboden neben dem Glastisch. Zwei zweisitzige weiße Ledersofas standen im rechten Winkel zueinander. Dazu kam ein einzelner, dicker, nachtblauer Sessel. Kein Fernsehgerät war zu sehen, nur ein Paar Lautsprecher. Von den weißen Wänden leuchteten schwungvoll gemalte abstrakte Bilder, Striche, Kurven, Flächen, tomatenrot, kornblumenblau, sonnenblumengelb, alle weiß gerahmt. Anton fühlte sich auf Anhieb wohl.

»Setz dich ... in diesem Sessel ist er gestorben.«

Anton sprang aus dem nachtblauen Leder.

»Bleib ruhig sitzen.«

Er wechselte auf eines der weißen Sofas.

Sie setzte sich auf das andere Sofa, zog die Beine hoch. Sie trug keine Schuhe.

»Ich weiß nur, was in der Zeitung steht«, sagte er.

»Die schreiben Scheiß.«

Auch in Bonn habe er nichts Genaueres erfahren.

»In Bonn sind sie blind und reden Schrott.«

So pauschal wollte er das nicht stehenlassen. Er wolle keinen Schrott reden. Deshalb sei er hier.

»Er hat dich gemocht. Er hat gesagt, du seist ein Einäugiger unter Blinden.«

Es gab Komplimente, für die man sich schlecht bedanken konnte.

Frank hatte Anton nichts von Gisela Windisch erzählt. Nicht einmal, daß es sie gab. Ihre Telefonnummer hatte er ihm gegeben, für den Notfall, wie er sagte. Aber Anton hatte nicht gewußt, wer sich hinter der Nummer verbarg. Eine Institution hatte er vermutet, in der Frank sich engagiert hatte, etwas Evangelisches. Er hatte nicht danach gefragt.

»Frank war ein vorsichtiger Mensch«, sagte Anton.

»Nicht vorsichtig genug.«

Anton gefielen die kräftigen Kleckse und Kurven. Die Künstlerin, erfuhr er, saß vor ihm. Ein Verhältnis dieser Extraklasse hatte er Frank nicht zugetraut.

»Erzählen Sie, was geschah, Gisela.«

Wenn sie ihn schon duzte, durfte er es nicht ganz ignorieren.

»Frank hat mich Gisi genannt«, sagte sie. »Und wir haben uns geliebt.«

Für Antons Geschmack kam das etwas direkt.

»Ich mein, wir haben gebumst. Er war lieb wie immer, hat nichts geahnt.«

Sie lächelte engelgleich. Unendlich fein und rein schien Anton ihr Gesicht.

»Es ist nicht der schlechteste Tod«, meinte Anton.

»Jeder Tod ist der schlechteste.«

Nicht der in den Armen dieses himmlischen Wesens, dachte Anton. Die Journalisten wußten nicht, was sie taten, wenn sie Hampels häßliche Anspielungen aufgriffen und auskosteten.

Gisi erzählte.

»Es passierte danach. Wir wollten einen Schluck Wein trinken. Ich geh in die Küche. Die Flasche steht neben dem Kühlschrank. Weißwein. Hatte vergessen, sie kalt zu stellen. Hätt ich die Flasche kalt gestellt, würd er noch leben.«

Anton war gefesselt und zugleich peinlich berührt. Das alles ging ihn nichts an, und zugleich wollte er alles wissen; jede Einzelheit verschlang er, die sie ihm bot.

Der Wein war also warm, sie wollte einen kalten holen gehen. »Laß nur, sagt Frank, ich mach schon. Nein, sag ich, Strafe muß sein. Hätt ich ihn gehn lassen, würd er noch leben. Hätt ich den Wein kalt gestellt, wär alles nicht passiert.«

Sie hatte ihn nicht beschützt vor den Untiefen des Zufalls. Damit wollte sie nun nicht fertig werden. Kein Mensch wurde mit so etwas allein fertig, schon gar keiner, der so offenherzig und sensibel zugleich war wie Gisi. Wie gern wäre Anton ihr beigestanden.

»Ich zieh mir schnell was an, spring rüber zum Rosenstübchen, schräg über der Straße. Wolfgang, das ist der Wirt, gibt mir zwei Flaschen, und ich bin auch schon weg damit. Ein paar Kerle machen noch doofe Bemerkungen. Ich nichts wie weg. Da ist keine böse Ahnung, nee, nur zurück möcht ich zu Frank. Höchstens zehn Minuten, dann bin ich wieder oben. Sofort in die Küche. Nehm mir den Korkenzieher und zwei Gläser und komm hier rein. Frank liegt in seinem Sessel und macht seltsame Geräusche. Die Augen gucken mich nicht an, starren zur Decke. Frank! brüll ich, Frank, sag doch was! Ich drück ihn, schlag ihn, schüttl ihn. Ich renn raus, renn wieder rein. Frank, sag doch was! Es rasselt in ihm. In den Mundwinkeln Schleim. Das Herz! Ich zum Telefon, schrei nach dem Notarzt. Frank will was sagen, ich versteh nix. Nicht aufstecken, Frank, hörst du! Wenn der beschissene Dokter wenigstens da wär. Ich runter zur Straße, um den Dokter gleich raufzulotsen. Hör auch schon die Sirene. Der Dokter rennt rauf, guckt nur. Mach endlich was! Nix zu machen, sagt er. Tot. Die Polizei muß er verständigen, sagt er.«

Das Porzellangesicht hatte rote Flecken bekommen.

»Hätt ich ihn den Wein holen lassen, würd er leben.«

»Es hilft nichts, wenn Sie sich quälen«, sagte Anton.

Vielleicht wäre er auf dem Weg zur Kneipe zusammengebrochen, auf dem Trottoir gestorben, statt in ihren Armen. »Erwischt hätte es das Herz so oder so.«

Anton blutete das Herz. Aber: ganz konnte er Gisi nicht folgen. Wie wäre es, wenn der Infarkt Frank schon getroffen hätte, bevor sie den Wein holen ging. Vielleicht hatte er nach einem Schluck Wein verlangt, weil es ihm schlecht geworden war. Vielleicht war der Tod tatsächlich gekommen, wenn man es sich als Mann nur wünschen konnte.

»Ich weiß, wie die Leute reden«, sagte Anton. »Frank ist tot. Sein letzter Augenblick geht niemanden etwas an, nicht einmal die Polizei. Ist es nicht so? Er sitzt tot im Sessel. Sie gehen runter, nicht um Wein zu holen, sondern um ein Alibi zu kriegen. Ihm zuliebe, euch beiden zuliebe. Es geht schließlich niemanden was an, unter welchen Umständen Frank starb.«

»Was soll das denn heißen! Alibi! Hört sich an, als hätt ich ihn umgebracht.«

»Nein, um Gottes willen. Ich meine nur, warum hätten Sie nicht versuchen sollen, es so darzustellen, als hätte es ihn erwischt, als Sie gar nicht im Haus waren?«

»Ich war nicht im Haus!«

»Vergessen Sie es.«

Was befand der Arzt? Was tat die Polizei? Gab es Zweifel an der Todesursache?

Anton stellte Fragen, die andere längst hätten beantworten müssen.

»Wir kriegen ihn nicht wieder lebendig«, sagte Gisi.

»Gisi, wußte seine Frau von euch?«

»Kann ich mir nicht vorstellen. Das hätt Frank nicht verkraftet. Er war kein Held. Er war total ängstlich.«

Anton fand es ausgesprochen mutig, wie Frank versucht hatte, alles unter einen Hut zu bringen. Vielleicht hatte ihn diese Art von Streß ins Grab gebracht.

»Wem gehört die Wohnung?« fragte Anton.

»Ihm gehört sie, wem sonst?«

Von den fröhlichen Bildern konnte sie sich die Wohnung bestimmt nicht leisten.

»Ich bin hundemüde«, sagte sie.

Anton schrieb seine Bonner Büronummer auf ein Streichholzbriefchen.

»Damit Sie wissen, an wen Sie sich wenden können, Gisi, wenn Sie Hilfe brauchen.

Schon im Mantel, nahm er sie in den Arm. Es entging ihm nicht, wie gut sie sich anfaßte.

Im Grandhotel Esplanade fand Anton eine Nachricht von Irina. Sie bat dringend um ein Gespräch. Er erreichte nur ihren Anrufbeantworter.

Er nahm ein Taxi zum Brandenburger Tor, stieg vorher schon aus, weil der Verkehr stand. Ein Dutzend Mannschaftswagen der Polizei mit vergitterten Scheiben und Scheinwerfern wartete auf dem Pariser Platz. Nirgends waren Demonstranten zu sehen. Das Tor mit dem Viergespann auf dem Dach und der martialischen Göttin, die das Feldzeichen mit dem Eisernen Kreuz trägt, gehörte für Staatsgäste zum Pflichtpensum.

Die Gegend war das letzte Schlachtfeld des Zweiten Weltkriegs gewesen und danach das markanteste des kalten Kriegs, von Mauer und Todesstreifen durchzogen. Jetzt war sie zur größten Baustelle der Welt geworden.

Hundertköpfige Stäbe planten diese Schlacht. Megatonnen Materie wurden abgetragen, umgeschichtet, aufgetürmt, angeliefert und weggeschafft, Brücken geschlagen, Schienen gelegt, Molen gebaut, um Material an die Front zu werfen. Mehr als hundert Millionen Mark kosteten allein die logistischen Vorbereitungen. Zwischen den Großprojekten der Parlaments- und Regierungsbauten wurde eine riesige Wanne gegraben, die sich in einen erdbraunen See verwandelte. In ihn würde später Spezialbeton gepumpt, der sich unter Wasser zu einem Tunnel härtete, durch den Züge und Autos das Regierungsviertel unterqueren sollten.

Nirgends stießen die Werkzeuge auf Fels, nirgends auf tiefere Schichten der Menschheit. Berlin war nicht Athen. Alles, was es zu entdecken gab in dieser Hauptstadt der kurzen Erinnerung, waren Folterkeller und Kanzleien von Diktatoren. Die Bauherren hielten das für einen Vorzug. Sie behaupteten, Geschichte lasse sich »bewältigen«, wenn man Neues darüber setzte. Im Sandkasten Berlins kommandierten nun endlich deutsche Demokraten die Geschichte herum. Die Monstrosität des Wilhelminischen Reichstags ließen sie mit einer pompösen Kuppel krönen und glaubten, ihr Land finde darin ein architektonisches Sinnbild.

Nicht alle dachten so. Anton hatte das Reichstagsgebäude schon als junger Architekt für ein anmaßendes Fossil gehalten. Nun war das Fossil zum Leben erwacht.

»Unter den Linden« warteten nicht sehr viele Passanten hinter rot-weißen Absperrgittern auf den König. Noch weilte der Staatsgast in der zentralen Gedenkstätte. Alles in Berlin hieß gleich zentral, sogar die Erinnerung an die in Berlin zentral geplanten Verbrechen.

In der »Goldenen Gans« des Hotels Maritim, das noch immer den Charme der untergegangenen Diktatur ausstrahlte, wartete Knut Unterberg auf den Abgeordneten. Anton schätzte den Sachverstand des Ingenieurs, und er schätzte auch, daß er Politikern selten nach dem Munde redete. Sie trafen sich besser hier und nicht in Unterbergs Büro. Beide bestellten Thüringer Würste auf Sauerkraut.

»Auf meine Kosten«, sagte Anton.

Das Glas Wernesroder Bier machte sechs Mark und kam lau.

»Es läuft nicht«, entschuldigte sich die Kellnerin.

Ohne Umschweife bestätigte Unterberg die Meldungen. Die ursprünglich geplanten sechshundert Millionen Mark für den Umbau des Reichstags hatte noch nie jemand geglaubt, der Verstand besaß.

»Wir hofften mit einer knappen Milliarde davonzukommen«, sagte Unterberg.

Die Euroconstruct hatte das günstigste Angebot abgegeben, immer noch weit über den ursprünglich veranschlagten Kosten. Preisabsprachen waren noch nie zu verhindern gewesen. Aber die Situation in Berlin war geradezu eine Aufforderung dazu. Genügend Großprojekte waren zu vergeben. Die Nachfrage hatte den Baumarkt überhitzt. Es spielte keine Rolle, ob eine Firma diesen oder jenen Auftrag gewann. Wer im Spreebogen zu kurz kam, konnte sich auf dem Potsdamer Platz ein paar saftige Brocken aussuchen. Wem das nicht reichte, ergatterte auf dem Alexanderplatz ein Hochhaus oder zwei, baute am Pariser Platz oder sonstwo in Großberlin: Bahnhöfe, Einkaufspassagen, Büropaläste, Zehntausende Wohnungen. Unterberg und seine Mitarbeiter wurden dafür bezahlt, darauf zu achten, daß es dort mit rechten Dingen zuging, wo der Bund baute.

»Zunächst einmal haben wir einen Auftrag zu erfüllen. Wir haben ihn vom Deutschen Bundestag, Herr Abgeordneter. Er lautet: 1998 ziehen wir um. Das schaffen wir nicht, wenn wir alles dreimal prüfen.«

»Preisabsprachen sind Betrug auf Kosten der Steuerzahler.«

»Wir können nichts beweisen.«

»Sie wollen nichts beweisen, weil es zuviel Zeit kosten würde.«

»Wir könnten das Ergebnis der Ausschreibung aufheben, das wäre theoretisch möglich«, bestätigte Unterberg, »vorausgesetzt, wir könnten die vorgelegten Kalkulationen glaubhaft widerlegen.«

»Also, worauf warten Sie?«

»Bauherr ist das Parlament. Und das hat sich selbst unter Zeitdruck gesetzt. Würden wir jetzt die Ausschreibung aufheben, kämen wir unaufholbar in Verzug.«

»Mit mir bekämen Sie da kein Problem«, sagte Anton. »Höchstens mit Söhnlein.«

»Da erwarten Sie von kleinen, schlecht bezahlten Beamten, das Ding zu stoppen?«

»Der Finanzminister müßte Interesse daran haben!«

Das war ein schwaches Argument, wußte Anton, so schwach wie der Finanzminister. Die Finanzbeamten achteten nur auf Unterbergs Stellenpläne und darauf, daß er und seine Leute nicht zuviel verdienten.

Gab es nicht wenigstens Hinweise auf ein bißchen Korruption? Es gab, wußte Anton, eine Form von Korruption, die nicht strafbar war. Sie wurde sogar belohnt. Es war die Korruption durch Gehorsam und Anpassung. Beamte, die sich querlegten, machten sich unbeliebt, riskierten die nächste Beförderung. Bequemer war es, die Dinge laufenzulassen, wie sie liefen, solange sie der Politik gehorchten.

Anton fragte: »Hat Molke Dreck am Stecken?«

»Nicht mehr als andere.«

»Molke und Schmid-Selbelang: Was fällt Ihnen dazu ein?«

»Parteifreunde.«

»Und Geschäftsfreunde?«

»Soviel ich weiß, liegt das lange zurück. Es ist nicht mein Job, Abgeordneten hinterherzuspionieren, die meine Arbeit beaufsichtigen.«

Die Würste waren salzig und schwer.

»Macht Ihnen Ihr Job noch Spaß?«

»So schlecht läuft es nicht«, sagte Unterberg. »Wir sind aus dem zwanzigsten Stock gesprungen. Gerade passieren wir den zwölften. Bisher ist alles gutgegangen.«

NEUN BELLINI

Die Harrys New York Bar lag, betrat man das Grandhotel Esplanade, schräg gegenüber dem Eingang. Der große, hohe Raum mit der Galerie aller US-Präsidenten und einer zwanzig Meter langen Theke war, wie fast jeden Abend, dicht gefüllt. Für ein vertrauliches Gespräch war das nicht der richtige Ort. Irina Schmid-Selbelang wartete am Eingang.

Anton schlug einen Spaziergang am Landwehrkanal vor. Irina lehnte ab. Sie setzten sich in eines der schwarzen Le Corbusier-Sofas in der Halle.

»Ehe Sie falsche Schlüsse ziehen, teile ich Ihnen mit, daß Frank bei einer anderen Frau im Bett umgekommen ist.«

Sie wartete die Wirkung ihrer Worte nicht ab.

»Sie heißt Windisch, eine unbegabte, arbeitsscheue Person. Frank war sexuell abhängig von ihr. Das ist es, was ich zu sagen habe. Ich kann damit leben.«

Sie führte ein bitteres Lachen vor.

Anton war die Szene peinlich. Eine Weile lauschten beide dem Stimmengewirr und dem Jazzpianisten in der Bar. Anton winkte einen Kellner herbei.

»Erst einmal trinken wir auf den Schreck einen Bellini«, empfahl er.

Was veranlaßte eine Frau spätabends von Potsdam nach Berlin zu fahren, um sich bei einem ihr ziemlich unbekannten Kollegen ihres gerade verstorbenen Mannes über dessen Sexualleben auszulassen? Warum hatte sie ihm nicht alles schon am Nachmittag erzählt?

»Wenn ich Ihnen helfen soll«, sagte Anton, »dürfen Sie nicht versuchen, mir einen Bären aufzubinden.«

Sie begann still zu weinen. Der Bellini kam. Nach dem ersten Schluck war von ihm nichts mehr übrig.

»Hatte Frank Angst?«

»Er starb vor Angst.«

Todesursache Angst. Das war eine neue Theorie. Von allen Versionen, die Anton bisher kannte, kam sie der Wahrheit vielleicht am nächsten.

Über einen trockenen Mund klagte die Witwe. Anton gab dem Kellner ein Zeichen. Er stieg um auf Bier, sie blieb beim Bellini.

»Er hat sie ausgehalten. Die Wohnung der Windisch in Berlin, in der er starb, sie gehörte ihm«, sagte sie.

»Keine schlechte Geldanlage.«

»Wenn man Geld hat! Glauben Sie, wir sind aus Idealismus in den Plattenbau gezogen? Wir hatten jeden Pfennig in die Berliner Straße gesteckt und dazu Schulden gemacht. Und jetzt halten Sie sich fest: Die Wohnung am Prenzlauer Berg ist schuldenfrei.«

Vielleicht hatte Frank geerbt. Praktisch jeder erbte heutzutage, dachte Anton, bloß er nicht.

»Das wäre mir nicht entgangen«, antwortete Irina.

Ihr war vermutlich mehr entgangen, als sie ahnte. Dem Kellner nahm sie das nächste Glas direkt aus der Hand. Anton wartete, bis sie es geleert hatte.

»Falls mir was passiert, hat er einmal gesagt, bist du gut dran. Ich dachte, er spielt auf die Altersversorgung für Abgeordnete an.«

»Sie haben Humor«, sagte Anton.

»Im Testament steht, daß die Windisch in der Wörther Straße fünf Jahre lang kostenloses Wohnrecht behält.«

Zorn und Trauer führten in ihrem Gesicht ein wildes Gefecht. Frank war ein hoffnungsloser Romantiker mit Doppelleben gewesen, vielleicht nicht nur in Liebesdingen. Anton wurde immer klarer, wie schlecht er ihn gekannt hatte. Seine Witwe hatte offenbar vor, ihre Entrüstung mit ihm zu teilen. Warum ausgerechnet mit ihm, dem mutmaßlichen Vertrauten des treulos Verblichenen?

»Wer ist diese Frau?« wollte sie wissen. »Was wissen Sie von ihr?«

»Eine Künstlerin. Sie kennen Sie nicht?«

»Ich will sie nicht sehen.«

»Sie war bei der Trauerfeier.«

»Noch ein Glas von dem Zeug, bitte.«

Als der nächste Drink kam, fragte Anton, ob Frank ihr den Grund seiner Angst verraten habe. Die Witwe trank wie eine Verdurstende.

»Frank hat mich nicht bloß betrogen, er hat mir auch nicht vertraut.«

So konnte man das sehen. Vielleicht hatte der alles in allem treusorgende Gatte der Gattin aber auch bloß die Wahrheit ersparen wollen. Die Wahrheit über Gisi und noch ein anderes Stück Wahrheit, das im dunkeln lag, schwer zu erklären war und womöglich gefährlich.

»Frank und Molke. Erzählen Sie mir davon!«

Ein Lachen entgleiste. Irina war nicht mehr in bestem Zustand. Ein weiterer fruchtiger Bellini half, und sie erzählte.

Als dem Osten das Glück des Westens winkte, dachte Frank daran, im Land seiner Väter mitzuhelfen und seinen Teil vom Glück abzubekommen. Manfred Molke war damals einer der einflußreichsten Politiker seiner Partei in Brandenburg. Er hatte als Bauingenieur gearbeitet, nach dem Bankrott der DDR von der Treuhand den Hauptteil seines früheren Kombinats übernommen und sich als Bauunternehmer selbständig gemacht.

Damals bot er dem Parteiangestellten Frank an, als Geschäftsführer in seine Firma einzusteigen.

Irina sagte, sie habe sich zunächst gewundert, weshalb Frank das ausgeschlagen habe. Das Risiko sei ihm zu hoch, habe Frank geantwortet, obwohl eine Baufirma im Osten damals so gut schien wie die Lizenz zum Gelddrucken. Das Risiko war wohl ein anderes. Frank hatte vermutlich herausbekommen, woher Molke sein Startkapital hatte.

»Jedenfalls«, so Irina, »hat ihn die Frage, woher Molkes Geld war, Tag und Nacht beschäftigt.«

Eines Tages habe er zu ihr gesagt: »Molke arbeitet mit Stasigeld.«

Natürlich hatte Irina mehr darüber wissen wollen. Frank aber habe die Angelegenheit für sich behalten. Irina hatte ihre eigenen Schlüsse gezogen, alles mögliche spekuliert. So abwegig war es ja nicht, daß führende Blockflöten, wie Molke eine war, mit der Stasi Geschäfte machten. Es schadete ihnen selten. Warum sollte Molkes Geld nicht aus Stasikassen sein? Franks Absage habe er nicht akzeptieren wollen und ihm deshalb die Wohnung in Potsdam angeboten, kostenlos.

»Ich war glücklich über die Gelegenheit, endlich aus dem Plattenbau herauszukommen«, sagte Irina. »Aber Frank sagte nur: ›Kommt nicht in Frage!‹«

»Dann ziehe ich nach Krefeld«, habe Irina geantwortet.

Frank aber bestand darauf, von Molke nichts zu nehmen. Schließlich einigten sie sich auf einen Kompromiß. Frank kaufte die Wohnung regulär von Molke.

»Na ja, zu einem guten Preis.«

Frank hatte um Irina gekämpft und sich dafür in Molkes Abhängigkeit begeben.

»Er hat mir das wohl nie verziehen«, seufzte Irina. »Meinetwegen ließ er sich von Molke korrumpieren.«

Molke unterstützte Frank bald darauf bei seiner Bundestagskandidatur. Es war nicht einfach, als Westdeutscher im Osten auf einen sicheren Listenplatz zu kommen.

»Manchmal hörte ich ihn nachts hin und her tigern. Aber er

ließ mich nicht an sich heran. Und dann geriet er in die Krallen dieser Schlampe und in was weiß ich für Schwierigkeiten noch.«

Sie kramte in ihrer Tasche, zog einen braunen Umschlag heraus und reichte ihn Anton. In ihm steckte die Urkunde eines Berliner Notars. Anton schlug sie auf. Der Kaufvertrag der Wohnung am Prenzlauer Berg wies Frank als Käufer und die »Fonty GmbH« als Verkäufer aus. Der Kaufpreis war lächerlich gering: einhunderttausend Deutsche Mark. Unterzeichnet war der Vertrag von Frank und dem Syndikus der Fonty, Rechtsanwalt Schulz.

»Das Schönste ist«, sagte die Erbin, »Frank hat das Geld nie bezahlt. Jedenfalls finde ich nichts in den Kontoauszügen, auch keine Zinszahlungen auf ein entsprechendes Darlehen.«

»Woher, glauben Sie, hatte er das Geld?«

»Fragen Sie die Windisch! Übrigens glaube ich nicht an Herzversagen.«

Ein Satz wie ein Ungeheuer. Sie hatte ihn einer schwer gewordenen Zunge abgerungen. Gerade noch hatte Irina ihm eröffnet, ihr Mann sei bei Gisi im Bett gestorben. Diese Wahrheit war schwer zu ertragen. Konnte nicht wahr sein, was nicht wahr sein durfte? Oder hatten die Bellini sie den Verstand gekostet?

»Man kann auch im Bett verschiedene Tode sterben«, sagte Irina.

»Die Polizei fand keine Spur von Gewalt.«

»Wer behauptet das?«

»Die Windisch sagt es. Warum sollte sie lügen?«

»Die Polizei legt keinen Wert darauf, die Wahrheit herauszukriegen.«

Die Staatsanwaltschaft hätte Frank obduzieren lassen, wäre da ein Anfangsverdacht gewesen. Frank sei gestorben, meinte Anton. Einfach gestorben. »Was wollen Sie tun, Irina?«

Sie starrte Anton mit verheulten Augen an.

»Auf sein Wohl, Irina. Wann ist die Beisetzung?«

»Sie haben einen Einäscherungsstau. Das ist der Aufschwung Ost.«

Lustig klang das nicht.

»Irina, wann?«

»Laß mich mit seiner Asche in Frieden...«

Bellini sind leicht. Aber neun Bellini sind für jemanden nicht ganz leicht, der einen schweren Tag hinter sich hat und Champagnersüffeln nicht gewohnt ist. Anton durfte die angeheiterte Witwe nicht mehr auf die Straße lassen. Sich selbst, nach den acht Bierchen, die seinem einen Bellini gefolgt waren, auch nicht. Die Berliner Polizei mochte komplizierten Todesfällen nicht gewachsen sein, aber auf den Straßen herrschte die Straßenverkehrsordnung. Die Zeche von einhundertdreiundneunzig Mark zwanzig plus vierachtzig Trinkgeld strapazierte das Budget eines Bundestagsabgeordneten. Ein zweites Zimmer für die Witwe war nicht mehr seriös zu finanzieren. Aber das Doppelbett in Antons nüchtern möbliertem Zimmer war geräumig genug. Sie erreichten es im Aufzug ohne Mühe. Anton war Irina eine Stütze. Ohne sich zu zieren, zogen sie sich aus. Er lag auf der rechten Seite in Unterhosen. Irina links, nackt.

Trauernde Witwen betatscht man unter gar keinen Umständen. Anton drehte sich zur Wand und löschte das Licht. Auf seiner Hüfte schlich mit Samtpfötchen ein einsames Kätzchen. Er nahm ihre Hand in die seine. Witwen brauchen Trost.

Anton wachte noch im Dunkeln auf. Zehn nach sechs zeigten die Leuchtziffern seiner Armbanduhr. Schemenhaft wölbte sich der Findling der Frau neben ihm. Sie atmete tief und gleichmäßig. Er tastete nach dem Lichtschalter. Kleine Schweißperlen überzogen Oberlippe und Stirn Irinas. So leise wie möglich schlüpfte Anton aus dem Bett. Er vermied es, den Wasserhahn hören zu lassen, auch die Blase konnte warten. Er fand in die

Kleider und kritzelte ein paar Worte auf den Hotelblock. Leise klickte die Tür hinter ihm ins Schloß.

Antje hatte sich auf die tyrannische Arbeitswut eines unausgeschlafenen Mannes eingestellt, als Anton, zurück aus Berlin, sie in sein Zimmer raunzte.

»Tür zu und – Frau Blüm! – keine Telefonate!«

»Tür zu« war kein Signal für Fummeleien am Arbeitsplatz. Anton trennte streng. Die Liebhaberin Antje Schütterlich hatte nichts zu tun mit der Assistentin und politischen Ratgeberin selben Namens. Das hörte man schon am Ton, den Anton ihr gegenüber anschlug. Mach doch mal, schau doch mal, kannst du mal, sag doch mal, laß dir mal was einfallen. Das war der wieder einmal anstrengende Chef, der sich in seiner Eigenschaft als Mann allerdings durchaus gewürdigt wissen wollte.

»Frag mich nicht, wo ich heute morgen aufgewacht bin!« sagte er.

»Ich gehe einfach einmal davon aus, daß es in einem Bett geschah«, sagte Antje und spendete ein nicht übertrieben großes Maß an Bewunderung.

»Sie ist noch nicht einmal eifersüchtig«, dachte Anton. Dafür liebte er sie. Aber das gehörte nicht hierher, rief er sich zur Ordnung.

Es gehörte hierher! Denn Antons Bericht über seine Recherchen in Berlin war ungeschminkt und präzise. Wie sonst hätte Antje ihn richtig beraten können. Sie unterbrach nicht, auch nicht an Stellen, an denen er das gern gehabt hätte. Vermutlich hielt sie ihn für einen Angeber. Dabei war nicht er zu rühmen, sondern Frank. Es waren seine Frauen. Ein tragischer Zufall hatte dafür gesorgt, daß beide sich an Antons Brust ausweinten.

Warum ließ er es nicht dabei bewenden? Was kümmerte ihn eine Geschichte, die immer rätselhafter und schmutziger zu werden schien, je tiefer er in sie eindrang.

»Soll ich die Finger davon lassen? Was meinst du? Es ist Sache der Polizei.«

»Du wirst die schönen Witwen doch nicht in ihrem Kummer allein lassen wollen«, ermunterte die Beraterin.

Anton sah sie beinahe verliebt an.

»Zur Sache. Laß uns das mal durchbuchstabieren!« sagte er.

Die Todessache Frank Schmid-Selbelang. Das Herz des Abgeordneten war stehengeblieben. Wann genau? Während des Geschlechtsverkehrs mit der Windisch? Nach dem Geschlechtsverkehr mit der Windisch? In beiden Fällen kam als Todesursache Überanstrengung im Eifer des Gefechts in Frage.

»Es macht keinen großen Unterschied.«

»Für die Windisch schon«, sagte Antje. »Ich kann mir nicht vorstellen, daß sie in die Schlagzeilen kommen will als Frau, auf der ein Politiker den Geist aufgab.«

»Wieso ›auf der‹?«

Antje warf einen Radiergummi nach ihrem Chef, auf dem »Zukunft wählen« stand. Er traf seinen Bauch und plumpste zu Boden.

»Warum sollten wir der Zeugin glauben?«

»Warum sollte Gisi mich belügen?«

»Du hast recht. Schöne Frauen belügen Antonius Sommer niemals. Kriegen sie nicht hin, wenn er ihnen tief in die Augen blickt. In unserem Fall hat die Zeugin aber der Polizei dasselbe erzählt. Vielleicht hatte auch der Kommissar unwiderstehliche Augen.«

»Du glaubst der Gisi nicht. Du glaubst Irina. Die glaubt nicht an Herzinfarkt, sondern an Mord, aus welchen Motiven auch immer. Spielen wir die Hypothese ruhig mal durch. Es kommt nur Gift in Frage. Andere Spuren von Gewalt hätte der Arzt sofort bemerkt. Das bedeutet: Die Windisch steht unter dem Verdacht, ihren Geliebten getötet zu haben.«

Antje nickte entschieden.

»Und weshalb?«

»Zwischen Frauen und Männern gibt es tausend Sorten Leidenschaften, die tödlich enden können.«

»Und welche Sorte ziehen Sie vor, Fräulein Schütterlich?«

»Ich werde Ihre außerehelichen Umtriebe mit den Witwen Ihres Kollegen dem Vorsitzenden verraten. Oder an die Presse verkaufen. Ich fürchte, ich werde nichts dafür bekommen.«

»Bleiben wir beim Thema«, sagte Anton.

»Das wäre das Thema Leidenschaft. Nehmen wir an, Irina wußte von Franks Verhältnis. Es war kein kleiner Seitensprung, sondern ein ausgewachsenes Doppelleben, das er in Berlin mit der Windisch führte. Der Rache Schmerzen tobt in ihrem Herzen, singt die Königin der Nacht. Irina bringt ihn um, und zwar so, daß der Verdacht auf die Rivalin fällt.«

Vielleicht sollte er sich auch vor Ellen in acht nehmen, dachte Anton.

Er sagte: »Das paßt nicht zu ihr. Du vergißt Molke! Frank war ihm gefährlich geworden, er wußte zuviel.«

»Der Mann ist die personifizierte Wiedervereinigung«, sagte Antje. »Vorher ein Schlawiner, nachher ein Schlawiner. Kontinuität kommt an bei den Deutschen, im Osten wie im Westen. Die alten Stasigeschichten bringen keinen Menschen mehr auf die Palme.«

»Wenn aber Molke sich den Abgeordneten Schmid-Selbelang als Lobbyisten gehalten hat, der weiß, weshalb er den Reichstag bauen darf? Angenommen, Frank erzählte diese Geschichte Neuss.«

»Eine schöne Geschichte«, bremste Antje. »Es ist nicht bewiesen und nicht beweisbar. Selbst wenn es beweisbar wäre: Womit hätte er Molke bedrohen können? Er steckte selbst bis zum Hals in Korruption, wenn es stimmt, daß er die Wohnung in Berlin praktisch geschenkt bekam und auch die Wohnung in Potsdam ein großzügiges Angebot war.«

»Frank war Idealist. Vielleicht wollte er aussteigen, reinen Tisch machen.«

»Fragen wir Neuss!«

»Bist du verrückt! Wir wecken schlafende Hunde.«

»Dann sollten wir aufhören, Polizei zu spielen«, erwiderte Antje.

Das wäre vermutlich das beste, dachte Anton. Er war davon überzeugt, daß Frank aus Liebe zu Gisi in einen Abgrund geraten war, aus dem er nicht mehr herausgefunden hatte. Molke hatte ihn in der Hand gehabt.

»Ob er Gisi von seinen Qualen erzählt hat?«

»Du hättest ihr bestimmt dein Herz ausgeschüttet«, sagte Antje. »Wahrscheinlich hast du das schon. Einer so sensiblen, schönen Frau kann Antonius Sommer nicht widerstehen.«

Antje war also doch eifersüchtig. Anton fand das nicht unangenehm.

»Was wissen wir überhaupt von ihr?« fuhr sie fort. »Wie hat Frank sie aufgegabelt? Oder sie ihn?«

»Zuerst müssen wir wissen, woran Frank wirklich gestorben ist«, sagte Anton.

Der Staatsanwalt hatte keine Obduktion veranlaßt.

Antons Vertrauen in die Justiz wollte Antje nicht teilen. Sie kannte sich da besser aus als er, schließlich hatte sie ihre Referendarzeit bei der Staatsanwaltschaft verbracht und am Ende aus Enttäuschung den Job im Büro des Abgeordneten vorgezogen.

Anton ließ sich mit dem zuständigen Staatsanwalt in Berlin verbinden.

Aus Oberstaatsanwalt Mespelkamps Dialekt herauszuhören, ob er aus dem Osten oder Westen kam, bemühte er sich vergebens. Ostdeutsche hielt Anton für unterwürfiger und unbeweglicher. Es bestehe absolut kein Verdacht auf eine Vergiftung, beteuerte Mespelkamp, deshalb sei die Leiche freigegeben worden.

Das, sagte Anton, sei vielleicht ein Fehler, der unangenehme Folgen haben könne.

Die Justiz ist unabhängig, Staatsanwälte sind es nicht. Aber von einem Abgeordneten müssen nicht einmal sie sich etwas anschaffen lassen. Mespelkamp nahm den Anruf des Parlamentariers trotzdem mit gebührender Aufmerksamkeit entgegen; der Mann gehörte schließlich zur Regierungspartei. Was Anton zu seiner Nachfrage veranlaßt habe, fragte der Oberstaatsanwalt. Ein vertrauliches Gespräch mit der Witwe des Toten? Die, gab der Staatsanwalt zu, war gar nicht vernommen worden.

»Ist das Ihr Ernst!« Er sei kein Volljurist, sagte Anton, aber auch kein Vollidiot. Und sein einigermaßen gesunder Menschenverstand sage ihm, daß die Sache zum Himmel stinke. Im übrigen sei es am besten, Mespelkamp vergesse, bitte, sofort dieses Gespräch, das er lieber mit ihm als mit dem Justizsenator geführt habe.

EINE BLENDENDE GESELLSCHAFT

Am selben Tag fand Anton in der Post die Einladungskarte der »Freunde des Golfsports in Deutschland e. V.«, gedruckt in dunkelgrüner englischer Schreibschrift.

Golferisch gesehen waren die dicht siedelnden Deutschen ein Volk ohne Raum. Die Plätze waren überfüllt, und nirgendwo war es schwerer, überhaupt zum Spiel zugelassen zu werden. In keinem anderen Golf-Schwellenland dieser Erde machten sich Anfänger verbissener an die Arbeit. Die Gemeinnützigkeit der »Freunde des Golfsports in Deutschland e. V.« stand deshalb nie in Zweifel. Es zweifelte ja auch niemand am gemeinen Nutzen anderer Vereine, die sich beispielsweise des Synchronschwimmens oder der Kulturgeschichte der Einkaufstüte annahmen.

Die »Freunde« also, wie wir sie der Kürze wegen nennen wollen, luden Anton Sommer zum Turnier.

Er glaubte zunächst an einen Irrtum. Zwar hatte er in sitzungsfreien Wochen täglich und selbst in Bonn gelegentlich eine Trainerstunde absolviert, sich aber noch nicht an die Platzreifeprüfung gewagt. Ihr schriftlicher Teil umfaßte die Golfetikette und die vierunddreißig Regeln des Royal and Ancient Golf Club of St. Andrews. Das war zu schaffen. Neun Löcher doppelpar zu spielen, daran aber war bisher praktisch nicht zu denken gewesen.

»Du kommst!« eliminierte Pflüglin seine Zweifel.

Das hieß Trainingslager. Am Donnerstag schwänzte er sogar einen Teil der Plenardebatte und fuhr nach Hause.

Der Pro in Weißenberg war ein dünner Schotte.

»Ich will nicht das Geld, ich will einen perfekten Griff«, sagte er gleich am Anfang.

Bis dahin hatte Anton seinen Griff für das bisher einzige von ihm entsiegelte Geheimnis des Golfspiels gehalten. Tom McPherson aber fing ganz von vorne an und nahm am Sonntag noch immer Antons Geld.

Das Turnier war eine Woche später. Anton fuhr mit dem Auto in die Oberpfalz. Das »Golf-und-Country-Resort Walhalla« lag wenige Autominuten östlich von Regensburg. Es bot sechs Achtzehn-Loch-Meisterschaftsplätze, drei weitere Neun-Loch-Par-drei-Plätze, Pro-Shops, Schlägerwerkstätten, ein Hallen-Putting-Green, das Schwunganalysezentrum und einhundertzehn wetterfeste, zum Teil beheizbare Abschlagplätze, um eine kreisförmige Übungswiese von dreihundert Metern Durchmesser gruppiert. Zweiundfünfzig Golflehrer boten ihre Dienste an, angeleitet vom namhaften irischen Pädagogen James »Doc« Mulligan. Unterkunft boten zwei mustergültig restaurierte, unter Denkmalschutz stehende Gutshöfe und ein Fünfhundertbettenhotel der Luxusklasse mit Indoor- und Outdoorpools, finnischen und römischen Saunen, dem Fitneßstudio, das ein ehemaliger Zehnkampfweltrekordler leitete, einer Beautyfarm (unter anderem Algen-Ganzkörpermaske, Aromatherapie, Hydromassage), Tennishallen, nicht zuletzt der weithin gerühmten Küche, deren Pfälzer Wurstsalat »allein schon eine Reise wert« war, wie Pflüglin mitgeteilt hatte.

Auf seinem modern-rustikal gestalteten Zimmer fand Anton eine Flasche Champagner in einem Eiskübel vor, sowie ein Kuvert mit der Aufforderung, sich zum Start um neun Uhr zwanzig einzufinden. Anton staunte über die klangvollen Namen auf der Startliste. Ein Nobelpreisträger der Medizin befand sich darunter, ein Friedenspreisträger des Deutschen Buchhandels, der Herausgeber eines führenden Meinungsblattes, zwei Theater- und ein Fernsehintendant, ein gutes Dutzend Vorstandsvorsitzende (Automobil, Maschinenbau, Banken, Versicherungen, Großchemie, Telekommunikation), ein Dreisternegeneral, ein Kulturphilosoph, zwei Historiker, hohe Richter, ein römisch-katholischer Erzbischof. Spielte der auch Golf?

Der schon. Lediglich einen zusätzlichen Philosophen sollte Anton später als passives Mitglied kennenlernen, was das Golfen anging. Anton wurde mit Handicap sechsunddreißig geführt, obwohl er noch nicht einmal die Platzreife hatte. Pflüglin, Handicap zweiundzwanzig, hatte dafür gesorgt, daß Anton in seinem Flight, sozusagen unter seinen Fittichen, startete. Das beste Handicap in seiner Gruppe, vierzehn, wies Paul Insel auf, der Kolumnist.

»Alle meine Freunde nennen mich Polly.«

So ging das also.

»Anton«, stellte sich Anton dem vierten Mann im Flight vor.

»Meine Mitarbeiter nennen mich Schulz, meine Studenten Herr Professor, ich bin nebenbei Honorarprofessor, andere sagen zu mir Herr Konsul, aber hier bin ich selbstverständlich Siegfried.«

Anton entschuldigte sich vorsorglich für seine vorhersehbar mageren Anfängerkünste.

»Darauf kommt es nicht an«, sagte Pflüglin. »Es gibt Wichtigeres.«

Das Turnier wurde auf allen Abschlägen gleichzeitig durch einen Kanonenschlag gestartet. Anton und seine Freunde begannen am Tee vier. Dort bot sich ihnen ein schöner Blick auf den neugriechischen Tempel, der die Anhöhe jenseits der Donau krönte. Es war das Nationalheiligtum, welches Bayernkönig Ludwig I. dem deutschen Volk gewidmet hatte, einige Jahre nachdem die Wittelsbacher von Napoleon zu Königen befördert worden waren.

Anton begann besser, als er es selbst erwartet hatte. Die ersten beiden Löcher, ein kurzes Par drei und ein weitläufiges, abwärts führendes Par vier, waren nicht schwer zu spielen. Er befolgte den Rat Tom McPhersons und begnügte sich mit kürzeren, nicht mit vollem Schwung geschlagenen, dafür einigermaßen geradeaus fliegenden Bällen. Schulz dagegen drosch gleich mit dem ersten Abschlag einen nach rechts abdrehenden Ball in die Wipfel.

Beim zweiten Loch durfte Anton sogar als erster abschlagen. Er hatte »die Ehre«. Und am dritten hatte er, da immer noch kein anderer besser war als er, die »Restehre«.

Es kam Durst auf größere Heldentaten. Anton schlug schwungvoller und ungenauer. Der Ball landete im Klee.

Diese heimische Futterpflanze sieht harmlos aus. Golfbälle verschwinden in ihr allerdings spurlos. Das einzige sichere Mittel, im Klee einen Ball zu finden, bestünde darin, sich der Länge nach hinzulegen und gleichmäßig die in Frage kommende Fläche abzurollen. Nur tut das kein Mensch mit Manieren. Wie systematisch die vier Spieler den handspannenhohen Dschungel auch durchkämmten, sie fanden nur einen pinkfarbenen Ball mit dem Aufdruck »Ladies Flyer«, aber nicht Antons Ball.

Anton befahl sich eiserne Konzentration. Leider hilft Selbstzucht in diesem Sport selten weiter, auch nicht die deutsche Tugend, durch Kampf ins Spiel zu kommen. Wellen von Hilflosigkeit und Verzweiflung erfaßten Anton.

Endlich auf dem Grün, landete der Ball keine zwanzig Zentimeter vom Loch entfernt. Er war praktisch schon drin. Den Schläger lässig nur mit einer Hand haltend zog Anton den Ball ins Loch.

Dafür verpaßte ihm Schulz einen Strafpunkt. »Das ist ein Turnier«, sagte er.

Zwei Löcher später rächte sich Anton. Er fand Schulzes Ball an der Kante eines Grabens. Ehe er den Fund meldete, schubste er ihn mit dem Fuß in den Graben hinein. Aber auch diese Freude half nicht über das eigene Versagen hinweg. Als ihm die sechs Dunlop-DDH-III-Bälle (»The Distance Monster«) ausgingen, die er sich eigens für das Turnier gekauft hatte, erkannte er, daß er kein technisches Problem hatte, sondern ein geistiges. Offenbar lenkte der Ärger über die geschehenen Fehler den Ball ab. Und ebenso schädlich waren vorauseilende Gedanken. Würde ihm jetzt dieser und jener Ball gelingen, bekäme er doch noch eine annehmbare Runde zusammen: Wer so dachte, wählte ein zu langes Eisen, schlug mit zuviel Kraft.

»Golf macht demütig«, predigte Insel.

Den Spruch hatte Anton schon von anderen gehört, die nicht gerade aus Demut in einem Golfclub waren.

Gleichwohl festigte sich in Anton die Einsicht, daß Vergangenheit und Zukunft bei dieser Verrichtung vollkommen ausgeblendet werden mußten. Beim Schlagen zählte nur der Augenblick. Im Ball verdichtete sich die Dimension Zeit zu einem Punkt. In ihm machte sie sich auf die Reise durch den Raum. Allein auf Raumgewinn kam es an. Über die Wiesen schreitend, spann Anton den Gedanken fort. Ist es nicht die Überwindung der Zeit, wonach der sterbliche Mensch sein Leben lang vergeblich strebt? Was sind Weltreligionen anderes als verzweifelte Versuche, wenigstens die Seelen vor dem Vergehen zu retten? Wahrscheinlich wurde Golf für immer mehr Menschen zu einer Art Religionsersatz, weil das Spiel ein paar Stunden lang die Zeit außer Kraft setzt.

Schotten-Zen! Tief füllte Anton seine Lungen mit würziger Luft. »Nice and smooth. Nice and smooth. Nice and smooth«, murmelte er sein Mantra. Und trieb ganz entspannt den Schlägerkopf in die fette bayerische Scholle.

»Er macht Golfschläger zu Pflugscharen«, bemerkte Schulz.

Insel lachte so locker, daß sein Echo aus dem Gehölz zurückkam.

Schulzens Stärke war das Putten. Er las die Greens durch seine feine Nickelbrille aufmerksam wie höchstrichterliche Entscheidungen und suchte die unsichtbare Linie, der sein Ball Folge zu leisten hatte. So ein Gestell hatte er schon als Student auf der kräftigen Nase getragen. Die Brille hatte ihn seinerzeit überführt. Sie war in einer Fernsehreportage zu erkennen gewesen. Schulz hatte zusammen mit anderen einen Lieferwagen umgekippt, der Blätter des Axel-Springer-Verlags geladen hatte. Politisch hatte er vieles durchprobiert, nacheinander und gleichzeitig. Bald hatte sich seine undogmatische Offenheit als solides Geschäftskapital erwiesen. Zu den Klienten seiner Berliner Kanzlei zählten Stützen der Gesellschaft, die unglücklich in Skandale verwickelt waren. Über den Kragen seines dotterfarbenen Hemds wallte fülliges dotterfarbenes Haar. Er trug karierte Knickerbocker, grün und dottergelb.

Polly Insel, gut zehn Jahre älter als Schulz, war schon in die Sechziger gerutscht. Er zog den schicksten Caddy hinter sich her, Porsche-Design, das Bag aus schwarzem Leder. Als ungewöhnlich junger Chef eines politischen TV-Magazins, ohne Abitur, aber mit Nase für Storys, hatte er den Film mit der Brille gesendet und anschließend das Material der Staatsanwaltschaft zur Verfügung gestellt. Sein schön coiffierter Graukopf gefiel den Damen der Gesellschaft, wo immer sie sich versammelten zwischen Kitzbühel und Kampen. Lange hatten ihm seine Bewunderer nachgesagt, im Ohr des Kanzlers zu sitzen. Seine Verächter hatten dem im Prinzip zugestimmt, bloß einen anderen Körperteil des Kanzlers hervorgehoben. Vergebens hatte Insel beide Varianten, die einander nicht ausschlossen, sondern möglicherweise bedingten, zu dementieren versucht. Er trug einen blütenweißen Sonnenschirm vor der Stirn, als habe er sich der Karibiksonne zu erwehren. Sein athletischer Oberkörper steckte in einem tomatenroten Nicki. Unkonventionell war sein Schwung. Kurz vor dem Treffen des Balls vollführte er aus dem Handgelenk mit dem Schläger eine Art Schnörkel. Er habe sich das nach einer Rückenoperation angewöhnt, erklärte er. In seinem Leben funktioniere praktisch nichts nach dem Lehrbuch. Insel war nach öffentlich-rechtlicher Karriere in die Geschäftsführung eines kommerziellen Senders des Gruberschen Imperiums gewechselt. Die Arbeit hatte ihm nicht zugesagt. Gütlich und begütert hatte er sich in den Aufsichtsrat verbessert und jede regelmäßige Erwerbstätigkeit beendet. Unregelmäßig kommentierte er in Grubers Massenblättern.

Mit Insel und Schulz wechselte Anton kaum ein Wort. Sie verlangten ohnehin bei jedem Schlag vollkommene Ruhe der anderen, nicht einmal Schritte waren erlaubt. Die biographischen Notizen waren aus dem Munde Pflüglins geflüstert, verschafften Anton jedoch auch keine hinreichende Ablenkung. Die Verzweiflung stieg. Stärker als die humorlose Angestrengtheit der Wettkämpfer waren die Schrecken der Topographie. Ein See, ach was, ein lächerlicher Tümpel voller Binsen benahm sich, als hause in ihm ein Ungeheuer, das sich von Golfbällen ernährte. Gelang zwischendurch ein Schlag, landete er garantiert im tiefsten Sandbunker. Dann wieder, schwungvollstem Bemühen zum Trotz, kroch die bleiernde Nuß bloß durchs Gras.

»Kopf unten lassen!« schrie Pflüglin.

Warum rief keiner »Kopf hoch! Schluß mit dem Demütigen!«

Am sechzehnten Loch hieb Anton über den Ball.

»Probeschlag!« versuchte er zu retten. Es hob nur noch die Peinlichkeit.

»Der zählt«, widersprach Schulz. »Der Ball war eindeutig angesprochen.«

Anton hatte nicht vor, auch nur noch ein Wort mit dem Ball zu wechseln. Er warf sein Eisen fünf zu Boden und beschwerte sich leise bei Pflüglin über diesen »von Ehrgeiz zerfressenen Pedanten«.

»Es wäre besser, wenn du dich nicht selbst vor lauter Ehrgeiz zu Tode ärgern würdest«, riet der väterliche Freund. Im Prinzip hatte er recht, dachte Anton. Fehler machte beim Golf schließlich jeder. Er aber gehörte zu den Idioten, die ständig ihre Fehler wiederholten. Mit der Gewißheit, Golf sei für ihn der falsche Sport, schleppte er sich zum achtzehnten Loch und erhielt den

Trostpreis, eine Doppelmagnumflasche Mineralwasser. Die Sieger bekamen dunkelgrüne Blazer, wie bei den Masters in Augusta.

Ehefrauen waren nicht eingeladen. Dennoch hatte Anton zum Dinner eine Tischdame, die einzige, die zur Verfügung stand. Charlotte Wilhelm hatte eine Vorliebe für Kostüme, die Uniformen glichen. Heute kam die Fernsehintendantin in Kardinalsrot mit einer Doppelreihe goldener Knöpfe vorn und ebensolchen Knöpfen auf den Schultern und an den Ärmeln. Sie kämpfte so verbissen wie vergebens um ewige Jugend mittels Sonnenbank, ausgefeilter Diätpläne und raffinierter Leibesübungen. Manche der ihr unterstellten Männer pflegten ihr ungeniert ins Gesicht zu sagen, was sie von ihr hielten. Das meiste davon hätte für eine Strafanzeige wegen Beleidigung gereicht. Die Wilhelm indes steckte alles lächelnd weg.

Links von Anton saß Clemens Hildenstein, linste durch seine Lesebrille und las die Karte vor.

»Nockerl von geräucherten Brachsen zu Fencheldatschi. Klarer Wurzelsud mit Schinkenschöberl. Ragout von Kalbskopf und Bries mit Ossobuco-Ravioli. Zicklein an Zwiebelkraut, Rahmkartoffeln. Bayrische Creme.« Doch zunächst kam auf Untertassen das Amuse gueule, ein winzig kleiner Wurstsalat aus hauchdünnen Scheibchen Regensburgern, die in Balsamico di Modena badeten.

Hildensteins Profil konnte es mit dem Adler an der Stirnwand des Plenarsaals aufnehmen. Der sechsfache Vater diente dem Orden vom Heiligen Grab als Komtur und stand einer Großbank vor. Im weiteren Verlauf des Abends fanden erwartungsgemäß die dramatische Staatsverschuldung sowie die Steuerpolitik seine schärfste Mißbilligung.

»Bedenken Sie die Wiedervereinigung!« wandte Anton ein. »Sind das nicht genau die Probleme, von denen wir immer geträumt haben?« Das war ein Söhnlein-Zitat.

Selbstverständlich habe er, Hildenstein, schon aus patriotischen Gründen zum Ankauf der DDR geraten. Aber statt die historische Herausforderung zu nutzen und endlich mit den unerträglichsten Bequemlichkeiten des Sozialstaats Schluß zu machen, wolle man nun beides: die Berliner Republik und das Bonner Sozialnetz. Anton wandte etwas ein. Danach begegnete Hildenstein ihm mit kühler Höflichkeit und unterhielt sich lieber mit Molke, der zu seiner anderen Seite saß.

Auf dessen schmächtigen Schultern saß ein mächtiger, beinahe kubischer Kopf. Er trug das Haar gleichmäßig kurzgeschoren wie ein Green. Die wachsamen Augen des Mannes vom Bau suchten immer wieder seinen Blick, schien es Anton. Aber sie sprachen kein Wort miteinander.

Zur Rechten der Wilhelm saß Pflüglin. Mit ihm ging sie die Weine durch, den Riesling und den Sauternes. Pflüglin gab Kommentare. »Vielversprechend« und »schöne Reife«. Der Neunundachtziger Corton-Charlemagne Grand Cru klang aus ihrem Munde etwas holprig.

»Eine glatte Offenbarung«, versprach Pflüglin.

Am Tisch vernahm Anton auch die etwas gequetschte, aber durchdringende Stimme von Stoltz. Mit dem Ende des kalten Krieges war sein Rüstungskonzern in Schieflage geraten. Das Angebot, als Wirtschaftsminister in die Regierung eines Stadtstaates einzutreten, hatte er abgelehnt, wenig später allerdings erklärt, er sei dazu bereit, eine ganze Regierung zu bilden, vorausgesetzt die großen Volksparteien trügen ihm die Aufgabe gemeinsam an. Zu seiner eigenen Verwunderung hatte er, der mustergültige Demokrat, nur Spott geerntet.

Die Gesprächsfäden rissen zwischen Nockerl und Schöberl immer wieder ab. Zwischen Zicklein und Creme erhob Professor Kotemat, der Verfassungsrichter, seine Stimme.

Er war der Präsident der Golffreunde, was freilich außerhalb des Vereins niemandem bekannt war. Auch das Mitgliederverzeichnis war geheim.

Es gehe niemanden etwas an, hatte Pflüglin beim Weißbier

gesagt. Sie wollten »in aller Bescheidenheit« ihren »Dienst an der Sache« leisten.

»Es ist nicht nur aus Bescheidenheit vertraulich«, hatte Schulz hinzugefügt. Es brauche niemand zu wissen, »daß uns der Golfsport in Schlesien hundert Millionen Mark wert ist. Wir wollen keine politischen Ressentiments wecken.«

Professor Kotemat machte es kurz. Er begrüßte zwei Gäste. Viktor Schulin bezeichnete er als »den größten Golfpionier Osteuropas«. Hildenstein deutete auf einen schlanken Rotblonden am Nebentisch. Neben ihm saß Jacques Giraglia, bei dem sich Kotemat für die Gastfreundschaft bedankte, die die Golffreunde bei ihrer »zauberhaften Exkursion« an die Côte d'Azur gefunden hatten.

»Da haben Sie was versäumt«, wisperte die Wilhelm in Antons Ohr.

Beifälliges Klopfen und Gemurmel, das sich steigerte, als Kotemat die nächste Exkursion nach Marokko ankündigte. Zwischen Rügen und Plauen, bilanzierte er, seien ein Dutzend Plätze inzwischen realisiert, weitere dreißig in Planung genommen. Rund um die Plätze entstünden Clubhäuser, Hotels, Villensiedlungen, Geschäfte. Und auch in Polen, Tschechien, Ungarn, selbst in Rußland sei alles auf bestem Wege.

»Alles Anlagen im europäischen Geist«, schwärmte der Präsident. Leider werde der politische Widerstand stärker. Die wahren Eliten hätten es in diesem Land immer schwer gehabt. Aber nun nehme die Neidkultur neue Formen an. Die Populisten in den Regierungen machten sich zunehmend mit den angeblichen Umweltschützern gemein.

»Die Diktatur im Land kommt in grünem Gewand!« rief er. Und in den Beifall hinein: »Für heute abend ist Schluß mit Politik.«

In welchem Sternzeichen Anton geboren sei, fragte zum Digestif die kardinalsrote Generalin. Seine Antwort verklärte ihre strengen Züge.

»Den Wassermann hab' ich geliebt!« schwärmte sie. »Ein herrliches Sternzeichen. Immer wieder Wassermann! Oder Stier!«

Dieses Geständnis empfand Anton als den Höhepunkt des Abends.

Nach dem Essen stand die Gesellschaft um die Bar herum und ließ Pils zapfen.

»Wer ist der Schweiger?« fragte Anton Pflüglin, der ihn nicht aus den Augen zu lassen schien. Ein kleiner, mumienhaft verschrumpelter Mann war ihm schon während des Essens aufgefallen, weil er als einziger keinen Schlips und keinen Blazer trug, sondern einen grünen Pullover.

Es werde Zeit, sagte Pflüglin, daß er Camillo Gruber kennenlerne.

Anton konnte sich nicht erinnern, ihn jemals leibhaftig gesehen zu haben. Kaum jemand hatte ihn gesehen. Es existierten ältere Bilder, die immer wieder gedruckt wurden. Selten verließ er seine Burg auf einem Hügel der Vogesen, an dessen Hängen er Wein baute.

Pflüglin stellte ihm Anton vor. Gruber reichte die Hand, schlaff und kalt. Nach wenigen Augenblicken drehte er sich wortlos um.

»Redet er immer so viel?« fragte Anton.

»Er ist stumm«, sagte Pflüglin.

Medizinisch gab es dafür keine Erklärung. Gruber hatte vor siebzehn Jahren das Sprechen aufgegeben. Nichts entging ihm. Er roch Gefahr und hörte alles. Seine Geschäftsführer lasen ihm von den Lippen ab, ohne daß er sie bewegen mußte. Er traf alle Entscheidungen selbst und allein. Also brauchte er niemanden zu überzeugen. Sein Schloß stand inmitten eines Golfplatzes, auf dem noch nie ein anderer Mensch gespielt haben soll als er selbst. Gruber beherrschte ein Geflecht von Fernsehsendern und Verlagen. Als erster in Deutschland handelte er in großem Stil die Ware Unterhaltung. Später war er der erste, der Nachrichten als wichtigen Rohstoff der Unterhaltungsindustrie erkannte.

»Hat er hier keine Angst, fotografiert zu werden?«

»Hier nicht. Wir sind kein gewöhnlicher Golfclub«, sagte Pflüglin.

Jetzt erst fiel Anton auf, daß das Restaurant für alle anderen Gäste gesperrt war, ebenso das Hotel und der Golfplatz.

Gruber lieh sein Ohr jetzt Argenthal. Ausgerechnet dem! Argenthal pflegte das Fernsehen als Kloake zu bezeichnen, die die Masse von der Kultur abschneide. Selbstverständlich mied er Talk-Shows wie Giftmüll, gab auch sonst keine Interviews. Dafür wurde jeder seiner fundierten Vorurteile, typographisch aufgedonnert, als Essay gedruckt und im ganzen Land diskutiert. Kein zweiter verhöhnte das »Gemümmle und Geblähe der Politiker« schonungsloser. Zugleich verlangte Argenthal von der Politik »rechtsverbindliche Sprachnormen« als Bollwerk gegen das Angelsächsische. Der Achtundsechziger hatte der Linken abgeschworen. Seine Verehrer behaupteten, er werde als Lyriker verkannt. Den Nobelpreis erwartete er nicht mehr. Auch das hatte er hinter sich.

»Gepriesen der Einäugige unter den Verblendeten«, sprach er, als ihm Pflüglin Anton vorstellte. So ähnlich hatte Gisi Frank zitiert.

Es überraschte Anton, hier Hinrich von Schwalm zu treffen. Er entstammte preußischem Beamten- und Soldatenadel. Der »rote Baron« hatte einigen sozialliberalen Regierungen angehört. Sein Lebenstraum, deutscher Außenminister zu werden, war ihm jedoch versagt geblieben. Sein Ruf als Wirtschaftspolitiker reichte weit ins bürgerliche Lager hinein. Den Sozialdemokraten war er so unbequem wie nützlich. Mit den Linken hatte er sich legendäre Schlachten geliefert. Schwalm war praktisch schon in Vergessenheit geraten, als das Jahr 1990 zu seinem Jungbrunnen wurde. Sofort hatte er sich als Aufsichtsrat in den Osten gemeldet.

»Irgendwann laufen die richtigen Leute sich über den Weg«, begrüßte er Anton.

Dann zog Schulz den Abgeordneten zur Seite.

»Schreckliche Sache, das mit Frank.«

Anton nickte.

»Sie sind ein Freund der Familie? Reizende Frau, die Irina. Finden Sie nicht?«

Vermutlich fand Schulz auch Gisi aufregend. Des Rechtsanwalts Unterschrift stand unter dem Kaufvertrag der Wohnung, in der Frank gestorben war.

Schulz machte Anton Komplimente. Anton fand sie nicht verkehrt. Er sah sich selbst als einen der wenigen Abgeordneten, die sich in der Baupolitik wirklich auskannten. Er hätte die Schmeichelei genossen, hätte er sich nicht fragen müssen, weshalb Schulz ihn lobte. Er pries ihn eine Spur zu maßlos, fand der Gelobte.

Auch Insels Lob war zweideutig. »Sie machen einen guten Job.« Entweder, fügte er hinzu, »ist man in Bonn unabhängig aber einflußlos oder einflußreich und angepaßt.«

»Lassen Sie sich von Polly nicht jede Frechheit gefallen«, mischte sich Kotemat ein, um ihn noch einmal »herzlichst in unserer Mitte« zu begrüßen.

»Woher kommt das Geld für die vielen schönen Golfplätze im Osten?« fragte Anton.

»Man sagt, von der Mafia«, meinte Pflüglin. »Sie waschen auf diese Weise nicht nur ihre Millionen, sondern kommen auch noch an wertvolles Bauland.«

Kotemat grinste.

»Warum nicht«, fand Schulz. »Hauptsache es geschieht Vernünftiges mit dem Geld.«

»Golf ist ein Mordsgeschäft«, bestätigte Kotemat.

»Leider immer mehr angefeindet«, bedauerte jetzt Molke. »Für die Neidpartei gelten Golfplätze als Ausbund von Luxus und Umweltzerstörung.«

Es habe tatsächlich schon nächtliche Anschläge auf Greens gegeben.

»Wir brauchen in Bonn einen Mann, der unsere Interessen vertritt. Wir hatten an Sie gedacht.« Kotemat sah Anton an, als verlange er das Normalste der Welt.

Der war so überrascht, daß er gar nichts darauf sagen konnte.

»Denken Sie in Ruhe darüber nach«, sagte Molke.

In welch vornehmer, gesitteter Gesellschaft er sich befand, merkte Anton schon daran, daß sich niemand betrank.

Die Nacht wurde trotzdem kurz. Es stand der Höhepunkt des Treffens bevor.

Noch finster war es, als die Golffreunde sich murmelnd in der Hotelhalle versammelten, im Stehen Kaffee schlürften und in den bereitstehenden Bus stiegen.

Nebelbänke hingen dicht über der Donau, als sie die Brücke überquerten. Den bewaldeten Hügelrücken hinauf fuhren sie zum Fuß der Tempelanlage.

Dreihundertachtundfünfzig Stufen führten hinauf zu den dorischen Säulen. Das wußte Anton aus der Beschreibung, die in seinem Zimmer auslag. »Zyklopenmauerwerk aus vieleckigen, behauenen Dolomitblöcken sind zu mehrfach übereinander gestaffelten Unterbauten gefügt.« Im Fackelschein waren sie zu sehen. Die Männer schwiegen und schnauften. Aus dem Donaunebel tuteten Schleppkähne herauf. Ganz im Osten wurde die rosenfingrige Göttin wach. Die Schwärze jenseits des Stroms bekam Tiefe. Morgenröte deckte die Ebene auf. Die Touristen würden erst am Vormittag heraufgelassen werden. Die Gesellschaft strebte der Vorhalle des Tempels zu, der »klassische Strenge atmet«. Wie hinter Milchglas betrat der Stern die Szene. Die Versammelten betrachteten ihn schaudernd. Es war kalt.

Nun erhob der große Schlofeld, der tiefste Denker unter den Historikern, der Geschichtsmächtigste unter den Philosophen, seine helle Stimme.

»Möchte Walhalla förderlich sein der Erstarkung und Vermehrung deutschen Sinnes! Möchten die Deutschen, welchen Stammes sie auch seien, immer fühlen, daß sie ein Vaterland haben, auf das sie stolz sein können; und jeder trage bei, soviel er vermag, zu dessen Verherrlichung. So sprach der König, achtzehnhundertzweiundvierzig.«

Und so zitierte der große Schlofeld den König.

»Alles nur Pathos? Ergreift uns nicht auch ein Gefühl der Größe und Erhabenheit? Wahre und tiefe Gedanken haben es schwer in unserer Zeit. Die Menschen sind der Lust verfallen, auf Reizzufuhr aus und Triebabfuhr, auf Haben statt Sein. Das Volk meidet das Heroische. Maßlos ist es im Mittelmaß. Wo stehen wir, meine Freunde? Wir stehen zu Füßen eines Tempels. Steinernes Symbol des Abendlandes. Wir stehen heute vor den Pforten eines neuen Europa. Wir versammeln uns, Freunde, zu Beginn jener großen europäischen Revolution, der wir uns verschrieben haben. Wir, die wir unseren Staat und unser Volk nicht länger den Parteien überlassen wollen. Wir müssen unser Land stützen wie diese mächtigen Säulen den Tempel. Die Idee aber ist nichts ohne die Tat. Europa wird nicht sein ohne den entschlossenen Einsatz seiner besten Köpfe. Wir werden es verteidigen gegen die Verhöhnung jeder Tradition und Autorität, wir werden es retten vor Dummheit und Bequemlichkeit.«

Nun strömten sie durch die riesige Pforte, außen von Erz, innen von edlen Hölzern, den Phrasen Schlofelds hinterher, der Kreuzritter Hildenstein und der Sozialdemokrat von Schwalm, Wilhelm, die Generalin unter den Intendanten, der Dichter Argenthal und Rüstungs-Stoltz und Kotemat, der joviale Präsident, und Molke vom Bau und Gruber, der schweigen konnte, weil so viele Fernsehsender andauernd für ihn sprachen, und der Hofstaat der Bewegung zog mit, die Schulzes und Insels und all die anderen. »Ionische Säulen leihen dem Innenraum eine heitere Grundstimmung«, hieß es in der Schrift. An den Büsten wandelten sie vorbei, die der König ausgewählt, aufgenommen hatte in die Wohnstatt der deutschen Götter, ins Walhall der Herrscher und Feldherrn, Dichter, Maler, Komponisten, Denker. Blücher, Dürer, Kant und Karl und so deutsche Genies wie Rubens und Wilhelm von Oranien, Katharina, Kaiserin von Rußland, Erasmus von Rotterdam.

»Der glaubt diesen Quatsch doch selbst nicht«, murmelte Anton.

»Ein großer Mann!« widersprach Pflüglin.

Nur die Großen selbst waren letztlich dazu fähig, ihre Größe zu erkennen.

Als sie wieder auf den Stufen des Tempels standen, hatte das aus den Nebeln aufgestiegene Gestirn den weißen Stein vergoldet.

EINE PFIRSICHFARBENE WOLKE

Waren das harmlose Irre?

Das fand Anton; Antje teilte das Urteil nicht. Irr schon, harmlos nicht. Aber wahrscheinlich störte Antje nur das Männerbündlerische (sah man von der Kardinalin mit Vorliebe für Wassermänner ab).

Anton hatte Antje die Doppelmagnumflasche als Geschenk überreicht, silbern eingepackt, und beobachtete, wie ihr beim Auswickeln die Enttäuschung ins Gesicht fuhr.

»Schöner Jahrgang«, sagte sie.

»Für dich ist mir nichts zu schade.«

»Was«, wollte sie wissen, »haben die Andacht im Tempel und die Geheimniskrämerei um das Mitgliederverzeichnis mit der Förderung des Golfsports zu tun?«

Pflüglins Auskunft, Leute dieses Kalibers hätten einfach ein Bedürfnis nach Diskretion, hatte Anton überzeugt. Nichts sei verständlicher als der Wunsch der Großen, hatte er gesagt, wenigstens in ihrer knapp bemessenen Freizeit unbeobachtet zu tun und zu lassen, wonach ihnen sei.

»Aber wozu diese Zusammenrottung?« insistierte Antje.

»Alles nur eine Frage des Niveaus«, erklärte Anton, »die Besten suchen eben ihresgleichen.«

Antje beglückwünschte ihn. Da gehöre er ja jetzt dazu. Vor Ehrfurcht werde sie es nicht mehr wagen, ihn auch nur zu berühren. Anton drohte mit dem Zeigefinger und bestand vorsichtshalber darauf, sich im Kreis der edlen Golffreunde tatsächlich gelangweilt zu haben.

»Natürlich glauben die nur, was Besonderes zu sein«, sagte er.

Pflüglin gegenüber gab er sich beeindruckt und dankbar für die unvergeßliche Begegnung mit außergewöhnlichen Menschen.

»Laß den Schmäh«, antwortete Pflüglin. »Wir spielen Golf, und darüber hinaus sind wir eine Art Bürgerinitiative. Das Land braucht uns. Das ist alles.«

Soviel Selbstbewußtsein bewunderte Anton. Er war schon seit längerer Zeit nicht mehr sehr davon überzeugt, daß ihn das Land brauchte. Ein bißchen mehr Selbstvertrauen hätte ihm gutgetan. Im Moment fühlte er sich niemandem gewachsen, nicht einmal Ellen.

Lohnte es sich überhaupt noch, um sie zu kämpfen?

Antje, die Gute, riet ihm zu. Nach einer erquickenden Stunde in ihren Armen hatte sie eine Idee.

»Fahr mit Ellen ein paar Tage fort. Wie wär's mit Venedig?«

Anton wäre lieber mit Antje gefahren, überallhin. Nur nicht unbedingt nach Venedig.

Dazu kam das Drängen des Arztes, er solle in Kur gehen. Während der Sitzungsperiode war das ausgeschlossen, es hätte Antons Ansehen in Bonn geschadet. Allenfalls auf ein paar Tage Entspannung durfte er sich einlassen.

Pflüglin machte eines seiner hochherzigen Angebote. Er lud Anton ein, in seinem Domizil auf Fisher Island, Florida, eine Woche lang auszuspannen.

»Am sechsten Loch setzt du den Ball über einen See. In dem See ist ein rosarotes Insele. Du wirst es nicht glauben: Es ist rosarot von lauter Flamingos!«

Nein, auf Flamingos wollte Anton nicht schießen. Vor allem hatte er keine Lust, Pflüglin auch noch dafür dankbar sein zu müssen.

»Wer nicht will, der hat schon«, sagte der.

Also doch nach Venedig. Als hätten sich Antje und Ellen

verabredet (ein scheußlicher Gedanke, fand Anton), plädierte auch die Gattin für die Stadt in der Lagune. Das war zu befürchten gewesen.

In Venedig wurde alles, vorsichtig ausgedrückt, nur noch komplizierter, was nicht an Venedig lag, wenigstens nicht nur an Venedig. Daß Ellen sich am dritten Tag aus dem Staub machen sollte, das allerdings schrieb Anton später Venedig zu.

»Willst du abstreiten, daß du mir seit Jahren in den Ohren liegst, du müßtest unbedingt wieder einmal nach Venedig?«

Darauf Ellen in der Verächtlichkeitstonart: »Ich stelle nur fest, daß wir nicht meinetwegen hier sind.«

Zugegeben, es gab einen unausgesprochenen Grund dafür, weshalb er mit Ellen nach Venedig gefahren war, der Anton peinlich war, weil er nicht für sentimental oder gar abergläubisch gehalten werden wollte. Er hatte in der Reise nach Venedig eine letzte Chance erhofft. Hier hatte schließlich das lange Desaster begonnen.

Perlmuttfarben das Licht. Das Wasser der Lagune eine Messingscheibe. Das Gewimmel der Barken, Gondeln, Ausflugsdampfer. Ein Spektakel, das Anton ablenkte vom Schlingern in sich selbst.

Vor zweiundzwanzig Jahren hatte er im Labyrinth einer lauen venezianischen Nacht beschlossen, Ellen zu heiraten und es keine Minute für sich behalten. Es war eine Augenblicksentscheidung gewesen, aber durchaus keine Laune. Es hatte ihn überrascht, ja sogar ein wenig entsetzt, damit auf Ellens entschiedenste Bereitschaft zu stoßen. Danach war nichts mehr zu revidieren, nichts mehr zu wägen gewesen, bloß noch zu wagen. Anton war gerade in den Landesvorstand der Jungen Union aufgestiegen. Er wollte seine ganze Kraft auf die politische Karriere setzen. Die Heirat, hatte er sich ausgerechnet, würde ihm den Halt geben, den sein Ehrgeiz benötigte. Ellen hatte die Kriterien erfüllt, die ihm wichtig schienen; vorzeigbar war sie, nicht dumm, politisch interessiert, aber ohne eigene

Ambitionen, zudem beruflich selbständig. Erst hier in Venedig aber war ihm das Herz aufgegangen, und er hatte plötzlich an die große Liebe seines Lebens geglaubt. Stundenlang waren sie am Wasser gesessen, hatten einander gerieben und gerochen.

Diesmal klapperte Anton Museen ab, Kirchen und Geheimtips aus dem Slow-food-Führer: Bloß kein Stillstand! Ellen schwieg in langen Intervallen neben ihm her.

Offenbar wartete sie nur auf einen Anlaß zum Zerwürfnis.

Er kam in Gestalt einer Gondel, in der ein japanisches Brautpaar vor Glück schwieg. Die Frau war eine pfirsichfarbene Wolke.

»Wenn sie wiederkommen in zwanzig Jahren, haben sie ausgeträumt«, sagte Ellen.

»Damals war Hochsommer.«

»Du warst ein anderer«, stellte sie fest.

»Du nicht?«

»Ich auch. Weiß Gott, was du aus mir gemacht hast!«

Die Stadt schien Anton voller paarungswilliger Japaner. Er stellte sich vor, wie er mit drei oder vier Japanerinnen im Himmelbett lag. Das Dumme war, daß er seine Vision Ellen mitteilte.

Irgendwie bekam sie das in die falsche Kehle. Er sei doch wirklich kein Wüstling, versuchte er Ellen zu besänftigen, er könne sich aber nun einmal die in Rudeln vorkommenden und vollkommen gleich aussehenden Japanerinnen nur als Serie vorstellen.

Ellen wollte das nicht einleuchten.

Es hatte sich seit Wochen nichts mehr abgespielt zwischen den Eheleuten. Nicht einmal in der ersten mondhellen venezianischen Nacht war es zu irgendwelchen Intimitäten gekommen. Offen gesagt, schmerzte das Anton, und er hatte diesen Schmerz nicht länger vor ihr verbergen wollen. Das war das wahre Motiv seines japanischen Tagtraums.

Das Doppelbett unterm goldgerahmten Spiegel knarzte

nicht. Was hätten sie damals für solchen Luxus gegeben! Vor zweiundzwanzig Jahren war es ihm gelungen, Venedig durch sich hindurchströmen zu lassen, jetzt überforderte ihn die Stadt.

»Wahrscheinlich hast du mich nie wirklich geliebt«, sagte Ellen.

»Wie kannst du so etwas überhaupt denken!«

»Du wolltest auch keine Kinder«, erinnerte sie.

»Haben wir welche, oder haben wir keine?«

Es hätte so schön sein können. Sie saßen im mildesten Frühlingslicht, um sie herum eine Schönheitsorgie. Und dazu Ellens Unfähigkeit, einfach einmal nur zu genießen!

Wahrscheinlich war das alles nach zweiundzwanzig Jahren unvermeidlich. Die Lagune der Liebenden war kein Jungbrunnen. Wer die Liebe nicht mitbrachte, fand sie hier auch nicht.

Vielleicht hilft Venedig wenigstens Scheidungskosten zu sparen, dachte Anton. Also investierte er eine trotz Liraschwäche atemberaubende Summe in Harry's Bar, der echten.

Das war ein Großzügigkeitsausfall aus dem Belagerungsring. Seinen Geiz bekämpfte Anton seit Jahren mit schwachem Erfolg, indem er sich zu schmerzhaften Gesten von Verschwendung zwang.

Unvergleichlich der Blick auf die Lagune und auf die Karte. Ellen faßte sich als erste.

»Sündhaft«, hauchte sie.

Auf der Stelle hätten sie gehen sollen. Doch die Blicke der Leute an anderen Tischen, die Anmerkungen des deutschsprechenden Kellners hätten sie gedemütigt. Womöglich saß da jemand, der Anton erkannte, ein Bauunternehmer vielleicht, der wußte, wer er war. Lieber blieb er und sündigte gegen sich selbst.

Ein verdorbener Abend, verdorbene Preise, verdorbene Worte.

Das Mysterium Venedig besteht darin, daß es Gefühlen gegenüber willenlos macht. Deshalb hilft Venedig nicht nur den

Verliebten, sondern auch denen, die sich die Trennung schwermachen.

Am Morgen nach Harry's Bar verließ Ellen das Hotel. Keine Tür knallte. Keine Träne floß. Keine mahlersche Schwermut drückte Anton, keine Spur Verlassenheit.

GÖTTLICH DARF NICHT KANZLER WERDEN

Ursprünglich hatte Anton die Illusion gehabt, Ellen zum Golfen überreden zu können. Eher hätte er sie vom Tiefseetauchen oder Freistilklettern überzeugt, vorausgesetzt, er selbst wäre nicht dabei. Sie mochte nichts, was er mochte. Sie mochte nichts, was er mochte, weil er es mochte. So hatte sein Golffanatismus der Ehe den Rest gegeben. Schuld war die Zwangsvorstellung, er müsse in Kürze so gut Golf spielen können, daß er sich bei Turnieren nicht mehr zu blamieren brauchte.

Jetzt hatte Anton das starke Gefühl, er müsse sich entscheiden. Entweder machte er noch etwas aus seinem Leben, oder er spielte, solange er gehen konnte, bloß noch Golf.

Dem nächsten Treffen der »Freunde des Golfsports« fernzubleiben, nahm er sich vor.

Pflüglin ließ es nicht zu. Er hatte ein gutes Argument: Er selbst organisierte das Meeting in Antons Wahlkreis.

Und es gab noch einen zweiten guten Grund für Anton, doch zu kommen. Er wollte Molke guten Tag sagen.

Die Berliner Staatsanwaltschaft war vielleicht nicht die schnellste der Republik, aber sie hatte immerhin, während Anton in Venedig weilte, in Franks Körper Spuren eines tödlichen Gifts gefunden. Dank Antons Intervention und dank des Staus im Potsdamer Krematorium war die Leiche noch rechtzeitig beschlagnahmt worden. Oberstaatsanwalt Mespelkamp hatte Anton den Erfolg telefonisch mitgeteilt.

»Alles, was wir wissen, ist: Es war kein Herzinfarkt. Aber es spricht auch nicht viel für Mord.«

Äußerst diskret vorzugehen, versprach Mespelkamp. »Keine Öffentlichkeit. Diesbezüglich hoffe ich auf ihr Verständnis. Lassen Sie uns in diesem traurigen Fall weiterhin positiv kooperieren.«

Molke drückte sich direkter aus.

»Wenn Sie mich fragen, hat Frank sich umgebracht.«

Anton hatte ihn nicht nach seiner Meinung gefragt. Vor dem Turnier war er auf ihn zugekommen.

»Er hat die Situation nicht verkraftet«, sagte Molke mit traurigem Gesicht. »Gisi ist ein lieber Kerl, aber Frank war ihr nicht gewachsen. Sie hat ihn aufgefressen.«

Schon wieder eine neue Mordtheorie: Kannibalismus.

War in solchen Fällen nicht wenigstens ein Abschiedsbrief üblich? Hatte man den nicht gefunden?

Molke zuckte mit den Achseln.

»Wir sollten uns mal zusammensetzen und in Ruhe über alles reden«, bot er an. »Franks Freunde sind auch meine Freunde.« Es kann gefährlich sein, als Franks Freund zu gelten, dachte Anton.

Das obligatorische Wettspiel fand jenseits der baden-württembergischen Landesgrenze, im bayerischen Lindau, statt. Vom Abschlag am Schönbühl sah man die Insel im mild schimmernden See liegen, am Horizont die Hänge des Begrenzer Walds und der im Mai noch immer schneegekrönte Säntis. Anton hätte sich am liebsten barfuß ins Gras gelegt. Frei von Ambitionen überwand er den Kurs besser als zu Füßen Walhalls.

Pflüglin lobte. Sie spielten beide mit dem Theaterintendanten Grobenzell und dem Dichter Argenthal, die schon am ersten Loch miteinander in Streit gerieten und nicht daran dachten, ihren Disput mit Pflüglin und Anton zu teilen. Soviel Anton mitbekam, vertrat Grobenzell, der pausenlos rauchte und zu jedem Schlag die glimmende Zigarette wie einen kleinen Wegweiser neben den Ball legte, die Auffassung, Theater könne nur provozieren, wenn es die Geschmacklosigkeiten des Fernsehens überbiete. Argenthal, der die Geschmackslosigkeit beging, in Jeans zu spielen, hielt das für grundsätzlich unmöglich, weil die Geschmacklosigkeiten des Fernsehens unüberbietbar seien. Die Provokation müsse nicht im Formalen, sondern in der Radikalität der Gedanken gesucht werden. Grobenzell war mit der siebenstündigen szenischen Fassung von »Mein Kampf« beinahe unsterblich geworden und hatte auch die Uraufführung von Argenthals berühmtem Hauptwerk »Kastraten« blutvoll realistisch besorgt.

Als hätten Anton und Pflüglin es vorausgeahnt, war der Schlagabtausch auf dem Schönbühl nur das Vorspiel der großen Debatte, die sich nach Einbruch der Dunkelheit im Rittersaal der Waldburg entspann. Sie krönte die bewaldete Kuppe einer Moräne aus der letzten Eiszeit.

Den Aperitif hatte man auf der Zinne des Bergfrieds genommen und den weiten Ausblick auf die Ländereien bewundert. Ein mit Pflüglin befreundeter Graf – das Geschlecht hatte sich in den Bauernkriegen hervorgetan – hatte seinen Stammsitz zur Verfügung gestellt.

Die Freunde saßen im großen Kreis in barocken Sesseln an niedrigen Rauchtischchen, auf denen fünfarmige Leuchter, Karaffen und Gläser standen, gefüllt mit tizianrotem Brunello. In den beiden prächtigen Kaminen an den Stirnseiten prasselten mächtige Buchenscheite.

Es begann mit einem Statement des Sozialdemokraten von Schwalm, das sich wie folgt zusammenfassen läßt: Alle redeten von Zukunft. Zukunftsminister gebe es und Zukunftskommissionen und Zukunftskongresse, Zukunft führten alle Parteitage im Schilde und alle Redner im Munde. Alles das sei nichts anderes als planmäßige Täuschung. Den Parteien gehe es bloß darum, den Begriff Zukunft zu besetzen, ihn also denjenigen zu entwenden, die tatsächlich vorausdächten. Die Besetzer des Wortes Zukunft seien in Wahrheit die Bewahrer des großen »Weiter so«.

»Sie reden von Zukunft, um uns die Zukunft zu stehlen!« rief von Schwalm.

Einhellige Zustimmung.

Das Bild vom Mehltau über dem ganzen Land bemühte der Unternehmer Stoltz.

Den »moralischen Verfall eines Volkes hemmungsloser Hedonisten« geißelte Kreuzritter Hildenstein voller Verachtung.

Der Erzbischof sprach von der »babylonischen Gefangenschaft des Geistes« in Deutschland.

Auf allen Gipfeln sei Ruh, dichtete Insel, der Kolumnist, um auf die internationale Dimension des Problems aufmerksam zu machen.

Das war Argenthal zu platt. Er konterte mit Hölderlin.

». . . . und fast will
Mir es scheinen, es sei, als in der bleiernen Zeit.
Dennoch gelinget der Wunsch, Rechtgläubige zweifeln an Einer
Stunde nicht und der Lust bleibe geweihet der Tag.«

»Genau!« meldete sich Molke, »vergessen wir nicht die Lust in der bleiernen Zeit!«

Anton wollte es scheinen, als erröte neben Molke in Admiralstracht die Wilhelm.

Grobenzell stieß daraufhin Sätze hervor, die die Wörter Tod und Schmerz enthielten, die aber niemand richtig verstand, worauf Präsident Kotemat mit einfachen Worten resümierte, man lebe in einem Loch. »Wir sehen oben noch das Licht, kommen aber nicht mehr heraus.«

Es war der große Schlofeld, der den Ausweg aus der metaphysischen Klemme wies, ob unbedacht oder in vollem Bewußtsein der Tragweite seines Gedankens, das war später umstritten.

Er stellte die Frage, weshalb die Freunde sich, die bleierne Zeit zu überwinden, nicht hinauswagten auf das ehrenvolle Feld der Tat. »Mischen wir uns ins Schlachtengetümmel!«

Erst herrschte betretenes Schweigen, dann prallten Argumente aufeinander.

Einmischung heiße doch wohl, den Parteien beizutreten, sagte Pflüglin. Er sei lange genug in einer Partei, um ganz genau zu wissen: Keine Partei lasse sich mehr reformieren, weil jede Reform ihren schwachen Zusammenhalt gefährde. Wer wahre Reformen wolle, dem bleibe keine andere Wahl, als eine neue Partei zu gründen.

Dies hielt die Wilhelm für einen schlüssigen, jedoch wirklichkeitsfremden Gedanken. Zahllose Parteigründungen seien gescheitert. Pflüglin unterschätze die Trägheit des Wahlvolkes. »Am Wählen der falschen Parteien können wir das Volk kaum hindern«, sagte sie, »mögen wir das bedauern oder nicht.«

»Außerdem«, pflichtete Stoltz bei, »dauert es nicht lange, dann ist die neue Partei wie die anderen, korrumpiert von der Macht.«

Es sei leichter, eine bestehende Partei zu kaufen, als eine neue zu gründen, meinte Hildenstein. Am besten nehme man eine Koalitionspartei. »So schwer kann das doch nicht sein.«

Wieder half der Philosoph. »Wenn wir gestalten wollen, müssen wir Macht wollen. Wenn wir Macht wollen, müssen wir gestalten wollen. Gestalten wir Macht! Laßt uns machtvoll gestalten! Laßt uns machtvolle Gestalten sein!«

Des großen Schlofelds marmorne Gedanken lösten einen weihevollen Moment stillen Nachdenkens aus.

Noch ehe Anton begriff, worauf Schlofeld eigentlich hinauswollte, meldete sich erneut von Schwalm. Eliten stünden immer über den Parteien, meinte er.

»Aber genau das ist die Tragik der Deutschen!« rief Argenthal. »Wir sind uns zu fein. Sprengen wir unsere Elfenbeintürme! Weihen wir uns der Tat.«

»Ein Gedanke wie eine Flamme, mein lieber Argenthal«, kommentierte Grobenzell. »Leider ist es eine Stichflamme. Was passieren wird, um es mit einem anderen Bild zu sagen, ist dies:

Mit flammendem Schwert werden wir einer Bewegung voranschreiten, die uns nicht folgt.«

Kotemat versuchte eine vorläufige Zusammenfassung. Die Stimmung im Lande fordere den Einsatz der Eliten. Ohne den so sattsam bekannten wie falschen Gegensatz von Geist und Macht zu bemühen (beifälliges Murmeln), wolle er die Diskussion in einer konkreten Frage bündeln. »Keiner von uns ist ohne Einfluß, ich darf sagen, keiner von uns ist ohne Macht. Einer ist jedoch unter uns, der uns alle übertrifft«, weil er über die notwendigen Mittel verfüge, über sieben Sender und ein Dutzend Zeitungen. »Wenn wir in die Schlacht ziehen wollen, meine Freunde, brauchen wir Sie zuerst, lieber Camillo!«

Gruber verzog keine Miene.

Kotemat setzte nach. »Warum machen wir uns keinen Kanzler? Mit Ihrer Hilfe, Camillo, wird das gehen.«

»Berlusconi!« rief einer. Der Italiener war ein abschreckendes Beispiel.

»Nein, nein, bitte, mißverstehen Sie mich nicht, meine Freunde! Das möchten wir Ihnen, verehrter Camillo, unter keinen Umständen zumuten. Wahrscheinlich passen wir alle hier nicht auf die Bühne der Politik.«

»Warum nicht!« Das kam von Schwalm.

Kotemat ließ sich nicht irritieren. »Nichts ist schwerer durchzusetzen in diesem Land als eine überragende Persönlichkeit. Qualität und Quote schließen sich aus, wer wüßte das besser als Sie, verehrter Camillo! Also brauchen wir eine Person, die populärer ist als jeder von uns. Wir suchen einen Mann, den wir ins Amt bringen, dem wir, wenn er dann im Amt sein wird, fürsorglich und diskret Hilfe und Orientierung zuteil werden lassen.«

»Weshalb ein Mann?« rief die Wilhelm. Der Einwurf war unpassend, aber nicht mehr aus der Welt zu schaffen.

»Wer eine geeignete Dame kennt . . .«, dämpfte der Präsident die entstehende Unruhe.

»Wie wäre es mit Göttlich!« rief der Erzbischof.

Einige stöhnten sofort auf, darunter Argenthal, Insel und die Wilhelm. Die meisten schauten gespannt auf Gruber.

Göttlich, den Talkstar, hielten dreiundneunzig Prozent der Bevölkerung für vertrauenswürdig. Kein Politiker erreichte diesen Wert. Er stand in Grubers Sold. Willigte Gruber ein? Zog er mit? Man hätte aus dem großen Kommunikator Göttlich einen erfolgreichen Kandidaten machen können, darüber bestand kein Zweifel.

Camillo Gruber aber blickte nur stumm in den funkelnden Wein.

»Freunde«, hob der große Schlofeld an, »wir sollten den Hengst nicht von hinten aufzäumen. Wollen wir die Macht um ihrer selbst willen? Wir wollen sie nicht. Sie ist nur ein Mittel zum Zweck. Laßt uns also nicht zuerst über das Mittel reden, sondern über den Zweck. Laßt uns nicht darüber reden, wen wir zum Kanzler machen wollen. Geht es nicht vielmehr darum, wie wir dem die Macht nehmen, der wie ein Monarch regiert?«

»Er kann sich nur selbst stürzen«, sagte Insel. »Alle seine sogenannten Herausforderer bewundern ihn, ahmen seine Methoden nach, die Macht zu gebrauchen. Wenn der Kanzler einmal beschlossen haben wird, sich selbst zu stürzen, wird er einen Nachfolger bekommen, der ihm gleicht.«

Gruber gab Schulz ein Handzeichen.

»Wir ziehen es vor«, sagte der Anwalt, »keinen Kanzler zu machen. Es ist einfacher, sich einen zu halten.«

Darauf nahm Argenthal erneut das Wort.

»Das Leichentuch, das auf diesem Land lastet, trägt den Namen Kompromiß. Regierung und Opposition, Plebejer und Eliten handeln nach dem Prinzip des geringsten Widerstands. Alle lassen sich von allen ruhigstellen und blockieren. Der Kanzler ist nicht die Krankheit, sondern nur ihr Symptom.«

»Was schließen wir daraus?« fragte Kotemat.

»Wir müssen den Konsens bekämpfen. Wir müssen erkennen, daß er es ist, der den inneren Frieden, statt zu bewahren, in Wahrheit bedroht.«

An dieser Stelle verließ Anton den Saal eines dringenden Bedürfnisses sowie aufkommender Übelkeit wegen. Es entgingen ihm die Abstimmungen.

Zunächst votierte eine deutliche Mehrheit der Freunde gegen die Gründung einer Partei, anschließend eine knappe Mehrheit gegen das öffentliche Auftreten der Freunde des Golfsports als Bürgerinitiative.

Pflüglin nahm Anton die Abwesenheit krumm. Er habe sich davor gedrückt, Farbe zu bekennen.

»Sei mir nicht böse«, sagte Anton, »euer Spiel ist nichts für mich.«

Das sollte er sich, empfahl der väterliche Freund, noch einmal gründlich überlegen.

RAUSCHENDER BEIFALL

Ellen hatte sich in Venedig aus dem Staub gemacht, und jetzt setzte sie ihn auch noch vor die Tür. Das war ein bißchen viel für einen Mann, den auch noch die Angelegenheiten des Staates umtrieben, der den Tod des Freundes aufklären und auf dem Golfplatz reüssieren wollte.

Eines nach dem anderen. Wenn Anton sich zusammenriß, konnte er alles mit den Mitteln der Vernunft bewältigen.

Und bloß keine Panik! Jede Ehe ist ein Experiment. Sie muß nicht scheitern, es ist nur wahrscheinlich, daß sie irgendwann scheitert. Versuch und Irrtum gehören zusammen wie Mann und Frau. Anton hatte es lange genug probiert; sein Irrtum trug den Namen Ellen. Ihn zu erkennen, war etwas mühsam gewesen, aber keine Katastrophe. Manchmal scheitern Ehen sogar tödlich. »Tötung des Intimpartners« ist ein geläufiges Delikt. Gewöhnlich gewähren Richter umstandslos mildernde Umstände. Wie oft hätte er Ellen in der Luft zerreißen können! Diese Frau, wurde ihm schmerzhaft klar, hatte nie auch nur einen Funken Verständnis für seinen Beruf gehabt.

So weltfremd konnte Ellen nicht sein, daß sie nicht sah, was es für einen Abgeordneten bedeutete, praktisch auf der Straße zu sitzen. Es war ihr Haus, einverstanden, vielmehr das Haus, das ihr der Herr Papa zur Hochzeit vermacht hatte. Aber die Schmach, ihn rauszuschmeißen, hätte sie ihm nicht zufügen müssen, sie waren schließlich erwachsen genug, um unter einem Dach aneinander vorbeileben zu können. Zwanzig Jahre warf man nicht mir nichts, dir nichts weg.

Mit Ellen war nicht mehr zu reden. Sie verkehrten schriftlich miteinander, über ihre Anwälte. Anton war mit zwei Koffern Klamotten und ein paar Umzugskisten persönlicher Utensilien provisorisch in der Einliegerwohnung seines Bruders untergekommen, im Souterrain. Besser das, als bei Pflüglin anzuklopfen, dachte er.

Leisten konnte er sich die Scheidung nicht. Er erwartete, Ellen würde ihn im Namen der Kinder auspressen. Mittellos und verlassen würde er dann dem Tod entgegenvegetieren. Panikanfälle kamen doch, alle Sackgassen seines Lebens schienen dann in ein finsteres Loch zu münden. Schubweise versuchte er, gegen sein Schicksal aufzubegehren. Die Ehe, hämmerte er sich ein, war eine Einrichtung zur gemeinsamen Lösung von Problemen, die er allein nicht gehabt hätte. So schwankte er zwischen Erleichterung über das Ende und bitterem Schmerz, zwischen Resignation und Lust auf neues Leben. Wenn es ihm schlechtging, erschienen ihm Kleinigkeiten als heimtückische Schicksalsschläge. (Die Wäscherei, die seine Hemdkragen zu Tode plättete.) Erkannte er seine Kleinmütigkeit, lachte er über sich selbst. Es war bitteres Lachen. Gottlob war da noch Antje.

Ach Antje! Die hatte auch noch ihren Rolf; er hatte bloß noch seinen Wahlkreis. Davonzulaufen konnte Ellen sich leisten, er nicht.

Anton hatte das Flugzeug von Köln/Bonn nach Friedrichshafen verpaßt, war statt dessen nach München geflogen und nun dabei, sich mit dem Leihwagen in den Wahlkreis durchzuschlagen. Er saß nicht heiter am Steuer, aber angeheitert. Er brauchte nur in eine Polizeikontrolle zu geraten, und schon hätte Söhnlein den Anlaß gehabt, den er brauchte, um ihn endgültig abzuschießen. Menschliche Schwächen erlaubte der nicht einmal sich selbst. Alkoholisierte Abgeordnete waren keine Staatsaffäre, vorausgesetzt, sie ließen sich dabei nur am Rednerpult und nicht am Steuer erwischen.

Anton hatte ja Gründe zu trinken. Nicht einmal eine anständige Diätenerhöhung erlaubte das mißgünstige Volk seinen Parlamentsknechten. Er fand, er schuftete wie ein Tier für sein Geld. Es war ja nicht sein Privatvergnügen, daß er sich am Freitagabend stundenlang über die Straßen quälte, um dreißig oder zwanzig Leuten zu erzählen, daß das Schicksal Deutschlands davon abhing, ihn zu wählen? Wahrscheinlich war er nicht bei Trost, sich so etwas zuzumuten. Nüchtern waren solche Versammlungen sowieso nicht auszuhalten. Anton hatte vorsorglich schon in Bonn getrunken. In Friedrichshafen wollten sie ihn abholen, er hatte nicht ahnen können, noch fahren zu müssen.

Der Zähfluß begann schon auf der Autobahn Nürnberg – München, kurz nach dem Flughafen. Um München herum verdichtete er sich zum Stau, ein Zustand, der bis zum Ammersee anhielt. Anton würde zu spät kommen. Zwischen Autobahnabschnitten immer wieder Landstraßen. Überholmanöver unterschieden sich dort nicht sehr von Selbstmordversuchen. Trotzdem überholte dauernd irgendeiner.

Minister und Fraktionschefs durften sich quer auf den Rücksitz legen, wenn ihnen danach war: Sie wurden immer chauffiert. Er klammerte sich ans Lenkrad und riskierte nicht bloß den Führerschein, sondern sein Leben. Wenn es wenigstens nicht geschüttet hätte. So nüchtern konnte gar keiner sein, daß er alle Gefahren in der Nässe draußen mitbekommen hätte.

»Wir fahren für Sie«, stand auf einer Anhängerplane, hinter der Anton kroch. Regen und Spritzwasser schmierten über die Scheibe, der Gegenverkehr blendete, und entgegenkommende Lastwagen donnerten so nah an ihm vorbei, daß ihm der Druck schier das Steuer aus den verkrampften Händen riß. Eine falsche Bewegung konnte das Ende sein. Anton hatte das Gefühl, mehr zu rutschen als zu rollen.

Als er schweißnaß und eine gute halbe Stunde zu spät vor dem Gasthaus »Schießstätte« in Wangen aus dem Wagen stieg, fühlte sich alles taub an. Es war ihm ein Rätsel, wie er überhaupt heil angekommen war.

Keine Hand rührte sich, als er das Versammlungszimmer betrat. Hupfauers vorwurfsvoller Blick empfing ihn. Der Ortsvorsitzende war schon in Not und wußte nicht mehr, was er noch sagen sollte. Anton ließ sich auf den leeren Stuhl neben ihm sinken. Die Bedienung stellte unaufgefordert eine Halbe hin. Gierige Schlucke – und die Lebensgeister kehrten zurück. Das Zirkuspferd wollte tanzen. Anton zählte vierundzwanzig Zuhörer, bekannte Gesichter vor hellem Bier. Der Mann von der »Schwäbischen« mußte es nicht selbst bezahlen; ohne seinen Bericht hätte Anton sich die Tortur ohnehin schenken können. Das Referat, mit dem er unverzüglich begann, war unter dem Titel »Politik aus erster Hand« angekündigt.

Der Abgeordnete entschuldigte sich für die Verspätung. Sie schenkte ihm wenigstens gleich ein Thema, das die Leute verstanden.

München–Bodensee–Zürich beziehungsweise München – Mailand, seit den Römern eine europäische Verkehrsachse ersten Ranges, Ende des zwanzigsten Jahrhunderts streckenweise noch immer eine verstopfte, höllengefährliche, die Anwohner malträtierende Landstraße. Seit Jahrzehnten lese er die Schilder mit dem Versprechen »Hier baut die Bundesrepublik Deutschland«. Es sehe so aus, als würden sie weitere Jahrzehnte herumstehen.

»Und weshalb? Weil dem Staat das Geld ausgegangen ist. Wir zahlen Steuern und Abgaben wie die Blöden, nur der Staat kann es sich nicht mehr leisten, das zu halten, was er uns längst versprochen hat. Es glaubt ihm sowieso keiner mehr.«

Diese Passage war nicht aus der Redenvorlage der Bundesgeschäftsstelle, auch nicht aus einem der Söhnleinschen Lageberichte. Auch das folgende nicht.

»Wir im Süden zählen nicht mehr für die Herren dort droben. Zahlen dürfen wir und das Maul halten, so isch es. Wenn Sie sich verarscht vorkommen, meine Damen und Herren, haben Sie mein vollschtes Verständnis. Ich fühl' mich auch verarscht.

Und dann verlangen sie von uns kleinen Stimmkreisabgeordneten, auch noch bei Nacht und Nebel rauszufahren, die Rübe dafür hinzuhalten und den Kanzler der Einheit zu preisen. So isch es doch! Mit mir nimmer! Ich sag' Ihnen jetzt offen, wer die Karre in den Dreck gefahren hat.

Weshalb ist der Staat bankrott? Weil wir alles in den Osten buttern. Mehr als tausend Milliarden inzwischen! Tausend Milliarden! Für Autobahnen in irgendwelche westsibirischen Käffer, die denen dort droben wichtiger sind als München–Zürich beziehungsweise München–Milano. So isch es! Ich hab' nix dagegen, dem Osten Entwicklungshilfe zu geben. Das muß schon auch sein. Aber allmählich reicht's. Die Autobahn wär' längst fertig, hätte der Bund nicht die DeDeErler mit Geld zugeschissen, bloß damit sie Ruhe geben und sich alles gefallen lassen. Jetzt wird es Zeit, daß wir uns nimmer alles gefallen lassen.«

In Antons Ohren rauschte Beifall, und es war ihm, als blase er Rauch von der Mündung seines Colts.

»Erst sind sie alle besoffen von der Wiedervereinigung und glauben an Wunder. Dann wundern sie sich, daß die DeDeErler nach einem halben Jahrhundert Gehirnwäsche die Demokratie mit einer Melkkuh verwechseln.«

Der Abgeordnete soll, schrieb am übernächsten Tag die »Schwäbische«, »mit schwindender Artikulation immer deutlichere Sätze« hinausposaunt und sie mit dem Ausruf beendet haben, ihm gehe »die deutsche Einheit auf den Sack«. Niemand habe den Saal aus Protest verlassen, vielmehr habe das Auditorium Sommer zu immer waghalsigeren Sätzen animiert.

Versammlungsleiter Hupfauer hatte Antons Rede sogar als »außerordentlich engagiert« bezeichnet. Dafür sah er sich jetzt mit Rücktrittsforderungen konfrontiert. Er habe es, so der Vorwurf, nicht für nötig befunden, Antons Redeschwall rechtzeitig zu unterbrechen, zumal an dessen Unzurechnungsfähigkeit kein Anwesender habe zweifeln können. Hupfauer widersprach. Er persönlich habe den völlig übermüdeten Parlamentarier fürsorglich nach Hause begleitet.

Das entsprach der Wahrheit, nur nicht ganz. Hupfauer, Anton und der harte Kern der Getreuen hatten auf dem Heimweg einen Abstecher in die altdeutsche Weinstube »Zum Kornhausmeister« unternommen und im Séparée dem 92er Sasbacher Spätburgunder Weißherst halbtrocken zugesprochen, zu fünf Mark achtzig der Schoppen, wie der Berichterstatter der »Schwäbischen« penibel protokolliert hatte. Vier Schoppen pro Mann und Nase hatte er gezählt. Dabei war es so laut zugegangen, daß er keine Mühe hatte, einen Satz zu notieren, den Anton nicht mehr aus der Welt schaffen konnte.

»Dann scheiß ich halt auf mein Mandat!«

Nach der Schilderung des Zweiten Vorsitzenden Willy Zauner, der nicht mit zum »Kornhausmeister« gegangen war, sei Sommer »in unwiderstehlicher Form« gewesen. Er habe auch noch den Tagesordnungspunkt »Diskussion« bestritten, allerdings so gut wie allein. Dabei habe er die Deutschen als »ein Volk von faulen Säcken« bezeichnet, das aus »fünfundneunzig Prozent Ignoranten und fünf Prozent Wahnsinnigen« bestehe. Ohne die Wahnsinnigen, zu denen er sich zähle, breche »der ganze Saustall« zusammen.

Zweifellos hatte Zauner bereits nach Stuttgart berichtet.

Wenigstens, tröstete Anton sich, mußte er Ellen nicht beichten. Das machte die Angelegenheit für ihn leichter.

Antje rief er an, das war unangenehm genug.

Wenigstens verzichtete sie darauf, wie Ellen es getan hätte, ihm Vorwürfe zu machen. Das Recht dazu hätte sie gehabt, nicht obwohl, sondern weil sie seine Mitarbeiterin war.

»Ich bezahle Sie, damit Sie mir in den Hintern treten, wenn ich Mist baue«, hatte er sie an ihrem ersten Arbeitstag aufgefordert. Zwei Tage später hatte er zum erstenmal mit ihr geschlafen.

»Laß uns die Sache nüchtern durchbuchstabieren«, sagte Antje am Telefon.

Söhnlein würde sich die Gelegenheit nicht entgehen lassen, Anton abzuservieren. Die Fraktionsführung forderte zwar einen Bericht an, eine neuerliche Vorladung Antons indes unterblieb. Weitere Ermahnungen schienen offenbar zwecklos.

Niemand konnte Anton jetzt mehr vor dem Schlimmsten bewahren, der Nichtwiederaufstellung, dem Verlust des Arbeitsplatzes.

Nicht einmal mehr Pflüglin.

Er empfing Anton in der Zirbelstube. Draußen schimmerte der See. Auf der Eckbank unterm Kruzifix saß der Pate.

»Das wird jetzt schwer«, sagte er.

Die Opposition würde Antons goldene Worte gerne zitieren. Das allein war vernichtend. Er hatte sein Konto überzogen, zumal er während der Bewährungsfrist in Sachen »Berlin-Mafia« gefehlt hatte. Bonn würde verlangen, einen anderen Kandidaten aufzustellen. Zauner durfte wieder hoffen; endlich konnte er offen gegen Anton antreten, und niemand hielt ihn mehr auf. Allenfalls konnte Pflüglin noch ein Wunder bewirken. Es lief in jedem Fall für Anton darauf hinaus, dem Alten noch ein wenig dankbarer sein zu müssen.

Reue in der Sache spürte Anton übrigens nicht. Er hatte nur ausgesprochen, was viele dachten. Jetzt, da er vor Pflüglin saß, genierte er sich allenfalls, sich nicht beherrscht zu haben.

»Wenn das Scheißvolk Mumm in den Knochen hätte, würde es rebellieren«, sagte Anton. »Aber lieber bringt es heimlich Geld nach Luxemburg, als sich zu wehren.«

Sie tranken stilles Wasser.

»Ich kann dich verstehen«, sagte Pflüglin. »Ich bin selbst entsetzt über das, was passiert und was unterbleibt. Bald werden sie uns auch noch ans Erbe gehen. Ein Leben lang hat man aufgebaut und geschuftet, nicht für sich, sondern für die Kinder. Dafür kassieren sie doppelt und dreifach ab.

Was sollen wir tun? Jedenfalls können wir nicht alle nach Österreich auswandern. Du hättest nicht weglaufen dürfen, als wir abgestimmt haben auf der Burg. Was nützt es dir, in einer Ortsversammlung die Sau rauszulassen?«

»Die Freunde«, wehrte sich Anton, »spucken radikale Töne, aber keiner mag sich die Hände schmutzig machen.«

»Täusch dich nicht«, sagte Pflüglin. »Die Wut steigt.«

DAS MYSTERIUM DES LOCHS

Antje nahm vier Einladungen zu Talk-Shows entgegen. Aber nicht einmal bei Göttlich wäre Anton unter diesen Umständen aufgetreten. Auch ein halbes Dutzend Interviewwünsche lehnte er ab. Noch nie hatte soviel Interesse an dem oberschwäbischen Hinterbänkler bestanden. Neuss, das Schwein, verlangte ihn zu sprechen. Es gehe ihm nicht um die Wangener Affäre, sondern um den Fall Schmid-Selbelang. Neuss kam nie durch die Vordertür.

Das Bundeshaus betrat Anton mit geducktem Haupt. Die lieben Kollegen, fürchtete er, würden ihn mit Blicken und Sticheleien ihre Schadenfreude spüren lassen. »Na, Sie Wahnsinniger!« würden sie ihm zurufen. Parlamentarier konnten grausam sein wie eine Klasse pubertierender Mädchen.

Niemand beachtete ihn. Schnitten sie ihn?

Der geruhsamste Platz in Bonn war der Plenarsaal. Er war halb gefüllt, besser als üblich, denn das Fernsehen übertrug. Anton hätte sich weiter vorn plazieren können, bevorzugte jedoch eine leere Reihe im hinteren Teil des Saals und schlug die »Frankfurter Allgemeine« auf. Man hätte meinen können, er verkrieche sich.

Ein dunkler, schwerer Schatten schob sich über die Sportseiten.

»Was lesen Sie denn da?«

Der tiefe Schatten hatte sich neben Anton materialisiert. Auf einem seiner berüchtigten Ausflüge auf die Hinterbank war ihm der Kanzler erschienen.

Es bestand höchste Gefahr. Persönlich beschäftigte sich der Kanzler nur mit Leuten, von denen er etwas befürchtete oder von denen er etwas wollte. Wie ein ertappter Lehrling faltete Anton hastig die Zeitung zusammen und spürte, wie sich Kameras auf ihn richteten. An glücklicheren Tagen hätte er gejubelt. Solche Bilder machten sich ausgezeichnet in Wahlkampfbroschüren.

»Was gibt's im Golf? Macht's der Langer gut?«

Seit wann interessierte sich der Kanzler für Golf? »Mir ist ganz und gar gleichgültig, wie man in den Golfclubs darüber denkt«, lautete eine seiner häufig verwendeten volksnahen Formulierungen.

Soviel Zeit wolle er auch mal haben, sagte er. »Sie machen doch jetzt auch Golf.«

Das war es, was Freunde und Gegner immer wieder verblüffte. Der Kanzler kannte scheinbar überflüssigste Details.

»Wär' das was für mich, Herr Sommer?«

Anton war sich da nicht sicher, stimmte aber vorsichtshalber zu.

»Muß man fest draufhauen, daß der Ball weit fliegt?«

»Fest nicht, Herr Bundeskanzler, aber genau.«

Er lebe eben in einer anderen Welt, sagte der Kanzler. Von Leuten in Golfclubs verstehe er nicht viel.

»Ich mag den Sport, nicht die Leute«, verteidigte sich Anton.

»Sie treffen da aber große Leute«, ermunterte ihn der Kanzler, »Wirtschaftskapitäne, Magnifizenzen, Eminenzen, sogar Dichter.«

Anton versuchte, die Notbremse zu ziehen. Er sei praktisch schon wieder ausgestiegen, behauptete er. Golf sei in diesem Beruf zeitlich nicht zu bewerkstelligen.

»Gönnen Sie sich doch auch mal was«, widersprach der Kanzler. Es sei für Politiker nicht verkehrt zu wissen, wie man in solchen Kreisen spreche. »Was die so denken über uns. Haben Sie kapiert?«

Anton begann zu verstehen.

»Macht der Gruber auch mit?«

Anton verschlug es die Sprache.

»Hab's mir gleich gedacht«, sagte der Kanzler.

Seine väterliche Hand senkte sich auf den Arm des Abgeordneten.

»Die haben doch was vor gegen mich!«

Er fühle sich völlig mißverstanden, wand Anton sich. Ein einziges Mal habe er eine Einladung der »Freunde des Golfsports« angenommen, ausschließlich in der Absicht, Golf zu spielen. Was heiße spielen! Hineinzuschnuppern in diese merkwürdige Sportart, mehr nicht.

»Sie haben doch auch was gegen mich! Warum stehen sie denn nicht zu dem, was sie öffentlich verkünden!«

Die Geschichte in Wangen habe mit den Golffreunden nichts zu tun, beteuerte der Abgeordnete. Es sei ein ausgesprochen dummes Mißverständnis, ihn in der Nähe gewisser Kreise zu vermuten. Die Ärzte hätten ihm nach einer akuten Kreislaufschwäche im Februar zu Golf geraten. Das sei belegbar.

»Geht's besser?« erkundigte sich der Kanzler. »Der Pflüglin hat Sie mitgeschleppt. Richtig?«

Anton nickte.

»Der also auch«, sagte der Kanzler.

Anton bedauerte.

»Es gibt überhaupt keinen Grund, irgend etwas zu bedauern. Ich bin froh, daß wenigstens einer in dem Verein ist, der weiß, was sich gehört. Sie werden schön mitmachen und etwas tun für Ihr Geld!«

Anton wußte nicht, was er davon halten sollte.

Seine Kehle war trocken. Sein Blick entwand sich dem Kanzler, suchte Halt im Raum, aus dem ihm ein Sperrfeuer von Blicken entgegenkam, hämischen, neugierigen, kalten Blicken.

»Machen Ossis mit?«

Das Mitgliederverzeichnis sei vertraulich, aber selbstverständlich werde er sich kundig machen, versprach Anton.

»Passen Sie auf! Sie haben was gutzumachen. Das können Sie tun. Berichten Sie mir von dieser komischen Verschwörung. Mir persönlich!«

Antons Schweigen nahm der Kanzler offenbar als Einverständnis.

»Vielleicht geh'n wir beide mal auf eine Runde Minigolf!«

Des Staatsmanns große Hand stützte sich auf Antons Schulter, als er sich aus dem Sessel stemmte und wieder dem Regierungssitz zustrebte.

Für Anton hielt der Tag noch mehr Wunder bereit.

Plötzlich, so kam es ihm vor, schnitt ihn niemand mehr. Statt dessen begleiteten ihn Neugier und Neid der Kollegen. Womöglich stand er ja in der Gunst des Kanzlers. Und falls er einen höchstpersönlichen Anschiß bekommen haben sollte, war auch das eine Art Auszeichnung.

Das nächste Wunder steckte in einem wattierten braunen Kuvert, adressiert an »Antonius Sommer, MdB, persönlich-vertraulich«. Post dieser Art öffnete er gewöhnlich nicht selbst, dafür gab es Frau Blüm. Der Absender fehlte, und es waren Briefbomben österreichischer Herkunft im Umlauf. Anton schloß vorsorglich die Tür zu seinem Zimmer. Als nichts zu hören war, ging er nachsehen.

Der Inhalt des Kuverts sah harmlos aus. Aber daß mit ihm selbst etwas nicht mehr ganz stimmen konnte, erkannte er, als er den Inhalt des Umschlags in der Hand hielt. Jetzt schenkten sie ihm schon ein Buch mit dem Titel »Golf und Psyche«, hielten ihn also für rettungslos verloren.

Mißmutig blätterte er in dem Band. Er handelte vom Mysterium des Lochs an sich. Löcher wollten gefüllt sein. Dafür schenkten sie Erfüllung. Der Autor, ein gewisser Murphy, berichtete von einem »galaktisch-ekstatischen Hole-in-one-Erlebnis«. Offenbar handelte es sich nicht um etwas Amouröses.

Eher um eine Art Fetischismus. Der Ball nahm für Murphy die Gestalt einer Glaskugel an, die die Welt als Ganzes reflektierte, eines Satelliten, der das höhere Selbst umkreiste, eines Projektils aus der Vergangenheit in die Zukunft, eines Eis, vom Menschen gelegt.

Wer aber hatte Anton das Huhn ins Nest gesetzt, das goldene Eier trug? Sie fielen aus dem weißen Umschlag, der zwischen den Seiten steckte. Zwanzig große braune Scheine. Fürwahr ein Mysterium! Nirgends ein Hinweis auf den Spender. Er würde es herausbekommen, dazu brauchte er nicht einmal Antje. Ihr erzählte er nichts von dem Fund.

REIZE DER HAUPTSTADT

*H*allo Irina!«

Fröhlich sagte ihr Anton durchs Telefon, daß er sie gern wiedersehen würde.

»Ja, bitte?« Ihre Antwort hörte sich nicht gerade erfreut an.

Anton hatte seit der Nacht im Grandhotel Esplanade nichts mehr von sich hören lassen. Wenn er sich richtig erinnerte, hatte es dazu auch keine Veranlassung gegeben. Zwei erwachsene Menschen hatten sich ein Bett geteilt, breit genug für drei. Sie hatten dabei keine Berliner Mauer zwischen sich aufgetürmt, sondern eine großzügige Passierregelung praktiziert. Das war kein Grund, hinterher kalten Krieg zu spielen.

Allerdings hatte Anton sich eingemischt. Zugunsten der Witwe des Freundes, wie er glaubte, hatte er den Staatsanwalt angeregt, die Leiche Franks zu beschlagnahmen. Das Ergebnis der Autopsie hatte Irinas Verdacht bestätigt. Frank war nicht an einer Herzattacke, sondern an Gift gestorben. Anton hatte ihr geholfen. Was verlangte sie mehr?

Das Selbstmordgerücht war immer noch nicht vom Tisch. Gab Irina daran Anton die Schuld?

»Es wäre besser gewesen, Frank seinen Frieden zu lassen. Ich hatte dich nicht gebeten, die Behörden gegen ihn aufzuhetzen.«

»Gegen ihn?«

»Weshalb reden sie denn von Selbstmord?«

»Gibt es dafür Beweise?« fragte Anton. »Tablettenröhrchen mit Fingerabdrücken oder so etwas?«

Warum er das nicht den Staatsanwalt frage, bei seinen Beziehungen bekomme er sicher die Wahrheit zu hören. Irina hörte sich wirklich böse an.

»Es tut mir unendlich leid«, sagte Anton. Aber das Gespräch war schon zu Ende, ehe es richtig angefangen hatte.

In Berlin hoffte Anton mehr zu erfahren.

Er hatte sich mit Molke im Ristorante Papa in der Uhlandstraße verabredet, einen Eisen-fünf-Schlag vom Kudamm entfernt. Anton kam pünktlich auf die Minute. Molke und sein Anwalt Schulz warteten im hinteren der beiden schmalen Räume. Sie waren die einzigen Gäste.

Molke war die Nettigkeit in Person, das heißt, noch immer weit entfernt von dem, was man hätte herzlich nennen können. Er trug ein Lächeln zum An- und Ausknipsen. Seine Sätze huschten. Genau mußte Anton hinhören, um alles mitzukriegen. Pavarotti schmalzte aus dem Lautsprecher.

»Sie sollten sich die Trüffeln nicht entgehen lassen. Tagliatelle mit einer Extraportion weißer Trüffeln. Sie sind mein Gast!«

Selbst das Großspurige klang geheimniskrämerisch.

Nur einen Augenblick lang wolle er sozusagen dienstlich werden, sagte Molke. »Was den Reichstag angeht, beißt sich jeder die Zähne aus, der glaubt, sich mir in den Weg stellen zu müssen.« Er habe den Auftrag »vorschriftsmäßig gewonnen«.

Dabei sah er nicht Anton an, sondern Schulz. Der nickte.

»Wer das Gegenteil behauptet, wird gnadenlos verfolgt.«

Molke lächelte.

Stasiakten hatten ihn ins Wanken, aber nicht zu Fall gebracht. Rechtzeitig hatte er freiwillig auf sein Parteiamt verzichtet. Das Geschäft ließ ihm dazu ohnehin keine Zeit. Molke war beweglicher als andere, die nach der Wende raketengleich aufgestiegen und bald wieder abgestürzt waren. Er hatte nicht den Moralisten gemimt, der wie ein Fels den Strudeln westlicher Gewinnsucht standhielt, und er war auch kein billiges Ostimitat eines Kapitalisten geworden, wie sie reihenweise bei drittklassigen Subventionsbetrügereien erwischt worden waren. Im Osten wie im Westen galt Molke als Muster eines praktizierenden Gesamtdeutschen. Wirtschaftlicher Erfolg paarte sich mit unsentimentaler Offenheit. Es war Genuß ohne Reue.

»Jawohl, ich habe das falsche Lied gesungen, wie viele, die heute als Widerstandskämpfer durchs Land ziehen und über die alten Zeiten lamentieren.«

In Molkes Haut drang nichts ein, an ihr glitten Vorwürfe ab, und zugleich nahm sie feinste Veränderungen wahr. Er besaß etwas sehr Modernes, eine Oberfläche wie aus Goretex, gut für jede Witterung. Mit jedem Regime der Welt wäre er zurechtgekommen. Niemals schüttelten ihn Selbstzweifel, und unter allen wechselnden Umständen tat er nur das Beste, vor allem für sich selbst. Darüber sprach er gerne, lächelnd, mit kalten Augen.

»Wer ist denn schon ein Held gewesen? Ein paar Dummköpfe vielleicht. Die meisten von denen, die sich nicht arrangieren wollten, sind abgehauen. Das ist heute unser Elend. Die sogenannten Eliten waren längst im goldenen Westen. Die paar Dummköpfe, die geblieben sind, bringen das Land nicht auf die Beine. Also brauchen sie uns, die Wendigen.«

Irgendwie erinnerte Molke Anton an Pflüglin. Der stand auch über den Dingen und gleichzeitig mittendrin.

Die Rede in Wangen, sagte Molke, könne er besser verstehen, als Anton glaube.

Die Tagliatelle kamen, und Salvatore raspelte großzügig Trüffelscheiben aus Alba darüber.

»Nur nicht so sparsam, Amigo!«

»Im Vertrauen«, fuhr er fort, »ich kann diese Jammerlappen auch nicht ausstehen.« Freiheit heiße für ihn freier Wettbewerb. »Den kann nicht jeder gewinnen.«

Er schob eine Gabel Nudeln in den Mund und schlürfte die heraushängenden Enden genußvoll nach.

Anton fand, die Trüffeln schmeckten fad.

»Jetzt bildet sich eine neue Elite, Leute mit Tatkraft und

Wagemut.« Eigenschaften seien das, die Preußen groß gemacht hätten. »Wissen Sie, Frank hatte einfach ein zu weiches Herz.« Er habe zu den Siegern gehören und zugleich für die Besiegten eintreten wollen. Zwischen den Fronten habe er gestanden und deshalb verloren. »Er kannte das Risiko. Er wußte, daß er die Spielregeln verletzt hat. Schade um ihn. Ich mochte ihn sehr. Die venezianische Leber müssen Sie probieren!«

Mit der Leber wechselte Molkes Aufmerksamkeit ins Geschäftsfeld Golf. Ins Schwärmen gerieten er und Schulz angesichts der Wachstumschancen. Nur nutzen müsse man sie.

Anton sei dafür der ideale Verbindungsmann in Bonn.

»Wir werden erfolgreich zusammenarbeiten«, sagte Molke.

Inzwischen löffelten sie Zuppa romana.

»Sie brauchen nichts zu unterschreiben«, fügte Schulz hinzu, »Diskretion ist unser Geschäftsprinzip.«

Das Essen bewährte sich als gute Grundlage für einen Abend in Berlin, wie ihn ein Mensch aus der Provinz so schnell nicht vergißt. Der Abgeordnete aus dem tiefen Südwesten der Republik tauchte ein ins wahre Leben, wie es nur in Berlin so dicht und bunt zu finden ist. So und nicht anders würden den befreiten Insassen der Raumstation Bonn endlich nicht mehr nur Tagesordnungen zuteil, sondern ein Vollprogramm aus Bildung, Information und Unterhaltung. Offenblieb, wovon der Politiker Sommer mehr profitierte, vom kulturellen Rahmenprogramm oder vom unmittelbaren Kontakt mit der reizenden Bevölkerung.

Der Abend begann damit, daß Gisi Anton mit Theaterkarten überraschte. Es gab ein Ballett. Natürlich war es nicht das, was Anton für ein Ballett zu halten gewohnt war. Gestorben wurde reichlich auf der Bühne, durchaus nicht in Schönheit. Die Compagnie soff Blut aus Wehrmachtshelmen, warf scheppernde Blechgeschirr herum, und der Hauptdarsteller heftete sich ein halbes Dutzend Eiserne Kreuze direkt in die Haut. Gisi nahm die Hand, die Anton sich an dieser Stelle vor die Augen hielt und nur ein bißchen durch die Finger linste, in die ihre, woraufhin Anton die Augen schloß. Etwas später holte der Ordensträger sein Gemächt aus der Hose und nahm einen geflügelten Löwen a tergo. Dem wehrlosen Pegasus fielen vor Schreck die Flügel ab. An dieser Stelle ließ Gisi Antons Hand los und plazierte ihre auf Antons Hosentür.

»Köstlich.«

»Ganz weit vorn.«

»Geht unter die Haut.«

Die Kenner, die sich nach der Vorstellung noch zu einer improvisierten Vernissage in einer Galerie trafen, waren sich einig: Diese hauptstädtische Hervorbringung war außerordentlich. Es gab niemanden in diesem Kreis, der sie schockierend oder auch nur eklig gefunden hätte.

»Prima Show«, fand Argenthal, der Dichter.

Er umarmte den Sportfreund aus dem Oberschwäbischen und drückte Gisi, anders als die Schickis und Mickis im Süden der Republik es pflegten, seinen Kuß direkt auf den Mund.

Jeder hier kannte Gisi.

Die Lockerheit der Gesellschaft gefiel Anton, auch wenn ihn seine alemannische Verstocktheit und Vorsicht daran hinderten, ausgelassen mitzufeiern. Er nahm sich vor, Alkoholischem sparsam zuzusprechen, damit er seine Sinne beisammenhätte, falls Gisi sich seiner noch vollständig bemächtigen sollte. Auch war er viel zu schüchtern, um Vergnügen daran zu finden, sich von Gisi allen Leuten vorstellen zu lassen. Er hielt sich am Rand auf, offenbar eher an stürmischen Gemälden auf großzügig bemessenen Leinwänden interessiert als an Menschen.

Gisi machte erst gar nicht den Versuch, ihn ins Gespräch zu ziehen. Natürlich fragte Anton sich, warum ihn niemand anquatschte. Er hatte gelesen, im intellektuellen Milieu Ost-Berlins erfinde man gerade die DDR neu und lege auf Neugierige aus dem Westen keinen Wert, besonders auf solche nicht, die vom Zusammenwachsen schwafelten. Anton hatte sich die sofortige

Klarstellung vorgenommen. Er, jawohl er, der Abgeordnete der großen Vereinigungspartei, fühle sich nicht weniger zwangsvereinigt als sie. Bloß gab ihm niemand Gelegenheit dazu, sich als Einheitsignoranten zu outen. Sollten sie ihn eben wie einen Zombie behandeln!

Als sich der harte Kern der Gesellschaft nach Mitternacht in einige Autos quetschte, dachte er daran, sich zu verabschieden. Gisi zog ihn zu sich auf den Rücksitz. Er wolle doch jetzt nicht gehen. Anton wollte gehen und auch wieder nicht. Die Nacht versprach noch etwas.

Sie fuhren in Gisis Wohnung beziehungsweise die Wohnung Franks.

Im Sterbesessel lümmelte Argenthal.

Gisi, ganz in Schwarz, schritt nicht ein.

Den angebotenen Wein lehnte Anton ab, keinen Schluck hätte er davon an diesem Ort hinuntergebracht, wo Frank vielleicht mit einem Glas Wein ins Jenseits befördert worden war.

In der Küche fischte er sich eine Flasche Bier aus dem Kühlschrank. Die Kulturschaffenden nötigten ihm ihr Gespräch nicht auf, er konnte ja doch nicht mitreden. Nicht einmal die üblichen Belästigungen hatte er zu ertragen: »Ach, Abgeordneter sind Sie. Sagen Sie mal...« Ab und zu streifte ihn ein Lächeln, das ihm bedeutete: »Was sind wir doch für ein unkomplizierter Haufen!« Die Leute benahmen sich ganz einfach so, als gehörten Parlamentarier in diesen Räumen zur Ausstattung. Niemand scherte es, daß Anton, gelangweilt offenbar, CDs und Bücher aus Regalen zog und seine Nase in diese und jene Schublade steckte.

Endlich, es war gegen zwei Uhr morgens, verabschiedeten sich die Gäste. Anton ging zum Telefon, um sich ein Taxi zu bestellen.

»Du bleibst«, beschied das Porzellangesicht.

Anton half, Gläser und Flaschen in die Küche zu tragen.

Wie Ellen stellte Gisi Tassen, Gläser, Unterteller kreuz und quer in die Spülmaschine. Anton sortierte um. Sein System brachte mindestens dreißig Prozent mehr Geschirr pro Spülgang unter. Mit Ellen hatte es jedesmal Krach gegeben, wenn er umsortierte.

Gisi aber biß ihn ins Ohrläppchen und gurrte: »Oh, was für ein praktischer Mann!«

War das ein Unterschied!

Den Schlummerwein konnte er jetzt nicht mehr ablehnen. Sie wollte ihn in Franks blauem Sessel – nicht den Trunk, den Mann.

Anton sträubte sich. »Nicht hier!«

»Bitte! Das Leben geht weiter.«

Der Kompromiß ereignete sich auf dem Teppich.

Danach saßen sie aneinandergeschmiegt auf einem der beiden weißen Sofas. Anton faßte noch einmal Mut.

»Warum hat Frank sich getötet?«

Das hatte Gisi nicht verdient, nicht jetzt. Sie entglitt den Armen des Spielverderbers und wechselte auf das andere Sofa, die Arme um die angezogenen Knie gepreßt, als wolle sie alle Geschlechtsmerkmale Antons Blicken entziehen.

»Konnt ihm nicht helfen.«

Sie schluchzte kurz auf.

»Niemand kam zu ihm durch.«

»Das schlimmste ist«, sagte Anton, »daß er es nicht erklärt hat. Er ist einfach gegangen.«

»Das war sein Recht.«

Die Stärke, mit der Gisi Franks Tod akzeptierte, konnte Anton nur bewundern. Es war nicht zuviel verlangt, ihr beizustehen. Gewiß war es im Sinne Franks, daß er sich ihrer annahm.

So nahm Anton Franks Platz im Bett ein. Er schlief tief. Als er erwachte, blitzte die Sonne durch die weißen Jalousien. Gisi ritt auf ihm. Danach braute sie Kaffee in der Küche.

Anton nutzte die Gelegenheit, um sich noch ein wenig umzusehen. In einer Schublade der Schlafzimmerkommode, auf einem Stapel Damenstrümpfe, lag eine Packung Pariser, daneben ein Brief. Die Handschrift kannte Anton. Kein Zweifel, es war Franks Brief, kurz und eindeutig genug, um ihn im Gedächtnis zu behalten.

»Es kostet mich Mühe, Gisi, die Zeit nicht zu verfluchen, die ich mit Dir verbracht habe. Wie kannst Du damit leben, den Menschen zu zerstören, der Dich bedingungslos geliebt hat?! Ich weiß es nicht, will es auch nicht mehr wissen. So bleibt mir keine Wahl . . .«

». . . als mich zu trennen, ein für allemal. Meine Familie sollst du nicht auch noch zerstören. *Frank*

PS. Die Wohnung werde ich verkaufen. Schau Dich nach etwas anderem um.«

Anton hatte sich den Text im Taxi zum Flughafen aus dem Gedächtnis annähernd wörtlich notiert und Antje vorgelesen.

Er war nicht gerade das, was man sich unter einem Dokument ewiger Liebe vorstellte, aber auch kein letztes Lebewohl.

»Es ist ein Fußtritt in das zauberhafte Popöchen aus der preußischen Porzellanmanufaktur«, fand Antje. Wo er denn die fristlose Kündigung gefunden habe?

Nie wieder Geheimniskrämerei einer Frau wegen, hatte Anton sich nach der Trennung von Ellen geschworen. Das war Teil seiner Befreiung. Also sagte er wahrheitsgemäß: »In Gisis Nachtkästchen.«

Antje am Steuer ließ keinerlei Wirkung erkennen. Wahrscheinlich hielt sie ihn für einen Angeber.

Sie hatte ihn am Flughafen abgeholt, nicht die Fahrbereitschaft des Bundestags.

Von Ellen hatte Anton sich nie gern chauffieren lassen, von Antje ließ er sich mit Vergnügen beschleunigen. Ihren Peugeot fuhr sie ausgesprochen zügig.

Er hatte die Rückenlehne schräg gestellt, den Kopf zurückgelehnt, die Linke auf ihren Schenkel gesetzt, die Augen geschlossen, müde, aber selig, geliebt und trotzdem frei. Das war das

Glück. Auch wenn sie seine Hand von ihrem Schenkel dorthin zurückschob, wohin sie gehörte.

»Erst die Arbeit«, sagte sie streng.

Anton sog den Duft ihres herb-fruchtigen Parfums ein und erinnerte sich an die Zeit, als er ihn gefürchtet hatte. Einmal, als er spät aus Bonn gekommen und neben Ellen ins Bett gefallen war, zu müde, um noch zu duschen, hatte sie ihn aus der Dunkelheit heraus beschuldigt: »Du riechst nach einer anderen.«

Diese Angst war er endgültig los. Vielleicht roch Antje gerade, wie er nach Gisi roch? Das Leben war schön, ein Leben ohne Geheimnisse.

»Damit wäre der Fall ja gelöst«, sagte Antje.

Anton schreckte aus seinem Glück.

»Kapier doch! Frank wollte die Schöne vor die Tür setzen. Es wäre eine Katastrophe für sie geworden. Dagegen hat sie sich zur Wehr gesetzt, und Frank hat es nicht überlebt.«

Diese Hypothese hielt Anton für nicht ganz frei von Ressentiment.

»Ein Mord an Frank macht doch für Gisi keinen Sinn. Niemand killt seinen Mäzen.«

Jetzt war es Antje, die am Verstand ihres Chefs zweifelte.

»Bei aller Verehrung für die Kleine solltest du die Reihenfolge nicht durcheinanderbringen: Es ist nicht ausgeschlossen, sogar wahrscheinlich, daß die Windisch Franks Testament kannte. Es garantiert ihr mietfreies Wohnrecht. Wenn Frank sie aufforderte auszuziehen und ankündigte, die Wohnung zu verkaufen, mußte sie davon ausgehen, daß er auch sein Testament ändern wollte. Das hat sie rechtzeitig verhindert.«

Antje traute Gisi das Schlimmste zu.

Die Verdächtigte befinde sich auf freiem Fuß, antwortete Anton. »So dumm ist nicht mal die Berliner Polizei, sich so ein schönes Mordmotiv entgehen zu lassen, wenn es einigermaßen plausibel wäre.«

»Die Berliner Polizei ist dümmer, als die Polizei erlaubt. Vielleicht hat sie den Brief übersehen. Warum sonst liegt er noch in Gisis Schublade?« Für Antje war der Fall klar.

Frauen sind von Natur aus eifersüchtig, wußte Anton.

Eifersucht und Streitsucht liegen nahe beieinander. Es gab die Möglichkeit zu einem Kompromiß. Vielleicht konnten sie sich darauf einigen, daß Molke der Mörder war. Hatte er nicht von dem Risiko gesprochen, das Frank gekannt, von Spielregeln, die er gebrochen habe!

»Sicher hast du ihn danach gefragt, um welche Spielregeln es sich handelt.«

Molkes Andeutung habe wie eine Warnung geklungen. Deshalb habe er es nicht gewagt, weiter zu bohren.

»Toller Detektiv«, lobte Antje. »Der Risiken und Nebenwirkungen wegen hast du Molke sicher auch eine Absage erteilt.«

»Was für eine Absage?«

»Als er dich zu seinem Bonner Verbindungsmann ernannte.«

»Ich habe nichts unterschrieben«, betonte Anton.

Ein winzig kleines Detail ließ er nach wie vor unerwähnt, die zwanzig braunen Scheine. Daß sie von Molke kamen, stand für Anton außer Zweifel. Aber hätte er ihm die zwanzigtausend zurückschicken sollen? Schließlich hatte kein Absender auf dem Kuvert gestanden, das in dem Buch »Golf und Psyche« steckte. Was, wenn es doch nicht Molkes Geld war?

In diesem Fall wäre die Rückgabe peinlich und überdies sinnlos gewesen. Da war es immer noch besser, das Geld als Spende zu betrachten und sie der Parteikasse zuzuführen. In dieser Höhe waren anonyme Spenden nicht mehr zulässig, allenfalls konnte man so tun, als handle es sich um mehrere kleinere Beiträge verschiedener anonymer Wohltäter.

Auf einem anderen Blatt stand, daß Anton das Geld selbst gut gebrauchen konnte. Die Scheidung würde ihn ruinieren.

Vielleicht konnte er das Geld mit der Partei brüderlich teilen. Leider war das Einkommen der Abgeordneten noch immer nicht so, daß es deren Charakterfestigkeit stärkte.

Doch Antons Pflichtbewußtsein verwarf den verführerischen Gedanken. Das war etwas, was wahre Eliten auszeichnete.

Was aber war Antons Pflicht?

Die Welt, weiß heute jedes Kind, ist kein Schwarzweißfilm. Gut und Böse sind nicht zu trennen wie Tag und Nacht. Überall ist Zwielicht, immerfort Dämmern.

Das Geld zurück- oder wegzugeben, war einfach. Allzu einfach! Es gibt aber nicht nur die simple, private Moral. Ja, die private Moral kann aus der Sicht der Gemeinschaft geradezu egoistisch sein. Gab es da nicht auch noch Antons staatsbürgerliche Pflicht? Er durfte nicht zuerst an sich selbst denken, an sein kleines, armseliges Gewissen. Er hatte seinem Land zu dienen. Und der Kanzler dieses Landes persönlich hatte ihm einen Auftrag erteilt. Die Freunde des Golfsports sollte er nicht aus den Augen lassen. Molke war ein ehrenwertes Mitglied der »Freunde des Golfsports«. Wie sollte er mehr von und über Molke und seine Freunde erfahren, wenn er ihn brüskierte und das Geld einfach abwies! Die zwanzig Scheine waren seine Eintrittskarte in ein dunkles Revier. Es war nicht mehr als Antons verdammte Pflicht und Schuldigkeit, das Geld zu behalten, vorläufig wenigstens.

»Ich habe dir etwas mitgebracht«, sagte Antje. »Es liegt auf dem Rücksitz.«

Es war ein blauer Aktendeckel mit Gummibändern an den Ecken. Anton griff ihn sich und schlug ihn auf.

Die Mappe enthielt Zeitungsausschnitte über Molkes Firmengruppe, über Pressekonferenzen, Richtfeste mit Ministern und Senatoren, Artikel über Molkes angebliche Stasikontakte. Alles in allem war es eine Erfolgsstory, wie sie Politiker und Publikum lesen wollten: Molke war ein Millionär aus dem Osten, einer der ersten, die es geschafft hatten.

Antje hatte die schriftliche Auskunft der Wirtschaftsdetektei »Creditreform« eingeholt. Die »Fonty GmbH« hatte zwei Gesellschafter. Manfred Molke, zugleich ihr Geschäftsführer, hielt einen Anteil am Stammkapital von neunhunderttausend Mark. Der zweite Gesellschafter war Lutz Mintzel, dessen Stammkapital vier Millionen Mark betrug. Gegründet hatten die beiden das Unternehmen im August 1990, in der kurzen Zeitspanne zwischen der Einführung der D-Mark und dem Ende der DDR am 3. Oktober desselben Jahres. Das Unternehmen erwarb, baute und sanierte Immobilien verschiedener Art, verkaufte sie weiter oder vermietete sie. Der Jahresumsatz war auf achthundert Millionen Mark im Jahr 1995 gewachsen. Mintzel und Molke waren auf eine Goldader gestoßen.

»Wer ist Mintzel?«

»Das frage ich mich auch«, sagte Antje. »Es gibt nichts über ihn. Absolut nichts. Nie taucht er auf, nicht einmal bei einem Richtfest.«

Sie hatte ein paar Zeitungsartikel und Aufsätze aus dem Bundeshausarchiv hinzugefügt, die mit der »Fonty GmbH« nichts zu tun hatten.

»Wie die Mafia sich den Osten kauft.«

Das Problem war seit langem bekannt.

»Die sizilianische, die kolumbianische und die asiatische Mafia haben Kontakte mit der russischen geknüpft und den Grundstein für die Bildung eines die gesamte Erdkugel umspannenden kriminellen Netzwerks gelegt...« – diesen Satz hatte Antje unterstrichen – »....indem sie ihr schmutziges Geld gegen Immobilien, Grundstücke, Fabriken, Werkstätten eingetauscht haben...« Diese Zitate fand Anton in einigen kopierten Seiten aus Claire Sterlings Buch »Verbrecher kennen keine Grenzen«. Dort hieß es auch: »1992 reinvestierte die Mafia die Hälfte ihres gewaschenen Kapitals in normale Wirtschaftsunternehmen in ganz Europa... Tatsächlich war die Geldwäscherei für die Mafia lukrativer als der Drogenhandel.« Antje hatte ihm auch

Peter-Ferdinand Kochs Buch »Das Schalck-Imperium lebt« hingelegt. Darin war der Satz markiert: »Wie der gesamte Ostblock war auch die ehemalige DDR zu einer riesigen Waschmaschine für schmutziges Geld geworden.« Investoren waren gesucht, niemand fragte danach, woher sie ihr Geld hatten. Helfer fanden sie genug. »Zehntausende arbeitslos gewordener Mitarbeiter der Staatssicherheit warteten nur darauf, ihre Kenntnisse und Fähigkeiten lukrativ zu vermarkten.« Wer intelligent und zynisch genug war, ging früher zur Stasi. Jetzt bot die Marktwirtschaft intelligenten Zynikern noch viel bessere Chancen.

»Was Franks Geschichte angeht, siehst du wahrscheinlich Gespenster«, sagte Anton.

FEUERWERK MIT BRILLANTEN

Einmal im Jahr lud Camillo Gruber die Creme der Gesellschaft zur festlichen Verleihung der Goldenen Röhre. Die bunten Gazetten waren sich einig, daß es ein unübertreffliches Ereignis war. Erstmals hatte Anton eine Einladung erhalten. Gewiß hatte er das dem Umstand zu verdanken, daß er nun zu den »Freunden« zählte.

Antons goldene Einlaßkarte galt auch für die »Frau Gemahlin«, die ihm so plötzlich und unverhofft abhanden gekommen war. Es war ein Versehen des Protokolls, wie man ihm mit dem Ausdruck des Bedauerns versicherte. Selbstverständlich war in seiner Begleitung Frau Gisela Windisch ebenso willkommen.

Laserkanonen warfen Lichtsäulen in die Nacht, dem Sternenschweif von Bethlehem gleich. Dort, verhießen sie, mußte sich Großes ereignen.

Ein kardinalroter Läufer querte den weiten, in strahlendes Licht getauchten Vorplatz. Absperrgitter trennten die Erlesenen von den Schaulustigen. Autogrammjäger hielten Papier und Stift in ausgestreckten Händen.

Keiner von ihnen kannte oder erkannte Anton. Doch spürte auch der Abgeordnete ein wenig, wie es wäre, ein Star zu sein. Er ging ja, Gisi an seiner Seite, direkt hinter einem her, einem seit Jahrzehnten gut konservierten weiblichen Serienstar, auf dessen Namen er dummerweise nicht kommen wollte. »Eine Frau macht mobil« oder so ähnlich hieß die Sendung. Als der Star die Freitreppe erreichte, entlud sich die Wolke der Fotografen mit tausend Blitzen.

Auf einigen Bildern würden bestimmt auch Anton und Gisi zu sehen sein, im Hintergrund. Deshalb probierte auch Anton ein Wie-ist-die-Welt-so-schön-Lächeln. Seine und Gisis Geburtsdaten waren, wie die aller Gäste, auf der Einlaßkarte notiert und wurden von Beamten mit den entsprechenden Daten der vorzuweisenden Personalpapiere abgeglichen. Die Sicherheitsmaßnahmen waren außerordentlich. So oft geschah es schließlich nicht, daß sich die Spitzen der Politik mit herausragenden Köpfen anderer Eliten in einem Saal versammelten.

Ausgesucht schöne Mädchen in antikem Faltenwurf reichten schon am Eingang Kelche perlenden Champagners. Die Hersteller wetteiferten um die Gunst, ihre Produkte kostenlos ausschenken zu dürfen.

Das Museum mit den weltberühmten Ausgrabungen des klassischen Altertums war nicht wiederzuerkennen. Quer und längs unter die Decke waren Stahlrohre gezogen, an denen Batterien von Scheinwerfern hingen. Kameras waren postiert, eine sogar an der Spitze eines hydraulischen Monsters. Sie stieg jetzt schon zur Probe auf, stieß im Sturzflug auf die Köpfe des Publikums herab und über sie hinweg, dem in goldenes Licht getauchten athenischen Figurenfries zu, der als Bühnenbild diente.

Anton wußte nicht, wo er zuerst hinsehen sollte. Da waren ja nicht nur die berühmtesten Serienhelden und Nachrichtensprecher der Nation, ihre Produzenten, Geschäftsführer, Chefredakteure, Programmdirektoren und Intendanten zu bestaunen; es gab Stimm- und Busenwunder, Würden- und Bedeutungsträger, Schrift- und Fallensteller, Tor- und Menschenjäger, Großmeister und Großmäuler. Alle, so kam es Anton vor, kannten alle. Zur Vergewisserung waren alle Namen im goldenen Programmheft noch einmal aufgeführt, alphabetisch. Anton blätterte schnell nach, um zu sehen, ob sie ihn nicht übersehen hätten. »Antonius Sommer und Gemahlin« stand da.

Er fand etliche Namen von Golffreunden, den einen und

anderen hatte er im Gewoge schon erkannt, Hildenstein, Ritter und Bankier, den großen Schlofeld. Polly Insel, der Kolumnist, fehlte ebensowenig wie der Sozialdemokrat von Schwalm, Präsident Kotemat, der Erzbischof und die Wilhelm, heute als Operettenfeldmarschallin. Molke winkte ihm zu. Und Argenthal, der das Fernsehen für eine Kloake hielt, hatte Gisi bereits im Foyer zur Begrüßung auf den Mund geküßt.

Peinlich berührte Anton, Gisi wegen, die flüchtige Begegnung mit Pflüglin, der ohne seine Gattin Irmhild erschienen war. Als er Ellen ehelichte, war der Alte Trauzeuge gewesen. Er registrierte Gisi mit wohlwollendem Blick.

»Wir bitten Sie, Ihre Plätze bis 19 Uhr 30 einzunehmen«, stand auf den Einlaßkarten. Es war inzwischen doch 19 Uhr 50 geworden von all dem Winken und Rufen und Einanderzuküssen.

Endlich taten die Aufnahmeleiterinnen freundlich, doch entschieden, ihre Pflicht. Bewaffnet mit Kopfhörern, Klemmbrettern und Stoppuhren baten sie die sich zur Schau stellenden Zuschauer auf ihre Plätze. Auf der Bühne, probehalber noch, gaben Lichteffekte eine Ahnung vom Feuerwerk des Kommenden.

Aus den an den Bühnenrändern dichtgestaffelten Statuen löste sich Friedhelm Göttlich, der, wie er beteuerte, »das unendliche Vergnügen« habe, durch den Abend zu führen. Vollkommen mache sein Glück die »einzigartige location«, die auch in diesem Jahr wieder Camillo Gruber persönlich ausgewählt hatte. »Was«, schwärmte Göttlich, »paßt besser zu unseren unsterblichen Lieblingen als die Heimstatt der Götter aus weißem Marmor.«

Göttlich im Frackhemd, steif der Kragen, locker der Ton. Seine Warming-ups galten in der Branche als die mitreißendsten, manchem Experten gar als seine eigentliche Stärke. Es gab Kritiker, die das Vorspiel rezensierten, nicht die Sendung selbst.

Zwar hatte das Publikum die Bereitschaft mitgebracht, sich

köstlich, ja göttlich zu amüsieren. Noch aber klang der Beifall in Göttlichs Ohren nicht ausgelassen genug.

Man wolle »allen draußen im Lande zeigen, was für ein fröhliches Familienfest wir heute feiern«.

Mit dem Appell allein war es nicht getan. Es war ein schweres Publikum. Göttlich agierte vor Kollegen. Die Alle-klatschen-mit-Methode fruchtete im Lustigen Musikantenstadl, aber nicht vor den Erfolgreichen der Republik.

Göttlich probte mit dem Publikum den Beginn der Show. Aus der Tiefe des sternenbeglänzten Alls näherte sich die Kamera dem blauen Planeten, raste Europa, Deutschland, der Hauptstadt zu, drang schließlich ein in den festlich beleuchteten Tempelbezirk, der bevölkert war von den Schönsten und Besten des Landes, die genau jetzt den Millionen draußen zuwinkten.

»Wo winken Sie denn hin? Nein, nicht zu mir! Hinauf, hinaus ins All! Dort kommt die Kamera her. Alle schauen hoch und winken!«

Während die Stars den Sternen zuwinkten, probehalber noch, verschwand Göttlich zwischen den Standbildern.

Die Ehrengäste betraten nun den Saal, der Kanzler mit Gattin, in Begleitung des Regierenden Bürgermeisters mit Gattin, geleitet von Camillo Gruber, dessen Gattin noch nie jemand gesehen hatte, auch heute nicht.

Die Titelfanfare erklang, mitreißend siegesgewiß wie aus einem Werbespot für Athletenschuhwerk, und die Zuschauer draußen bekamen den Eindruck, mit der Kamera aus dem Sternenhimmel geradewegs in den strahlendsten Erdenfleck hineinzufallen, begrüßt dort von der winkenden Menge.

Und schon ereignete sich das nächste Wunder. Auf dem garagentorgroßen, von ionischen Säulen flankierten goldenen Monitor schwebte Göttlich an einem Fallschirm zur Erde und sprang, ehe man sich versah / Schnitt / aus der Röhre auf die Bühne, als sei zwischen Schein und Sein die Mauer gefallen.

Aus dem Bühnenboden hob sich zugleich hydraulisch ein goldenes Pult in Gestalt einer korinthischen Säule. Ein Chor geflügelter himmlischer Geister erfüllte gelenkig den Raum: Fernsehballett.

Die goldene Superröhre zeigte eine Szene aus der beliebten Serie mit dem deutschen Schäferhund. Kommissar Rex setzte zum Sprung an und / Schnitt / kam auf der Bühne auf, im Maul die erste der zu verleihenden Trophäen, und verleitete das Publikum zu einem ersten Begeisterungssturm.

Die Dramaturgie gehorchte dem berühmten überseeischen Muster. Die nächste Röhre war für Harry, die Lichtgestalt der News, dafür berühmt, aus jeder vermischten Meldung ein hübsches moralisches Traktätchen zu keltern. Er empfing seinen Preis aus den Händen des deutschen Rekordhalters im Ministersein. Danach wurde die Goldene Röhre an Greenpeace emittiert. Dazu wurde auf dem Tempelfries von echten Demonstranten das Transparent mit der Aufschrift »Wir danken euch« entfaltet, wozu sich die Menschen ergriffen von den Plätzen erhoben.

Vier Siegesgöttinnen umschwebten den folgenden Preisträger, auch er wahrhaft ein Klassiker. Reich-Radunsky hatte den Preis verdient, verdankte ihm doch das gute Buch das Überleben im Multi-Media-Kosmos.

»Lieber Reich und Radunsky als arm und krank«, fand Göttlich.

An dieser Stelle lachten die Leute im Saal erheblich unter ihrem Niveau, das aber ergiebig. Der Geehrte fand den Kalauer »literarisch fragwürdig, jedoch zutreffend«, und traf damit wieder einmal genau den Tatbestand.

Es wurde feierlich, also dunkel. Nebel waberten. Sie galten einem Unsterblichen der Leinwand. Seine Stimme meldete sich aus dem Jenseits, wo der zu Ehrende sich seit Monaten aufhielt. Die Goldene Röhre in memoriam erhob sich von einem Säulenstumpf, in einen Lichtspot getaucht, und verschwand in den

Dünsten der Ewigkeit. Viele im Saal schämten sich ihrer Tränen nicht.

Wer geglaubt hatte, der Höhepunkt des Abends sei damit erreicht, irrte.

Launig erzählte Göttlich von seiner Enttäuschung, als man ihn gebeten habe, den Abend zu moderieren. Habe das doch bedeutet, diesmal selbst leer ausgegangen zu sein.

An dieser Stelle mischte sich die Stimme aus der Regie ein und teilte mit, aus technischen Gründen müsse leider kurz unterbrochen werden. Göttlich verschwand im Pulk der marmornen Gottheiten.

Lange mußten sich die Zuschauer gottlob nicht gedulden. Noch ehe es im Saal hätte unruhig werden können, spie die überlebensgroße Goldene Röhre einen italienischen Weltstar aus, der den nächsten Gewinner bekanntgab, keinen geringeren als Friedhelm Göttlich selbst.

Vor Überraschung nahezu zerschmettert fand Göttlich auf die Bühne zurück, um sich die Goldene Röhre selbst zu überreichen. Standing ovations. Zwischenschnitt Großaufnahme Camillo Gruber, ein Bild übrigens, das noch jahrelang gesendet werden wird, gibt es doch in den Archiven bis heute nichts Eindrucksvolleres von Gruber. Zu Ehren seines Mitarbeiters hatte er diese Aufnahme ausdrücklich gestattet, denn ohne ausdrückliche Genehmigung hätte kein Kameramann sie gewagt.

Göttlich, darin waren sich in diesem Augenblick die wenigen Eingeweihten im Saal einig, wäre als Kanzler in der Lage gewesen, die bitter vermißte Brücke zwischen Klasse und Masse zu schlagen.

»Danke, danke, danke ...« Als der Jubel kein Ende nehmen wollte, setzte Göttlich hinzu: »Ihr seid alle göttlich!«

Den Kanzler selbst hielt es nun nicht mehr auf seinem Platz. Auf die Bühne sprang er, um dem Mann, der ihn aus dem Amt würde verdrängen können, wenn nur Gruber es gewollt hätte, beidhändig die Hand zu drücken.

Alle Preisträger formierten sich zum Abschluß, ihre Goldenen Röhren im Arm, zum Gruppenbild. Während die Fotografen sich noch um die Ausgezeichneten balgten, erhoben sich die Festgäste von ihren Plätzen, um in die anschließenden Säle zu strömen, in denen die berühmtesten Fernsehköche der Republik das Büfett bereitet hatten.

Gisi war einige Minuten zuvor eines unaufschiebbaren Bedürfnisses wegen, wie sie sagte, hinausgegangen. Als es geschah, befand Anton sich wie die meisten Zuschauer eingekeilt auf dem Weg nach draußen.

Er spürte den Knall wie einen Schlag. Gleißend grelle Lichtgarben schlugen ein. Einen Augenblick lang herrschte dröhnende Stille. Dann brach die Menge los, trommelnde, trampelnde, rempelnde Leiber. An Durchgängen und in den Fluren staute sich die Menge, ehe die Menschen ins Freie springen konnten, Panik trat trotz der Verklumpung der zu Tode Geängstigten nicht ein.

Kabelträger, Kellner, Garderobieren, Journalisten, Instrumentalisten, Artisten, Polizisten, Tonmeister, Techniker mengten sich in das Knäuel der Stars. Draußen erst, auf den Treppen, dem Vorplatz, löste sich die Masse wieder in seine Teile, in Gäste und Personal, Beschützte und Beschützer, Leibwächter stießen ihre Schutzbefohlenen in gepanzerte Limousinen. Die meisten aber liefen ziellos umher, anderen hinterher, mit bleichen Gesichtern, trockenen Lippen, rasenden Herzen.

Das abgesperrte Areal vor dem Museum, angefüllt mit aufgewühlten Menschen, war taghell ausgeleuchtet. Frauen fahndeten bang nach ihren Männern und registrierten verwirrt den Verlust von Ohrringen und Handtaschen. Männer riefen nach abhanden gekommenen Frauen. Großalarm war ausgelöst. Die Kakophonie der Sirenen mischte sich in den Schreck, mit dem die Menschen davongekommen waren.

Sanitäter und Notärzte hetzten die Stufen hinauf ins Museum. Schon hatten die Fernsehsender ihre laufenden Programme unterbrochen, um sich vom fernsehtechnisch vollständig gerüsteten Ort des Grauens zu melden.

In Windeseile fand das Chaos seine Ordnung. Niemand verließ mehr unkontrolliert das Areal, wenn auch viele dem Schreckensort bereits entflohen waren.

»Wir wissen nicht, wie viele Tote und Verletzte zu beklagen sind«, meldete ein Reporter.

Augenzeugen berichteten von einem grellen Flammenmeer, entsetzlichen Detonationen.

»Sicherheitskräfte«, so der Reporter, »haben das Gebäude hermetisch abgeriegelt.« Der Großteil der Prominenten, so sähe es im Augenblick aus, habe sich retten können, auch, soviel zur Beruhigung, der Bundeskanzler. Ob unverletzt oder nicht, sei im Augenblick nicht mit letzter Sicherheit zu sagen.

Wo befand sich Göttlich? Unter den Opfern? Was war mit den anderen Preisträgern? Den Weltstars? Bange Fragen, quälende Minuten. Gerüchte kursierten, man müsse mit dem Schlimmsten rechnen, der Regierende Bürgermeister habe persönlich die Einsatzleitung übernommen.

Das versprach nichts Gutes.

»O Gott.«

Noch hatte Anton keine Spur von Gisi gefunden.

Der Bundesinnenminister, fuhr der Reporter fort, sei vor Ort und habe bereits die Bundesanwaltschaft mit den Ermittlungen beauftragt.

Die Treppen, von denen Anton einen besseren Blick gehabt hätte, waren jetzt auch gesperrt. Verzweiflung ergriff ihn. Wo war Gisi?

Der Regierende Bürgermeister trat an ein Mikrofon. Mit fester Stimme beruhigte er die Menge. Es gebe keinen Toten, einige Verletzte, Schockzustände, Quetschungen, niemand schwebe in Lebensgefahr. Lob den Einsatzkräften. Lob der Besonnenheit aller.

Wo aber war Gisi?

Berufszyniker und Galgenhumoristen verbreiteten bereits erfolgreich das Gerücht, Gruber selbst habe das Spektakel inszenieren lassen, als großangelegten PR-Gag. Die Stimmung jedenfalls kippte ins Ausgelassene.

Argenthal etwa, dem Anton über den Weg lief, sprach von einem »blendenden dramaturgischen Einfall«, sozusagen einer »Blendung der Blendenden«. Auch wisse er eine blendende Schlagzeile: »Göttlich auferstanden!«

Molke, der plötzlich neben Anton auftauchte, fand die Sache nicht komisch. Das heiße doch wohl, westliche Vergnügungssucht zu übertreiben. »Entweder langt man richtig hin oder gar nicht«, meinte er. In der DDR hätte es so etwas nicht gegeben. »Eine Katastrophe für die Sicherheitsorgane!«

Auch Pflüglin nahm nichts auf die leichte Schulter.

»Ein Menetekel! Wir wiegen uns in falscher Sicherheit.«

Söhnlein hastete vorbei, würdigte Anton keines Blickes. Göttlich gab wieder Interviews. Personal begann damit, Champagner und Häppchen aus dem noch immer von der Polizei gesperrten Gebäude auf den Vorplatz zu bringen und zu servieren. Die vom Schicksal Begünstigten stießen auf die glückliche Fügung an. Erleichterung und heiterer Frieden breiteten sich aus.

Wo steckte Gisi?

»Mach dir keine Sorgen«, sagte Pflüglin, »sie ist in Panik davongelaufen. Ich wette, sie wartet zu Hause.«

Anton hielt nun nichts mehr an diesem Ort.

Minuten später stürzte er in Gisis Arme. Pflüglin hatte recht behalten.

»Ich hatte solche Angst um dich«, schluchzte sie.

»Weshalb du um mich?«

»Daß sie dich tottrampeln!«

Selige Nacht.

»Bild« titelte am nächsten Morgen: »Höllentrip der Superstars.«

Die »Frankfurter Allgemeine Zeitung«: »Anschlag auf höchste Staatsorgane.«

Die »TAZ«: »Goldene Röhre explodiert.«

Gerüchte über Rücktritte des Berliner Polizeichefs und des Leiters der Sicherungsgruppe Bonn verdichteten sich. Die Opposition forderte den Rücktritt des Innenministers.

Die alles in allem gute Laune der republikanischen Gesellschaft änderte sich gründlich erst mit dem Bekennerschreiben (konservative Medien bevorzugten den Begriff »Selbstbezichtigung«) der mutmaßlichen Attentäter. Das Papier erreichte die Deutsche Presse Agentur erst am zweiten Tag nach dem Anschlag.

Kommentatoren erklärten, die Verfasser hätten abgewartet, um in die sich ausbreitende Ist-ja-alles-nicht-so-tragisch-Erleichterung hinein einen zweiten Schock zu zünden.

Die Versalien aus einem Laserdrucker waren groß genug für schwache Augen, nichts jedoch für schwache Nerven.

FÜRCHTET EUCH, IHR OHNMÄCHTIG MÄCHTIGEN,
IHR MASSLOS MITTELMÄSSIGEN,
DIE IHR UNSERE ZUKUNFT VERSCHREIT UND
VERSCHERBELT:
NOCH GEBEN WIR EUCH NUR DEM GELÄCHTER PREIS.
BALD ABER WERDEN WIR EUCH FEUER MACHEN!
IHR HABT UNSER LAND IN DIE KÄLTE DER ERSTARRUNG
GEFÜHRT.
EUCH, DIE IHR AGIERT STATT REGIERT, SETZEN WIR
DIE AKTION ENTGEGEN. DIE IHR EUCH SELBSTGERECHT
EINGERICHTET HABT, EUCH WERDEN WIR RICHTEN.
BEENDET DIE BLEIERNE ZEIT!
DIE BESTEN AN DIE MACHT!
RAF
RECHT AUF FORTSCHRITT!

KEINE ROSEN FÜR GISI

Antje erzählte von ihrem Traum. Einen wagenradgroßen Strohhut auf dem Kopf, in einem Brautkleid aus fleischfarbener Spitze, habe sie Anton geheiratet.

»Ein gruseliger Alptraum«, fügte sie hinzu.

Vielleicht erwartete sie, daß er widersprach. Er dachte nicht daran. Ihn gruselte bei dem Gedanken wirklich.

Antje war ein Schatz, aber nichts für ewig. Gerade erst war Anton einer Ewigkeit entronnen. Er hatte Ellen verloren und dafür das Recht auf Freiheit wiedergewonnen.

»Viva la libertà«, schmetterte er. Es war der einzige Satz und die einzige Melodie, die er aus »Così fan tutte« kannte. Antje verzog das Gesicht. Ihr Boß war kein Gesangstalent.

»Sprechen wir lieber vom ›Recht auf Fortschritt‹«, sagte sie.

»Wer denkt sich so was Blödes aus! Es klingt nach einem billigen Parteitagsmotto, aber nicht nach Umsturz«, fand Anton.

»Ich finde, es hört sich an wie aus einem aufgeblähten Aufsatz Argenthals«, sagte Antje. »Gebackener Schaum, immer knapp davor, in sich zusammenzusinken.«

»Argenthal ist wahrlich ein Schaumschläger, aber doch kein Attentäter!«

»Vielleicht parodiert ja die RAF Argenthal«, meinte Antje.

Sie lag nicht ganz verkehrt mit ihrer Beobachtung. Nicht nur politische Kommentatoren, auch einige namhafte Feuilletonisten beschäftigten sich mit der Tat. Die Kritiker, vor allem diejenigen, die als Augenzeugen des Anschlags glaubten mitreden zu können, veranstalteten ein stilistisches Rätselraten. Allerdings kam niemand von ihnen auf Argenthal. Die Mutmaßungen gingen in Richtung der sogenannten Neuen Rechten.

Auch die Behörden stellten Stilanalysen an. Die Bekenner, fanden sie mühelos heraus, benutzten zwar das längst verblaßte Namenskürzel der Republikanischen Armee-Fraktion, nicht aber deren Sprache. Trotzdem war nicht völlig auszuschließen, daß die Autoren des Schreibens sich bewußt in die Tradition der alten RAF gestellt hatten. Ebensowenig war auszuschließen, daß sie sich nur einen makabren Scherz geleistet hatten und womöglich gar nichts mit dem Anschlag zu tun hatten.

Immerhin konnte inzwischen die Herkunft der Tatwaffe geklärt werden. Bei den Explosionskörpern handelte es sich um Blendgranaten des Fabrikats, das die GSG 9 für die Erstürmung von Flugzeugen vorrätig hielt. Bei der Befreiung der Passagiere des Lufthansajets »Landshut« in Mogadischu waren Blendgranaten erfolgreich eingesetzt worden. Diese Aktion war 1977 der entscheidende Schlag gegen die historische RAF gewesen, die gehofft hatte, durch die Entführung ihre im Gefängnis einsitzenden Mitglieder freizupressen. Dieser Zusammenhang war der Grund, weshalb das Bundeskriminalamt Verbindungen zur linksextremen Szene zumindest für denkbar hielt. Nachforschungen ergaben, daß Beamte der GSG 9 befreundeten Personen (darunter sogar Journalisten) hin und wieder Blendgranaten geschenkt hatten, zum Gebrauch an Silvester, wie die Verantwortlichen beteuerten.

Es rollten Köpfe, aber es war den Behörden bisher nicht gelungen, eine komplette Liste der so effektvoll Beschenkten zusammenzustellen.

Alle Gäste der Preisverleihung waren vor der Veranstaltung gründlich überprüft worden. Deshalb konzentrierten die Fahnder ihre Anstrengungen jetzt auf das Personal. Dessen Daten waren zwar auch überprüft worden, aber es war nicht sicher, ob wirklich die komplette Heerschar der Lieferanten erfaßt worden war. Vor allem konnte niemand für sämtliche Mitarbeiter der an der TV-Produktion beteiligten Firmen garantieren.

Die Nation rätselte über die Hintergründe. Im wesentlichen bildeten sich zwei Lager, das der Zyniker und das der Humorlosen. Die Zyniker genossen ihre nicht bloß klammheimliche Freude über das Attentat. Sie rechtfertigten sich damit, die Drohung der Bekenner, demnächst werde Feuer gemacht, sei nicht ernst zu nehmen, im übrigen seien die Ansichten dieser RAF gar nicht so verkehrt.

Anton dachte das auch, wagte es aber nicht einmal Antje gegenüber auszusprechen. Die Parteien, einschließlich der Grünen und der PDS, entschlossen sich, die Angelegenheit humorlos zu nehmen. Es geschah das Übliche: Wer als erster schärfere Gesetze forderte, hatte die besten Chancen in die Talk-Shows zu kommen. Die Sicherheitsmaßnahmen in Bonn wurden verschärft, das Wachpersonal sensibilisiert, was man daran merkte, daß Touristen festgenommen wurden, die während der Vorfahrt der Kabinettsmitglieder durch das Zaungitter des Kanzleramts hindurchfotografierten.

Was über das Attentat zu erfahren war, wiederholten die Medien so oft, daß ihnen bald nichts anderes übrigblieb, als auch noch zu berichten, was alles hätte geschehen können. Sie stellten sich vor, was geschehen würde, wenn der Kanzler, sein Stellvertreter, fünf weitere Bundesminister, der Oppositionsführer und vier Ministerpräsidenten auf einen Schlag nicht mehr da wären. Die Szenarien schilderten ein dem blanken Chaos anheimgefallenes führerloses Gemeinwesen. Plötzlich erschienen selbst zuvor als unfähig gescholtene Amtsträger als unersetzlich.

Noch beeindruckender war die prophylaktische Trauer um die Stars. Intendanten und Chefredakteure wären ja noch zu ersetzen gewesen, nicht aber die Serien, die hätten eingestellt werden müssen, wenn sämtliche Hauptdarsteller feigem Terror zum Opfer gefallen wären. Selbst die Nachrichten, die sich von selbst ereigneten, nicht halb so bekömmlich hätten sie geschmeckt ohne Harrys philosophische Verdauungstropfen.

Der Schrecken darüber, was alles hätte passieren können, steigerte den Wert der Stars. Göttlich erklomm einen neuen Zenit seines Schaffens. Da er sich schon die Goldene Röhre selbst überreicht hatte (die Trophäe war im Taumel der Katastrophe zu Boden gegangen und zerborsten), war es nur konsequent, wenn nun die Talk-Show folgte, in der Göttlich bei sich selbst zu Gast war und mit sich ebenso amüsant wie nachdenklich über den Anschlag plauderte.

Natürlich war auch Antje der Schreck in die Knochen gefahren und einige Tage lang steckengeblieben. Anton hätte schließlich umkommen können! Die, wenn auch nur probeweise Vorstellung, ohne ihren Chef durchs Leben gehen zu müssen, ließ sie eines späten Nachmittags fragen: »Gehn wir einen Happen essen?« Es war das erste Mal, daß sie ihm diese Frage stellte.

Vielleicht war es aber auch nur der Wink mit dem Zaunpfahl, mit dem sie ihn an die gemeinsame Abendgestaltung erinnern wollte, deren letzte nun schon geraume Zeit zurücklag.

Er habe sich den Magen verdorben, log Anton.

Antje, die treue Seele! Niemals hatte Anton Anlaß gehabt, an ihr zu zweifeln, und gewiß auch Rolf nicht.

Herz und Verstand Antjes waren groß genug für zwei Männer. Seit Ellen fort war, sorgte sie sich noch akribischer um Anton. Öfter als früher erkundigte sie sich nach seinem Seelenheil, nach den Töchtern und danach, wie er den Alltag bewältigte, von der Ernährung bis zur Wäsche.

Antje war nicht entgangen, daß Gisi in Antons Leben gedrungen war.

Obwohl sie die Berlinerin nur aus Antons Berichten kannte, neigte sie dazu, die Malerin zu dämonisieren. Unbeirrbar traute sie ihr zu, Frank auf dem Gewissen zu haben.

Das fand Anton lächerlich. Wer über eine so sinnliche wie lebendige Sprache aus Leuchtzeichen und Farbspuren verfüge wie Gisi, brauche nicht die Sprache der Gewalt, sagte er.

Antje darauf: »Du bist verknallt!«

»Mag sein«, antwortete er, »daß ich einen Knall habe. Mehr aber auch nicht.«

Irina hatte behauptet, Frank sei Gisi hörig gewesen. Daran erinnerte ihn Antje.

»Schwachsinn!« fauchte Anton.

Im Gegensatz zu ihm war Frank ein Romantiker gewesen. Anton mißtraute Gefühlen; wenn es ging, vermied er sie. Seine Reihenfolge war erst Sex, dann Liebe. Das konnte Antje nicht ganz entgangen sein. Ein einziges Mal in seinem Leben war es andersherum gewesen und das Ergebnis fatal: Er hatte Ellen geheiratet.

Auch seine Beziehung zu Gisi hielt Anton für eine rein erotische. Manchmal dachte er an Gisis Haut, nice and smooth. Die lebhaften Augen erst: hell und neugierig, schamlos direkt. Die Augen paßten zur Stimme. Sie war größer als der kleine Mund, warm, etwas rauh. Es war eine aufregende Stimme, die Gisi nicht durch die ortsübliche Schnoddrigkeit erniedrigte. Kein »Wat denn, wat denn« nervte an ihr.

»Ruf mich nicht an«, hatte sie gesagt. »Komm!«

Als Mitglied der Baukommission hatte er immer in Berlin zu tun, wenn er es wollte.

»Paß auf dich auf«, sagte Antje, als er sich von ihr verabschiedete. Es klang tapfer und selbstlos. Vermutlich stellte sie sich vor, daß es Anton sofort auf den Prenzlauer Berg ziehen würde.

Er nahm einen Umweg über Potsdam.

Vor der Villa in der Berliner Straße stand ein Speditionswagen. Männer schleppten Möbelteile. Die Haustür stand offen. Antons unangemeldeter Auftritt brachte Irina nicht aus der Fassung. Mitten im Umzug, wenn sich alle häuslichen Gewohnheiten und Gewißheiten auflösen, überrascht einen nicht mehr viel.

Sie stand im Wohnzimmer und packte Bücher in Kartons.

»Das mach' ich besser selbst. Die Packer bringen sie alle durcheinander.«

Eine Eingebung hatte Anton geraten, statt Blumen eine Tüte Schüblinge aus Wangen mitzubringen. Die dicken, zart geräucherten Würste waren hochwillkommen.

»Man kann sie notfalls kalt essen«, sagte Anton.

Die Würste knackten beim Reinbeißen.

Anton wollte sich nützlich machen.

Irina erklärte ihm ihr Bücker-Pack-System. Da die Anordnung der Regale in Krefeld anders sein würde, mußten die Bücher alphabetisch und nach Sachgebieten geordnet in die Kartons »gestellt, nicht gelegt« werden, »und nichts oben quer darauf. Lieber mehr Kisten als weniger Ordnung!«

Zwei Hände mehr, die Kartons falteten und steckten, nach Büchern griffen, sie stoßweise aus den Regalen hoben, verstauten, Kisten schlossen, beschrifteten und stapelten. Zwei Augen mehr, die um so interessierter die Titel der Bücher musterten, je mehr es im Kreuz schmerzte.

Plötzlich hatte Anton ihn in der Hand, den weißen Band. Er fiel ihm auf, weil er nicht in die Ordnung paßte, weder alphabetisch noch thematisch; zwischen Goethe und Grass hatte er sich verirrt. Vielleicht der Farbe wegen? Goethes »Gedichte und Epen«, Band 1 der Hamburger Ausgabe, waren so weiß wie »Ein weites Feld«. Es war die perfekte Tarnung für »Golf und Psyche«.

Anton ließ den Stoß in den Karton gleiten. Murphys Buch zog er rasch wieder heraus, um es hinter einem Kistenstapel und bei nächster Gelegenheit in seiner Tasche verschwinden zu lassen.

Wenn es einen Menschen gab, der für Golf nicht geschaffen war, dachte Anton, dann der evangelische Bücherwurm Frank, der aus Passion nach Potsdam in den Plattenbau gezogen war. Ob dieselben Freunde ihn zum Golfen überredet hatten, denen er die Wohnung in der frisch renovierten Villa verdankte?

Frank hatte das Golfen nie erwähnt. Er erinnerte sich aber, wie er seinerseits versucht hatte, Frank zum Golfen zu ermuntern.

»Dazu tauge ich nicht«, hatte er zur Antwort bekommen.

»Woher willst du das wissen?«

»Vergiß es!« hatte Frank das Thema beendet.

Er komme jetzt nicht mehr so häufig wie früher zum Lesen, sagte Anton zu Irina. Das Golfen nehme ihm den letzten Rest an Zeit. »Es ist eine Sucht.«

Irina packte schweigend weiter.

»Frank hatte sicher nichts übrig für Golf«, sagte Anton so beiläufig wie möglich.

»Fragen Sie besser die Windisch«, sagte Irina. »Die hat seinen letzten Rest an Zeit verplant.«

Das wollte Anton schleunigst tun. Denn Irina hörte sich bitter an und hatte ihren Frieden mit Frank noch nicht gemacht.

»Irina, wußten Sie, daß Frank Gisi den Laufpaß gegeben hat?«

Ihre Bewegungen stockten.

»Ich hätte es mir gewünscht«, antwortete sie und nahm einen besonders großen Stoß Bücher aus dem Regal.

»Es ist so, Irina. Ich weiß es von der Windisch«, log er.

»Das überrascht Sie, nicht wahr?«

»Kein Wort ist wahr!«

Irina knallte den Stoß in den Karton.

Bücher über Bücher, das war es, was ihr von Frank geblieben war.

»Du sollst nicht auch noch meine Familie zerstören«, hatte Frank geschrieben, vergeblich und zu spät.

»Ich glaube keinem, der sich als Franks Freund bezeichnet. Seine Freunde haben ihn das Leben gekostet!«

Es war besser, Anton trollte sich.

Zum Abschied hörte sich Irina etwas versöhnlicher an. »Passen Sie auf sich auf!« sagte sie.

Zum zweitenmal sorgte sich heute eine Frau um ihn.

Leichtfüßig sprang er die Treppe hinunter. Auf der Straße drehte er sich noch einmal um. Irina stand oben am Balkon und sah ihm nach. Er hob grüßend die Hand. Im Vorbeigehen sah er an den Namensschildern, daß der Name Schmid-Selbelang bereits entfernt worden war. Im Erdgeschoß die Effi-GmbH. Ganz oben Mintzel. Diesmal klingelte es bei Anton.

MIT NASSEM PINSEL

Ausgesprochen gut gelaunt fuhr Anton nach Berlin. Er fühlte, daß Ellen sein Leben nicht zerstören konnte, weil es Frauen gab, die ihm die Trennung erträglich machten, um nicht zu sagen erstrebenswert. Bei Gisi fand er eine Art von Geborgenheit, die unvergleichbar war mit allem, was Ellen ihm bedeutet hatte. Sie bot ihm gewiß kein trautes Heim, aber eine Höhle, in der bengalische Feuer leuchteten, in der man Düfte essen und Töne riechen konnte. Gisi, begriff Anton, war die aufregendste Frau, mit der er jemals zusammen war. Gefährlich war sie nicht. Er war ja kein pubertierender Jüngling mehr.

Und niemandem hatte Gisi etwas zuleide getan, auch davon war Anton überzeugt. Frank hatte sich nach langem, selbstzerstörerischem Kampf für seine Frau und seine Kinder entschieden. Er hatte Gisi weh getan, um sich selbst zu retten. So mußte es gewesen sein, anders war Franks merkwürdiger Abschiedsbrief nicht zu erklären, in dem er Gisi den absurden Vorwurf machte, sie wolle »auch noch seine Familie zerstören«. Es war doch wohl Franks eigene Entscheidung gewesen, sich in sie zu verlieben. Verstört hatte Gisi ihn, aber nicht zerstört.

Auf dem Weg besorgte er Blumen. Es war ihm nach Rosen, aber er nahm sie nicht. Künstlerinnen schenkte man keine Rosen, wenn man sich nicht blamieren wollte, glaubte er, sondern Palmwedel, klingenscharfe Gräser, Papageienschnäbel oder Ruten wie Korkenzieher.

»Ich rühr dich nicht an«, sagte Gisi, als sie ihm die Tür mit dem Ellbogen öffnete. Sie spreizte ihre farbverschmierten Finger von sich. Wenigstens ein Küßchen schob sie ihm hin mit zur Tülle gespitzten Lippen. Nicht einmal das floristische Opus nahm sie ihm ab. Er trug es ihr ins Atelier hinterher. Dort erst quittierte sie es mit einem langgestreckten »Oooh«.

Anton suchte nach einer passenden Vase. Drei oder vier Staffeleien mit unvollendeten Werken standen herum. An den Wänden lehnten Stapel weiterer Bilder. Ein massiver Holztisch war vollgestellt mit Farbbüchsen, Tuben, Gläsern, in denen bündelweise Pinsel steckten, Papierstößen, Steinen und auch Vasen. Nachdem er das Gebinde versorgt hatte, ließ er sich in einen quietschenden Korbsessel fallen.

Gisi malte. Das heißt, sie schlug und stach und streichelte die Leinwand und peitschte ihr farbige Striemen. Dazu kam aus dem CD-Player ein Wiener Walzer.

Stundenlang hätte Anton ihr schweigend zusehen können.

Gisi aber war neugierig.

»Wie hältst du das bloß aus in Bonn?«

Es war schwer auszuhalten. Anton wollte ihr nichts vormachen, aber auch nicht lamentieren. Also blieb er einsilbig, gab sich seinen Tagträumen hin, in denen Gisi vorkam. Warum konnten sie nicht irgend etwas Gemeinsames machen, etwas Künstlerisches, vielleicht ein Atelier für Innenarchitektur und Design, Sommer & Windisch. Für einen Neuanfang hätte er fast jeden Preis bezahlt. Ihretwegen wäre er sogar bereit gewesen, nach Berlin zu ziehen; sie hätten sich zusätzlich im Allgäu etwas mieten können, am besten einen Einödhof mit Blick auf die Nagelfluh, zur Inspiration.

»Was tust du eigentlich, wenn du morgens ins Büro gehst?«

»Regieren natürlich!«

»Das nennst du Arbeit?«

Weshalb fragte sie? Frank hatte Gisi seinen Traumjob bestimmt in allen Einzelheiten geschildert. Schwindelte sie ihm seinetwegen Interesse vor?

Anton stand auf, faßte mit einer Hand ihre Hüfte, stoppte mit der anderen den Arm mit dem Pinsel und schob sie zur Tritsch-Tratsch-Polka über das Parkett. Grasgrün tropfte es auf sein hellblaues Hemd. Gisi schmiegte sich an ihn, leistete der Führungskraft keinen Widerstand.

»Und wem vertraust du deine Geheimnisse an?« flüsterte sie ihm ins Ohr.

»Wie meinst du . . .?«

»Wie heißt sie?«

»Sie?«

»Auuh! Das war mein Zeh!«

Anton war untröstlich. Warum tanzte sie auch barfuß!

Gisi sah ihn an, als ob sie ihn ermorden wollte, und drückte ihm den nassen Pinsel zwischen die Augen.

»Frank traute niemandem ganz. Und du solltest es am besten auch nicht. Auch nicht ihr.«

»Sie heißt Antje«, gestand er.

»Adrett?«

»Mmmmh.«

»Was heißt mmmh? Ist sie schön?«

»Kein Vergleich mit dir.«

Dafür bekam er einen Kuß auf den Mund.

»Mag dich der Kanzler auch?«

»Er ist völlig verrückt nach mir.«

»Der also auch! Sicher siehst du ihn täglich.«

»Fast.«

»Gestern auch?«

»Laß mich nachdenken, man vergißt so was schnell. Nein, ich glaube, gestern haben wir uns nicht gesehen. Ich war beschäftigt.«

»Mit Antje?«

»Mit der auch.«

»Lustmolch!«

Gisi boxte Anton unter die Gürtellinie, aber nicht tief genug, um die Fortsetzung zu verderben. Eine Zeitlang waren sie im quietschenden Korbsessel miteinander beschäftigt, bis Gisi aufsprang und nach ihrem Pinsel griff. Der Frühlingsstimmenwalzer war an der Reihe. Gisi malte und malte so konzentriert und ernsthaft, als habe sie Anton vergessen.

»Wie ist er denn so?« fragte sie plötzlich.

»Wer?«

»Der Kanzler. Kann man ihn wirklich als einfacher Abgeordneter einfach so anhauen?«

»Ich schon.«

»Hört der dann auch wirklich zu, oder tut er nur so als ob?«

»Der Kanzler weiß schon, wem es sich zuzuhören lohnt.«

Anton mußte sein Licht nicht unter den Scheffel stellen.

Frank, sagte Gisi, habe des Kanzlers verblüffendes Gedächtnis für persönliche Details unzähliger Leute bewundert.

»Stell dir vor«, bestätigte Anton, »vor ein paar Tagen setzt er sich im Plenarsaal zu mir und fragt, was das Golfen macht. Verrückt, nicht!«

Wie hätte er Gisi beiläufiger beweisen können, daß er Zukunft hatte, wenn nicht durch seine bemerkenswerte Beziehung zum Kanzler!

»Du machst Spaß!«

»Nein, es war wirklich so.«

»Wie? Mitten in der Debatte steigt er einfach herunter von der Regierungsbank und setzt sich zu dir?«

»Stell dir vor!« sagte Anton. Ihm war der spöttische Ton nicht entgangen. Er war gar nicht angebracht. Des Kanzlers Tat war nicht selbstverständlich gewesen, und wenigstens ein wenig stolz darauf durfte er sein.

Was den Kanzler denn so sehr an Golf interessiere, daß er zu Anton heruntersteige, faßte Gisi nach.

Nicht der Sport, natürlich nicht der Sport. Den Kanzler interessierten die Leute, die Golf spielten. Es sei nicht verkehrt zu wissen, was die so denken, habe der Kanzler gesagt.

»Und was denken die so?«

Was die so dachten, wußte Anton auch nicht, aber was die »Freunde des Golfsports in Deutschland e. V.« so redeten, das hatte er mitbekommen.

Es gehe da um eine Art Golfclub, erzählte er, in dem seien ein paar wichtige Leute. »Wenn du so willst, sind es ein paar gemeinsame Bekannte.« Über die hätten sie ein wenig geschwätzt, mehr nicht. »Warum soll ein Kanzler nicht schwätzen dürfen?«

Anton gab nicht leichtfertig Auskunft. Er roch jetzt die Chance, Franks mysteriöse Verbindung zu den Golffreunden anzusprechen. Vermutlich wußte Gisi davon. Aber Anton wollte es ganz sicher wissen. Hätte er nicht »Golf und Psyche« in Franks Bücherschrank entdeckt, wäre er nie auf diesen abenteuerlichen Verdacht gekommen. Und er selbst hätte ihr niemals gestanden, Mitglied der Golffreunde zu sein. Er hätte den Spott der Künstlerin gescheut.

»Kenn' ich ein paar deiner illustren Golffreunde?« wollte sie wissen.

»Hat Frank sie dir nicht vorgestellt?«

Sie warf gerade einen ziegelroten Bogen auf die Leinwand. Anton konnte nicht erkennen, daß sie dabei auch nur einen winzigen Augenblick lang zögerte. Ungerührt und kommentarlos nahm sie Antons Unterstellung zur Kenntnis. Keine Nachfrage, kein Dementi.

Das war die Bestätigung, die Anton erwartet hatte. Frank war Mitglied der Golffreunde gewesen. Er hatte es Anton verheimlicht, wie es das Vereinsstatut gebot; Gisi hatte er es natürlich nicht verheimlicht.

Es lag auf der Hand, wer Frank zum Eintritt animiert hatte: Molke, sein Gönner.

Weshalb fragte Gisi, ob sie ein paar seiner illustren Freunde kenne? Nach Lage der Dinge mußte sie das selbst am besten wissen, waren es doch ebensogut Franks illustre Freunde gewesen.

»Woher weißt du, daß Frank Mitglied der Golffreunde war?« erkundigte sich Gisi.

Das war eine merkwürdige Frage. Sie mußte schließlich davon ausgehen, daß Anton zusammen mit Frank dem Verein angehört hatte. Denn Anton hatte Gisi nicht gesagt, daß er selbst erst nach dem Tod Franks dazugestoßen war. Er trat dicht hinter Gisi. »Irina hat es mir gebeichtet«, log er.

Seidenweiches rostrotes Haar ließ er durch seine Finger gleiten. Es roch nach einer Mischung aus Shampoo und Ölfarben. Gern hätte er gewußt, was Frank in »Golf und Psyche« neben dem Bericht von Murphys galaktisch-ekstatischem Hole-in-one-Erlebnis sonst noch gefunden hatte.

»Laß das!«

Er störte sie bei der Arbeit. Es war besser, er sah nur zu und lauschte den Rhythmen des Neujahrskonzerts. Man hätte auf die Idee kommen können, daß Gisi die Linien der Musik in Malerei übertrug. Smooth and nice klang der Walzer, nice and smooth. Dadadatam-datam. Langsamer Rückschwung – und dann der Schlag. Das war es! Gisi malte nicht die Musik, sie malte den Schwung! Ihre Farborgien waren das Spiel, das ihn auf sonderbare Weise mit Frank verband – und nun auch mit ihr.

»Gutes Auge«, sagte sie nur, als er ihr seine Entdeckung verriet.

Später zeigte sie ihm noch die Einladung zur Vernissage. »Tee-Time« hieß die Ausstellung, draußen in Motzen, im Clubhaus des Meisterschaftsplatzes vor den Toren Berlins.

»Konzentration und Dynamik, Entfesselung und Präzision, das Flüchtige und das Ewige: übersetzt in Farbspuren und Leuchtzeichen. Die magische Kunst der Gisela Windisch!« Argenthal hatte das gedichtet, der Dichter, der Gisi auf den Mund küssen durfte, und Molke hatte die Einladung unterzeichnet.

»Molke war schon mein Mäzen, als es Frank noch gar nicht gab«, sagte Gisi. »Und mein Schutzpatron war er auch.«

Abstrakte Künstler hatten im alten Staat nichts gegolten, wußte Anton, und Maler, die Golfschwünge pinselten, die abstrakt aussahen, mußten Klassenfeinde gewesen sein. Zu ihrem Glück hatte Gisi Molke gefunden, einen Mann mit Geschmack und Einfluß, der sie beschützte.

Anton wollte Gisi das Bild, das sie gerade schuf, auf der Stelle abkaufen. Aber zunächst bekam er von ihr, was nicht zu kaufen war, eine ganze Nacht.

EINE FRAU SIEHT BLAU

Bei aller Liebe zu Gisi – Antje hatte zwar im Bett, nicht aber als kritische Instanz ihre Stellung verloren. Mit der Unübersichtlichkeit der Verhältnisse wuchs Antons Bedürfnis nach Orientierung. Es war nicht so, daß er mit der Unordnung im großen wie im kleinen nicht zurechtgekommen wäre.

Andere Leute benötigten Ruhe zum Nachdenken. Anton konnte nur laut denken. Er brauchte immer ein Auditorium.

Das war Antje. Antons Gedanken verloren sich, solange er nicht gezwungen war, sie auszusprechen, sie durch Rede und Gegenrede zu schärfen und zu klären. Er benötigte einen Widerpart – eben Antje. Was nur für ihre Ohren bestimmt war, blieb dort, verschlossen wie in einem Grab.

Es war Antons Problem, daß er gelegentlich ein paar Details vergaß, vor allem, wenn sie nicht zu seinen Gunsten sprachen. Selbstverständlich hatte er Antje nicht verheimlicht, daß sich der Kanzler höchstselbst neben ihm niedergelassen hatte. Die Fotografen hatten sich von der Pressegalerie aus mit langen Objektiven auf sie eingeschossen. Tatsächlich hatte sogar die Tagesschau in ihrem Bericht über die Standort-Deutschland-Debatte einen Zwischenschnitt des großen und des kleinen Politikers gezeigt. Es waren nur wenige Sekunden gewesen, aber im Wahlkreis wurde er seitdem ständig darauf angesprochen. Diese vier, fünf Sekunden hatten seinem Ansehen mehr genützt als tausend Stunden Ausschußarbeit.

Anton hatte Antje auch über den Grund der aufsehenerregenden Begegnung ins Bild gesetzt. Der Kanzler hatte sich für die

Golffreunde interessiert. »Die haben doch was vor gegen mich«, hatte der Kanzler gesagt.

Anton machte sich lustig darüber. »Der leidet an Verfolgungswahn.«

Dabei vergaß er allerdings Antje mitzuteilen, daß des Kanzlers Zuneigung damit zu tun hatte, daß er den Abgeordneten Antonius Sommer als eine Art Privatagent angeworben hatte.

Inzwischen waren die Zweifel und Bedenken gewachsen, die nach Antjes Rat verlangten.

Frank war also Mitglied der Freunde des Golfsports gewesen, und Anton war ihm, nach seinem Tod, nachgefolgt. War das Zufall oder gab es einen Zusammenhang?

Antje grübelte nicht lange. »Glaubst du noch an den Weihnachtsmann?«

Selbstverständlich glaubte sie sowenig an den Weihnachtsmann wie an irgendeinen Zufall in dieser Affäre. »Sie benutzen dich, wie sie Frank benutzt haben«, stellte sie mit süffisantem Lächeln fest.

»Wer benutzt mich? Weshalb und wozu?«

Anton war nicht so naiv, es nicht wenigstens zu ahnen. Aber er wollte Antjes Antwort hören.

»Alle benutzen sie dich, mein Lieber. Die lieben Freunde des Golfsports und der Kanzler.«

»Was heißt ›benutzen‹?«

Anton verstand nicht. Organisationen und Institutionen aller Art baten Abgeordnete, sich für ihre Interessen einzusetzen. Es war nicht unmoralisch, den Golfsport und einen Unternehmer, der Golfplätze baute, politisch zu fördern. Ebenso selbstverständlich war es, dem Regierungschef zu helfen, ein ungeschminktes Bild von der Stimmung im Land zu vermitteln.

»Das ist mein Job. Wozu sonst bin ich Volksvertreter!«

»Du bist blauäugig!«

»Seit wann mißfallen dir meine blauen Augen?«

»Dann mach sie endlich auf! Was bitte haben die Interessen

des Golfsports mit den Interessen einer geheimniskrämerischen Loge zu tun?«

»Jetzt übertreibst du! Was hat das denn mit einer Loge zu tun, wenn Leute von Klasse sich ein paar Gedanken über die Zukunft dieses schönen Landes machen, damit sie auch morgen noch unbeschwert Golf spielen können? Sollen sie immer nur über ihr Handicap quasseln, wie sie es in jedem popeligen Golfclub tun? Zuviel ist faul in diesem Land.«

»Du warst selbst entsetzt über den reaktionären Stuß, den deine Freunde absondern.«

»Hunde, die bellen, beißen nicht«, sagte Anton. Seit dem Abend auf der Burg hatte er sich freilich vorgenommen, die Harmlosigkeit der Freunde nicht länger zu überschätzen.

»Woher wußte der Kanzler, daß du dazugehörst?«

»Er weiß es eben. Weil er so vieles weiß, ist er schließlich noch immer Kanzler.«

»Könnte es sein, Anton, daß du Frank nicht nur als Golffreund beerbt hast, sondern auch als Agent des Kanzlers?«

Ganz abwegig war der Gedanke nicht.

»Der gute Frank weilt nicht mehr unter uns«, sagte Antje. »Das sollte dich etwas mehr beunruhigen, solange wir nicht wissen, weshalb er den Löffel abgegeben hat. Wir können nämlich nicht ausschließen, daß es mit seiner Rolle als Doppelagent zu tun hatte. Das war genau die Rolle, die du jetzt spielst. Ich hoffe nur, du überlebst sie etwas länger als Frank.«

»Doppelagent? Du siehst Gespenster!«

Trotzdem machte Antje ihm angst. Sie übertrieb ja nicht ins vollkommen Irrsinnige hinein. Die Einzelheiten, die sie gar nicht kannte, trugen auch nicht zu Antons Beruhigung bei. Er hatte ihr nicht in aller Ausführlichkeit geschildert, was auf der Waldburg vorgefallen war. Dort hatten die Golffreunde nicht bloß über die Politik lamentiert, sondern die Gründung einer neuen Partei erwogen. Sogar einen Kanzlerkandidaten hatten sie gefunden. War es nichts als ein glücklicher Zufall gewesen, daß die Blendgranate, die in die goldene Röhre geplatzt war – Anton stockte schier das Herz, als er merkte, wohin ihn der Gedanke trug –, niemand verletzt, aber Göttlichs Berühmtheit entschieden, wenn nicht sogar entscheidend gesteigert hatte? Und was war davon zu halten, daß die mutmaßlichen Täter tönten, als seien sie auf der Waldburg dabeigewesen?

Noch nicht einmal denken durfte man das. Nicht den geringsten Beweis gab es für eine Verbindung zwischen dem Attentat und den Golffreunden. Es war nichts als eine hysterische Vorstellung, ausgelöst von Antjes Beschützertrieb. Sie sah Anton in Gefahr, und jeder Amateurpsychologe hätte sehen können, weshalb. Es war die nackte Angst davor, ihn zu verlieren. Antje fürchtete in Wahrheit nicht die Hand eines Killers, sondern die porzellanfeinen Finger ihrer Rivalin, die Anton so herrlich zu packen verstanden. Letztlich war doch fast alles, sogar in der Politik, auf das eine große Thema des Lebens zurückzuführen. Was zählten Ost und West, Süd und Nord, Arm und Reich, Schwarz und Weiß gegen dieses ewige Spiel zwischen Mann und Frau! Wie immer, wenn Anton angestrengt nachdachte, starrte er das Siebengebirge an, und Antje schwieg verständnisvoll, bis er die Füße aus der Schreibtischschublade zog, weil er zu einem Ergebnis gekommen war.

»Du machst dir Sorgen, die ich nicht verdient habe. So schlimm wird es schon nicht werden«, sagte er.

Antje wollte sich nicht beirren lassen.

Überall wo Gisi auftauche, krache es, antwortete sie, ob zu Hause bei Frank oder bei der Goldenen Röhre im Museum.

Die Frau ist offensichtlich in Panik, dachte Anton.

»In mir stellt sich alles auf, wenn ich höre, daß Gisi mit deinen mysteriösen Freunden Geschäfte macht«, sagte sie.

Das war nun wirklich ein lächerlicher Vorwurf, fand Anton. Wahrscheinlich spielte Gisi nicht einmal Golf. »Sie malt hübsche Bilder und verkauft sie an Golfspieler. Von irgend etwas muß sie ja leben!«

»Du vergißt Molke«, sagte Antje.

Was hatte Molke damit zu tun? Molke, erklärte ihr Anton noch einmal langsam zum Mitschreiben, hatte in schwerer Zeit seine Hand über Gisi gehalten. »Wir Wessis sollten darüber nicht richten.«

Antje ließ sich nicht beirren.

»Gisi hatte also mit Molke schon zu tun, ehe sie Frank kennenlernte. Sie wäre mit ihm gar nicht in Berührung gekommen, wenn Molke dafür nicht gesorgt hätte. Ich wette, Molke hat sie verkuppelt.«

»Und wennschon! Molke wollte seinem Freund etwas Gutes tun. Er gönnte sich ja sonst nichts.«

»Wenn du mich fragst, wollte er ihn korrumpieren. Außerdem hatte das Fräulein den Auftrag, Frank zu kontrollieren. Sie machte ihn erpreßbar und auf doppelte Art abhängig.«

»Und als er die Notbremse zog und Gisi hinauswarf, brachten sie ihn ganz einfach um?«

»Na, endlich denkst du mit!«

Anton schlug sich mit der flachen Hand an die Stirn. »Das sind Schauermärchen, Antje. Du siehst zuviel fern.«

»Wenn du meinst.«

»Ich meine, ein bißchen Verfolgungswahn ist ja gelegentlich ganz hilfreich, aber dieses Hirngespinst ...«

»O. k. Du fliegst am besten gleich wieder nach Berlin und schüttest ihr das Herz aus über die eifersüchtige Kuh in deinem Büro. Alles Gute!«

Die Tür knallte. Einige Minuten später wagte es die Blüm, die Nase hereinzustecken. In ihrem Gesicht stand der Schreck.

»Die Ärmste weint. Was haben Sie mit ihr gemacht!«

Anton war inzwischen selbst zum Heulen zumute. Nicht wegen Antje, die war nicht nachtragend. Morgen, wußte er, würde sie wiederkommen.

Über sich selbst hatte Anton geheult, wütend über seine eigene Dummheit. Er war erst darauf gekommen, als Antje schon verschwunden war. Seine Blödheit war es gewesen, daß er vor Gisi mit seinem guten Draht zum Kanzler geprahlt und, wenn er sich recht erinnerte, keinen Zweifel daran gelassen hatte, worum der ihn gebeten hatte. Hätte er rechtzeitig geahnt, wie eng ihre Verbindung zu den Golffreunden war, wäre ihm das nicht passiert. Zu spät war ihm aufgefallen, was für eine Sorte Bilder sie malte.

Es war nicht auszuschließen, daß jetzt Molke erfuhr, welchen Gefallen Anton dem Kanzler tat.

Er hatte sich von Gisi ausfragen lassen. Sie hatte es heimtükkisch angefangen, als kleinen neckischen Walzertraum. Er war ihr in die Falle gegangen!

Es war nicht so, daß Anton nun um sein Leben fürchtete. Er ließ sich nicht von seiner eifersüchtigen Assistentin in Hysterie versetzen. Aber ohne jede Not hatte er sein Ansehen bei den Golffreunden gefährdet. Bestenfalls hielten sie ihn jetzt für ein Waschweib.

FÖHN UND FÄULNIS

Wie würde Pflüglin reagieren? Durfte Anton ihm ungestraft sein Herz ausschütten? Ließ er ihn fallen, wenn er erfuhr, womit Anton dem Kanzler zu Diensten war? Oder würde er ihn vor Molke beschützen? Anton mußte sich davor hüten, treuherzig in Pflüglins Messer zu stolpern. Bei wem aber sonst hätte er vorsichtig seine Lage sondieren können?

Ein freundlicher Zufall half. Am Freitag feierte Hubertus Pflüglin seinen dreiundsechzigsten Geburtstag, und Anton war eingeladen.

»Nix Pompöses«, hatte Pflüglin versprochen. »Wegen mir könnten wir's bleiben lassen. Die Irmhild legt Wert auf ein bißle Zinnober.«

Es war der erste milde Frühlingsabend. Anton fuhr viel zu früh los und vertrieb sich die Zeit auf dem Uferweg. Über dem See schwebte der Mond wie ein Lampion. Lichter funkelten vom Schweizer Ufer herüber, eine laue Brise strich über das tintenblaue Wasser. Es roch, wie nur dieser See riechen konnte, nach Treibholz, Föhn und Fäulnis. So rochen Antons Erinnerungen an die Tochter des Pastors. Bei den Hexensteinen hatten sie nackt gebadet, danach hatte sie ihn zum Mann gemacht. Sie war nun mit einem fränkischen Pfarrer verheiratet; von einem Pfarrhaus ins nächste, das war ihr Schicksal. Das größte Unglück, dachte Anton, ist es, wenn man es im Leben nicht schafft, aus seinem Mief herauszukommen. Er hatte sie danach nie mehr gesehen und konnte sich nicht einmal mehr an ihren Namen erinnern. Es war sozusagen ein einmaliges Erlebnis gewesen.

Das Tor stand offen, zwei von Pflüglins Leuten kontrollierten die Gäste. Im Rasen steckten brennende Fackeln, beleuchteten kugelig geschnittene Hecken, Palmbüschel in schweren Terrakottakübeln und leiteten Anton auf einem gepflegt knirschenden Kiesweg ums Haus herum zur Terrasse. Da er am See ins Träumen geraten war, kam er jetzt doch als einer der letzten.

»Blazer« gebot die Einladung. Die Männer sahen aus wie uniformiert; ausnahmslos trugen sie dunkelblaue Zweireiher über grauen Flanellhosen. Nur Anton hatte den dunklen Anzug an, den er zuletzt auf Franks Beerdigung getragen hatte. Die meisten Damen wirkten etwas angetrachtelt, wie überhaupt bei den Pflüglins der Landhausstil dominierte, mit einem Stich ins Mondäne. Im drei Meter hohen Salon steigerte er sich zu einer neobarocken Ausstattungsorgie. Die wandhohen, gesproßten Flügeltüren zur Terrasse waren von verschwenderisch gebauschten lachsfarbenen Moirévorhängen flankiert. Sie standen offen und ließen die Gäste mit den Gläsern in der Hand zwischen drinnen und draußen wandeln. Serviertöchter boten Prosecco, Pils und das direkt gepreßte Premiumsortiment aus Pflüglins Saftimperium an. Dem Bechsteinflügel, den Anton bisher für ein verstummtes bildungsbürgerliches Accessoir gehalten hatte, entlockte ein verträumtes Paar vierhändig Musik in Slow-motion. Klingt nach Schubert, dachte Anton, oder auch nicht, davon verstand er nicht genug; Ellen hätte keine Sekunde gezögert, den Staubzucker als Bagatelle in fis-Moll zu identifizieren.

Pflüglin breitete die Arme aus, als Anton auf ihn zutrat, umarmte ihn dann aber doch nicht, sondern ließ nur beide Pranken um Antons Hände schnappen.

»Ad multas annas, lieber Hubertus.« Anton war sich nicht ganz sicher, ob die lateinische Endung stimmte.

»Bringt Unglück«, wehrte Pflüglin ab, »wünscht mir bloß nichts vor Mitternacht.«

Das Geschenk aber packte er gleich aus. Es war in das tannengrüne Papier und rote Band gewickelt, das Anton noch von

Weihnachten im Wahlkreisbüro liegen hatte. »Golf und Psyche« hielt Pflüglin in den Händen.

»Es ist ein tolles Buch!« rühmte Anton. »Wenn du es schon hast, tausche ich es dir um.«

Das Buch war ein Wanderpokal. Es war das Exemplar, das er bekommen hatte. Das von Frank hatte er behalten. Die Geschenkidee, fand er, sparte Geld, und er konnte damit gleich Pflüglins Reaktion testen.

Der hatte die Lesebrille nicht auf, hielt das Buch so weit wie möglich von sich weg und las den Untertitel vor: »›Der Weg zum intuitiven Golf.‹ So, so. Ich verlass' mich nie allein auf meine Intuition. Das wär' mir zu gefährlich, lieber Anton. Ich hab' schon viel von dem Ding gehört. Das ist wirklich eine Überraschung.«

Er klappte das Buch am grünen Lesebändel auf und ließ die Finger über die Kanten der Seiten gleiten, als prüfe er, ob zwischen ihnen Wertvolleres steckte.

Anton war sich nicht mehr sicher, ob das Geschenk eine gute Idee war. Vorsichtshalber fügte er hinzu: »Ich hab' es schon gelesen und war ganz hingerissen.«

»Kann ich mir vorstellen«, sagte Pflüglin und reichte das Buch seiner Sekretärin, deren Aufgabe es an diesem Abend war, die Geschenke zu sammeln und zu registrieren.

Irmhild reichte Anton die Wange. Sie ging immer mehr in die Breite, fand er. Auch die Kinder der Pflüglins waren zu begrüßen, der Vertriebschef des Saftimperiums, der Riesentorlaufjugendmeister und die zweifellos bildhübsche Tochter.

»Oh, là, là!« begrüßte Anton sie.

Keiner der Herren Gäste ließ es sich entgehen, ihr Komplimente zu machen.

Anspruchslos waren Pflüglins offizielle Begrüßungsworte, aber angenehm knapp.

»Danke«, sagte er nur, »danke, daß ihr alle da seid. Freuen wir uns über einen traumhaften Abend und darüber, daß es uns so gutgeht. Heute bin ich ein glücklicher Mensch, und das wünsche ich allen meinen Freunden. Irmhild danke ich dafür, daß sie es wieder ein Jahr lang mit mir ausgehalten hat. Und jetzt fühlt euch wie zu Hause und langt zu!«

Das Büfett war im Stil des Jahrtausendendes gehalten, also der neuen Bescheidenheit verpflichtet. Es gab Linseneintopf mit Wursträdchen, Kalbspflanzerl auf Kartoffelsalat, Gemüsestrudel, und die meisten Gäste behaupteten hinterher, schon lange nicht mehr so köstliche Schinkennudeln gegessen zu haben.

Von den Golffreunden war niemand gekommen. Das gefiel Anton. Es gefiel ihm nicht, Zauner, den stellvertretenden Kreisvorsitzenden hier zu sehen. Allerdings betrieb der seine Kandidatur seit dem Tagesschaubericht mit dem Zwischenschnitt von Anton und dem Kanzler nicht mehr offen. Anton vermied die direkte Begegnung mit ihm.

Nützlicher war ihm der Verleger. Anton hatte gar nicht vor, sich über die Berichterstattung der Wangener Affäre zu beschweren. Aber Walser kam ihm zuvor. Man habe da wohl »ein bißle übertrieben«, wolle die Geschichte aber bei nächster Gelegenheit gutmachen. So seien sie halt, die jungen Heißsporne in der Redaktion. Aber die Pressefreiheit sei ihm immer »das Höchschte« gewesen. »Aber sonscht könnet Se sich über uns net beklage.«

Nein, das konnte er nicht, zumal Steuerberater Baderschneider, Filialchef Motz von Pflüglins Hausbank sowie der persönlich haftende Gesellschafter der Spedition Nieberle den Verleger und ihn einkreisten.

Anton hoffte, sie würden ihn mit Politik verschonen. Es war ein unerfüllbarer Wunsch. Wozu war er denn da, der Herr Abgeordnete, der sich etwas rar machte in letzter Zeit, aus Funk und Fernsehen bekannt für seine ungenierte Offenheit! Ihm gegenüber durften sie vom Leder ziehen. Der nahm nicht übel. Womöglich dachte der selbst so wie sie.

»D'r Kanzler hot no nia a Gschpür für Wirtschaft g'hot«, meinte der Spediteur.

»Ankündigungen, Flickschustereien, Sprechblasen«, sagte der Banker.

»Genau!« Baderschneider hatte verstanden: »Wenn die Regierung des Standortproblem net apackt, wird se selber oins.«

»Is' sie schon!« rief Motz. »Der real existierende Sozialismus droht uns heute nicht von den Kommunisten, sondern von den Konservativen.«

»Mir habe den unfähigschde Finanzminischder in der Geschichte der Republik«, moserte Walser. »Statt daß er Widerstand leischdet, kriecht er dem Kanzler bloß immer tiefer in den Arsch.«

»Isch doch so!« sagte Nieberle.

»Was passiert einem Redakteur, der das in Ihrer Zeitung schreibt?« wollte Anton wissen.

»Wird frischtlos entlasse«, stellte der Verleger fest. »Quod licet Iovi non licet bovi.«

»Wie war das mit der Pressefreiheit?« fragte Anton.

»Eins zu null«, lachte Walser. »Jetzt habe Se mich erwischt.«

Im Laufe des Abends kam es, wie es kommen mußte. Die Frau des Spediteurs drohte mit einem Österreicherwitz, sie wisse einen guten, versprach sie.

»Aber bitte nicht den mit den Schnecken«, intervenierte Motz.

»Ooch, s'isch dr oinzige, den i wois«, protestierte die Nieberle.

»Den wollt' aber grad ich schon erzählen!« sagte Baderschneider.

Alle johlten. Anton verzog sich. In der Zirbelstube hoffte er allein zu sein. Es war Zeit für die Tagesthemen. Auf dem Bauerntisch lag die Fernbedienung neben der »Hörzu«. Anton schaltete den Apparat an und zog die Zeitschrift zu sich. Der Frühlingsaufschwung auf dem Arbeitsmarkt verzögere sich, meldete Harry. Unter der Zeitschrift war ein Flugticket zum Vorschein gekommen. Anton musterte es interessiert. Die FDP forderte die Senkung der Lohnnebenkosten und die Zurückführung des Solidaritätszuschlags.

»Schön wär's. Der Staat bringt uns um«, sagte Pflüglin. Reaktionsschnell klappte Anton die »Hörzu« über dem Flugschein zu. Lautlos war ihm der alte Fuchs gefolgt.

»Er hat sich bodenlos verschuldet. Die Arbeitslosigkeit sprengt die Sozialkassen. Also steigen Steuern und Abgaben immer weiter. Es wird weniger gekauft und weniger produziert deshalb. Also landen noch mehr Menschen auf der Straße und liegen uns auf der Tasche. Es ist eine Todesspirale. Mit seinem fetten Arsch reißt der Staat ein, was wir mit unseren Händen aufgebaut haben. Unser Staat benimmt sich, als wäre er unser Feind.«

Pflüglin bewegte die schlanke Zigarre, die er soeben aus dem Wurzelholz-Humidor geklaubt hatte, unter seiner Nase hin und her. Er guillotinierte sie, entzündete ein langes Streichholz und setzte sie behutsam in Brand. Dann erst sog er den kühlen Rauch der Davidoff in den Mund.

»Du auch?«

Anton hob abwehrend die Hand.

»Die sind so leicht, die kannst du vor dem Frühstück rauchen. Oder vielleicht einen Malt?«

Eine einfache Frage. Aber was war an diesem Abend schon einfach für Anton! Er zögerte, lehnte dann erneut ab.

»Dann eben nicht«, grummelte Pflüglin und sank grunzend in den Ohrensessel.

»Die Leute wissen gar nicht, wie schlecht es uns geht«, fuhr er fort.

»Offenbar nicht schlecht genug«, sagte Anton.

»Man könnte glatt Verständnis aufbringen für die Verrückten mit ihren Blendgranaten.«

»Klammheimlich«, sagte Anton.

»Ist doch nicht falsch, was die Attentäter schreiben über das mittelmäßige Bonner Pack, das unsere Zukunft verschreit und verscherbelt!«

Pflüglin hatte wörtlich zitiert, erkannte Anton. Er selbst hatte Passagen des Bekennerschreibens wörtlich im Kopf.

»Aber das Recht auf Fortschritt, das sie fordern, ist niemals einklagbar«, sagte Anton.

»Wir müssen es uns nehmen! Zerstören müssen wir, was uns kaputtmacht«, polterte das Geburtstagskind.

»Wenn ich mich recht erinnere, warst du vor zwanzig Jahren ein klein wenig anderer Ansicht«, sagte Anton.

»Vor zwanzig Jahren ging alles aufwärts. Die Linksradikalen damals wollten einen anderen Staat.«

»Willst du heute keinen anderen Staat? Dann hätte ich dich mißverstanden.«

»Du willst mich mißverstehen«, antwortete Pflüglin. »Es ist heute genau andersherum. Damals versuchten Terroristen, den Staat kaputtzumachen, heute tun das schwachsinnige Politiker. Sie rauben, was ihnen nicht gehört. Ich will keinen anderen Staat. Ich will nur den Staat zurück, den sie uns gestohlen haben!«

Auf einen ernsthaften Streit wollte sich Anton nicht einlassen. Er durfte Pflüglin nicht widersprechen, mußte ihn locken.

»Verstehe«, sagte er. »Die Blendgranaten in Berlin sind also nicht von Terroristen gezündet worden, sondern von Freiheitskämpfern. Ist es das, was du meinst?«

»Ich würde es nicht so ausdrücken.«

»Man könnte fast meinen, du hättest die Granaten besorgt«, sagte Anton.

Pflüglin sprang ihm nicht an die Gurgel. Er sog intensiv an seiner Davidoff und stieß genußvoll den Rauch aus.

»Ich bin praktisch ein alter Mann. Jetzt seid ihr an der Reihe, die Jüngeren.«

»Was sollen wir denn tun? Unser Land taugt nicht für Revolutionen«, antwortete Anton. »Was man in Deutschland Revolution nennt, kam immer von oben. Die Deutschen wollen sich nicht befreien, sie möchten sich allenfalls befreien lassen.«

»Holla!« freute sich Pflüglin, »du solltest dich als Festredner bei den Freunden des Golfsports bewerben. Ich werde das unterstützen. Im übrigen hast du recht. Nur hast du das nicht zu Ende gedacht. Wir können das Volk nicht ändern, müssen es nehmen, wie es ist. Wenn es geführt werden will, müssen wir ihm eben die richtigen Führer vorsetzen. Verstehst du! Die besten und hellsten Köpfe müssen regieren. Deshalb sagen wir: Überlaßt die Politik nicht länger den Parteien! Die wahre Elite muß ran.«

Das klang schon wieder wie ein Zitat der Freiheitskämpfer aus dem Museum.

»Solange die Leute vor der Zukunft mehr Angst haben als vor dem Weiterso, werden sie die Erstarrung wählen«, sagte Anton. »Die Leute haben kein Interesse mehr an Politik, haben es längst verloren. Und darauf haben die Parteien nur gewartet. Die meisten Leute hocken vor den Bildschirmen und halten den Dreck, den man ihnen vorsetzt, für die Wirklichkeit. Siebzig Talk-Shows jede Woche! Wir überkübeln das Volk mit Jauche und erwarten, daß es das Gute, Wahre und Schöne erkennt. Das Fernsehen entmachtet die Eliten. Die Leute glauben niemandem mehr.«

»Als ein Mann mit ein paar Jahren Lebenserfahrung mehr als du, sage ich dir, das Volk ist dumm und fügsam wie Vieh. Die Menschen wissen nichts und interessieren sich für nichts. Je weniger sie wissen, desto besser für uns. Sie sind auf uns angewiesen, auf uns Informierte. Deshalb müssen wir die Demokratie überdenken. Im alten Athen war ja auch nicht jeder stimmberechtigt. Damals durfte nur mitreden, wer Besitz hatte. Heute dürften nur die mitentscheiden, die wirklich informiert sind. Es ist natürlich eine kleine Minderheit. Wir können das allgemeine Wahlrecht nicht abschaffen. Was wir vorhaben, läuft aber auf intelligente Art auf das gleiche hinaus. Mit Hilfe des Fernsehens verderben wir dem Volk den Appetit an der Politik und halten es mit Unterhaltung still. Wir, die Informierten, werden es mit Hilfe der Bilder lenken, die wir ihnen anbieten. Wir werden sie mit Bildern blenden.«

Pflüglin war die Zigarre ausgegangen.

»Du meinst, dann wählen sie von selbst, wen du willst!«

»Die wählen, wen wir wollen.«

Soviel zynische Arroganz, gepaart mit Naivität, hatte Anton dem alten Pflüglin nicht zugetraut. Er war zwar immer ein Konservativer gewesen, aber doch ein Demokrat, eine Stütze seiner Partei! Diese Partei war seit eineinhalb Jahrzehnten an der Macht, und Pflüglin sah, daß sie dabei war, das Land an die Wand zu fahren. Das raubte ihm offenbar den Verstand.

»Ich muß zu meinen Gästen«, sagte er.

Die Gesellschaft war blendender Laune. Lachsalven detonierten im Stimmengewirr. Wahrscheinlich gab es immer noch Österreicherwitze. Pflüglin und Anton gingen nebeneinander durch den Korridor zum großen Salon. Vor der Tür stoppte Pflüglin und hielt Anton am Ellbogen fest.

»Wie ich höre, bist du wieder in festen Händen. Eine Maus aus Berlin soll es sein, schön und begabt. Ist es die aus dem Museum? Gratuliere! Ein Mann muß nach vorne schauen. Vergiß Ellen!«

»Das sagt der Taufpate unserer gemeinsamen Tochter!«

»Das sagt dein bester Freund, Anton! Mach dir keine Sorgen, ich bin immer für Caroline da, was auch immer passieren wird.«

Anton zweifelte daran nicht. Nicht daran.

Pflüglin tippte ihn mit der erkalteten Zigarre an die Brust.

»Du hast sie von Frank geerbt. Richtig?«

Das war richtig, und es war falsch, wie so vieles, was Pflüglin sagte. Er entfachte ein Streichholz und brachte die Zigarre wieder zum Qualmen.

»Armes Schwein. Wer ihn wohl auf dem Gewissen hat?«

Wenn Pflüglin es nicht wußte! Anton schwieg.

»Was glaubst du?« bohrte Pflüglin.

Anton zögerte mit einer Antwort. Wollte er nicht zeigen, daß er ihm mißtraute, mußte er auf das Spiel eingehen.

»Molke ist mir ein Rätsel«, sagte er. Frank hat für ihn viel getan, als Abgeordneter und vorher. Dabei scheint er in einen Sumpf geraten zu sein.«

»Du glaubst, Molke hat ihn . . .?« Pflüglin zog mit der glühenden Zigarrenspitze eine waagrechte Linie.

»Ich denke gar nichts. Ich rätsle.«

»Frank hat sie von Molke geerbt«, sagte Pflüglin.

Ein genüßlicher Zug aus der Davidoff.

»Wußtest du schon?«

»Es überrascht mich nicht«, log Anton und versuchte ein Pokerface.

»Paß gut auf dich auf«, sagte Pflüglin. »Und nochmals herzlichsten Dank für das interessante Buch.«

Im großen Salon empfing sie Irmhild mit besorgtem Gesicht.

»Wo seid ihr denn geblieben?« beschwerte sie sich. »Beinahe hätte Hubertus den Höhepunkt des Abends versäumt. Es ist fünf vor zwölf.«

Fünf Minuten später klatschte sie in die Hände. Bis auf ein paar Kerzen verlosch das Licht, und alle sangen aus voller Brust.

»For you are a jolly good fellow, for you are a jolly good fellow. For you are a jolly good fe-e-llooow, which nobody can deny . . .«

An dieser Stelle rollte, von Wunderkerzen umknistert, eine gewaltige, dreistöckige Sahnetorte herein.

Anton suchte Deckung hinter einer Zimmerpalme. Aber es fiel kein Schuß.

EIN MINISTER TRITT NICHT ZURÜCK

Molkes Geschichte blieb ein Rätsel.

Sie blieb es, obwohl Neuss erbarmungslos zuschlug. Er war nicht ganz ahnungslos, auch wenn sein Artikel vorwiegend aus Spekulationen und übler Nachrede bestand. Anton fragte sich, welche Quellen Neuss angezapft hatte. Wußte man, wer von einem Artikel profitierte, kam man meistens schnell darauf, aus welcher Richtung die Informationen kamen.

In diesem Fall aber war das nicht einfach. Warum schonte Neuss Frank? Nahm er Rücksicht auf einen verstorbenen Informanten? Soviel Sentimentalität war ihm kaum zuzutrauen. Wahrscheinlich hob er sich diesen Teil der Mordsgeschichte für später auf. So eine Affäre war steigerungsfähig, sie schrie geradezu nach einer Fortsetzung. Hatte Neuss Irina angezapft? Auszuschließen war es nicht, daß die Witwe dem Schmierfinken mehr vertraute als Anton. Wenn sie sich da nur nicht ins eigene Fleisch schnitt!

Um herauszubekommen, aus welcher Ecke der Angriff kam, war es keine schlechte Methode, zu schauen, was alles nicht in dem Artikel stand. Die »Freunde des Golfsports« kamen nicht vor, obwohl Molke und Frank dazugehörten. Sollte Neuss die Existenz des feinen Vereins tatsächlich entgangen sein?

Molke kam nicht gerade gut weg; aber der bösere der beiden Buben war Mintzel. Zweimal war Anton dem Namen begegnet, einmal auf dem Bericht der Creditreform, den Antje besorgt hatte. Mintzel war zwar nicht Geschäftsführer der Fonty GmbH, das war Molke allein, aber der potentere der beiden

Gesellschafter. Das zweite Mal hatte er den Namen Mintzel an der Türklingel in Potsdam gesehen, unter dem von Frank, über dem der Effi GmbH.

Lutz Mintzel, 52, schrieb Neuss, war in der DDR Lehrer für Mathematik an einer Oberschule gewesen, Parteimitglied, hatte es aber mit der Politik nicht übertrieben. Zwei ehemalige Kollegen Mintzels hatte Neuss aufgetrieben, die ihn immer schon für einen Stasispitzel gehalten haben wollten. Aber seine Nachforschungen im Aktenlabyrinth der Gauck-Behörde hatten dafür keinen Beleg an den Tag gebracht. Mintzel war kein Spitzel, er hatte dem Ministerium für Staatssicherheit auf andere Weise geholfen. Für das, was von Horch & Guck im Sommer 1990, nach der ersten und letzten demokratischen Wahl in der DDR, noch übrigblieb, war er eine große Hilfe gewesen. Mintzel, schrieb Neuss, sei damals mit vier Millionen Westmark in die Fonty GmbH eingestiegen. Woher der Pauker das Geld hatte? Das herauszufinden war sicher nicht einfach gewesen. Der Mädchenname von Mintzels Frau war Leisegang. Er führte Neuss auf eine ergiebige Spur. Der hauptamtliche Mitarbeiter Friedhelm Leisegang war kein sehr hohes Tier im Ministerium für Staatssicherheit gewesen, saß aber an einem interessanten Platz im Bereich Kommerzielle Koordinierung (KoKo), Hauptabteilung I, Finanzoperationen. Der Major und die Frau des Fonty-Investors waren Geschwister. Zahlreiche Firmen der KoKo tauchten unmittelbar vor dem Ende der DDR in die Marktwirtschaft ab, und nicht wenige Stasioffiziere machten sich mit Geld selbständig, das ihnen nicht gehörte. Ein Batzen aus den schwarzen Kassen, so legte der Artikel nahe, schien über das Konto Mintzels in die Fonty transferiert und auf diese Weise gewaschen worden zu sein.

Die Indizien, die Neuss anzubieten hatte, reichten vermutlich nicht aus für eine Anklage. Er ging davon aus, daß Molke wußte, wen er sich als Mehrheitseigentümer ins Boot geholt hatte. Denn Mintzel hatte vom Bau keine Ahnung und wäre allein trotz seiner Millionen nicht an das Treuhand-Schnäppchen herangekommen. Dazu bedurfte es der ausgezeichneten politischen Beziehungen des Bauingenieurs Molke. Der Deal war kein Einzelfall im wilden Osten Deutschlands. Hauptsache, die Wirtschaft sprang an, Hauptsache, es versprach jemand Arbeit.

Neuss erinnerte daran, daß die Fonty GmbH als deutscher Partner der französischen Euroconstruct die Ehre hatte, den Reichstag umzubauen. Wie gemeldet, waren die Kosten etwas aus dem Rahmen gerutscht. Man rechnete inzwischen mit eineinhalb Milliarden statt sechshundert Millionen Mark.

Anton hätte jetzt gern mit Antje über den Artikel gesprochen und, wenn es sein mußte, auch gestritten. Ein dreizeiliges, handschriftliches Kündigungsschreiben war alles, was ihm von ihr geblieben war.

»So nicht, Herr Sommer! Kündige fristlos. Grund: Job überflüssig. Sie wissen selbst, wie Sie auf sich aufpassen.«

Er wußte es nicht. Er wußte: Nie war Antje wertvoller für ihn als jetzt. Er hatte es ihr nicht gedankt, sondern sie auch noch verspottet dafür, daß sie sich um sein Heil sorgte.

Der Artikel erschien an einem Montag, war in Vorausexemplaren bereits am Sonntag allen wichtigeren Figuren in Bonn bekanntgemacht geworden. Er trug die provozierende Überschrift: »Waschsalon Reichstag«.

Söhnlein rief am Montag vormittag die Mitglieder seiner Fraktion in der Baukommission in sein Büro. Anton und seine Kollegen wurden zu folgender Sprachregelung vergattert: Erstens handle es sich um ungeprüfte Behauptungen, zweitens habe die Frage angeblichen Stasigelds in der Fonty GmbH überhaupt nichts mit der ordnungsgemäßen Ausschreibung des Reichstagsbaus zu tun.

Seine Einschätzung faßte Söhnlein in dem Satz zusammen: »Diese Suppe ist dünn und wird nicht lange vorhalten.«

Anton war anderer Ansicht. Neuss hatte Söhnlein eine Menge Salz in die Suppe gestreut, und der versuchte nun die Zeit zu gewinnen, die er brauchte, um die Suppe zu strecken.

Kurz nach der Besprechung rief Cunz, der gegnerische Obmann in der Baukommission an, um sich mit Anton »abzustimmen«, wie er sagte. Tatsächlich arbeiteten die Fraktionen in Bauangelegenheiten des Parlaments unverkrampft zusammen; sie waren ja alle gemeinsam Bauherren des Reichstags.

Söhnlein hatte gedroht: »Wer schwätzt, fliegt!«

Anton machte deshalb aus seinem Herzen eine Mördergrube. Dreißig Minuten nach dem Anruf verbreitete die gegnerische Pressestelle eine Erklärung des Abgeordneten Cunz, die von allen Nachrichtenagenturen in gekürzter Fassung übernommen wurde.

Cunz forderte die sofortige rückhaltlose Aufklärung des schwerwiegenden Verdachts, dem in kriminelle Geldwäsche verwickelten ehemaligen Politiker Molke habe die Bundesregierung regelwidrig den Großauftrag Reichstag zugeschoben. Ähnlich lautende Erklärungen der anderen Oppositionsfraktionen schlossen sich an.

Am Dienstag morgen, nach der Auswertung der Presselage, ließ Söhnlein erklären, der eigentliche Skandal liege in der offensichtlichen Verunglimpfung des Unternehmers und Politikers Molke, der sich um den Aufbau Ost verdient gemacht habe.

Unverzüglich beantragte die Opposition eine Sondersitzung der Baukommission, die am Mittwoch vormittag stattfand. Der Bundesbauminister ließ sich entschuldigen, schickte seinen parlamentarischen und einen beamteten Staatssekretär sowie Unterberg, den Chef der Berliner Baubehörde. Die Regierungsvertreter beteuerten, alles gehe wie gewohnt mit rechten Dingen zu, im übrigen sei offiziell noch gar nicht endgültig über die Auftragsvergabe entschieden. Lediglich nach einer ersten, vorläufigen, also keineswegs endgültigen Prüfung der Bewerbungen habe die Euroconstruct am günstigsten abgeschnitten. Durch eine Indiskretion sei dies bekanntgeworden.

Nach der Sitzung drohte die Opposition mit einer aktuellen Stunde, wollte sich aber noch nicht näher festlegen. Cunz forderte den Minister auf, endlich zu seiner Verantwortung zu stehen und »den Saustall im eigenen Haus« auszumisten.

Am Freitag verlangte Cunz dann seinen Rücktritt. Über die Einsetzung eines Untersuchungsausschusses »ernsthaft nachzudenken«, forderte sein Fraktionsvorsitzender.

Der interfraktionelle harte Kern der Berlin-Gegner ließ verbreiten, man wundere sich über gar nichts, alles sei vorauszusehen gewesen.

Am Samstag sickerte durch, daß Neuss am Montag nachlegen werde. Das tat er.

Diesmal schonte er Frank nicht mehr. Ausführlich berichtete er über dessen Bundestagskandidatur in Potsdam, die er ohne Hilfestellung Molkes nicht errungen hätte. Höchstwahrscheinlich sei Frank Molkes Bonner Lobbyist und Verbindungsmann zu Ministerien und Baubehörden gewesen. Den Begriff Korruption vermied der Artikel. Entweder wußte Neuss nichts von Franks privaten Immobilien, oder er sparte sie sich für die nächste Folge der Fortsetzungsgeschichte auf.

Damit mußte Anton rechnen, denn Neuss brachte den Fall diesmal mit dem Tod des Abgeordneten in Verbindung. Seine Spekulationen liefen darauf hinaus, Frank habe sich durch die Molke-Connection in eine Situation gebracht, aus der er keinen anderen Ausweg mehr gesehen hatte als den Freitod.

Die meisten Zeitungen schrieben am Montag die Story ab, worauf Fraktionsgeschäftsführer Hampel von einer »gesteuerten Kampagne« sprach. Auf der folgenden Sitzung, an der Anton teilnahm, blies Söhnlein jedoch überraschend zum geordneten Rückzug.

Am Montag nachmittag rief Molke bei Anton an. Es gehe ihm den Umständen entsprechend. Neuss nannte er ein Schwein, und auch sonst fiel ihm nichts Originelles ein.

Allerdings erwartete er von Anton etwas ganz Bestimmtes.

»Es ist Zeit, etwas für Ihr Geld zu tun. Wenn Sie wissen wollen, was, dann hören Sie gut zu!«

Unmittelbar danach rief Anton Hampel an.

Am Tag darauf, also am Dienstag, wurde bekannt, daß die Staatsanwaltschaft am Wochenende die Geschäftsräume der Fonty GmbH sowie Privathäuser Molkes und Mintzels hatte durchsuchen lassen. Es hieß, Akten seien beschlagnahmt worden. Mintzel war nirgends zu finden. Es wurde vermutet, er habe sich ins Ausland abgesetzt.

Am Mittwoch gab das Bauministerium bekannt, die Interbau werde den Reichstag bekommen. Es hatte die Euroconstruct fallengelassen. Nicht bekanntgegeben wurde, daß die Behörde beabsichtigte, Molke für das entgangene Geschäft zu entschädigen. Er sollte das künftige Auswärtige Amt in Berlin herrichten.

Molkes Anwalt und Syndikus Schulz gab eine Erklärung ab: Mintzel habe seine Anteile an der Fonty GmbH bereits vor Wochen an einen französischen Investor verkauft, dessen Name zu nennen er nicht befugt sei.

Damit sei die Kuh vom Eis, meinte Hampel. Die Opposition gab es tatsächlich auf, den Rücktritt des Bundesbauministers zu fordern, verlangte nur noch den Kopf Unterbergs.

Anton aber vermißte noch immer Antje, vermißte sie schmerzlicher denn je.

Auf ihre Kündigung hatte er bisher nicht reagiert. Er hatte geglaubt, sie würde sich schon beruhigen und von allein wiederkommen. Antje brauchte ihn doch. Aber sie meldete sich eine ganze Woche lang nicht. An dem Tag, als der zweite Neuss-Artikel erschien, schickte Anton ihr Blumen über Fleurop. Die zusätzlichen Zustellkosten schmerzten ihn zwar, aber er konnte die Tulpen schlecht selbst vorbeibringen. Womöglich öffnete Rolf! Als Antje sich am Freitag noch immer nicht meldete, gab er auf.

»Dann sind wir sie eben los«, sagte er zur Blüm. In Wahrheit hielt er ein gestörtes Verhältnis zu Antje immer noch für besser als gar kein Verhältnis. Er räsonierte über Antjes liederliches

Verständnis von Pflicht. Wie konnte sie es zulassen, daß ihm alles über den Kopf wuchs!

Am Wochenende war Anton in keiner guten Verfassung. Die Wahlkreisverpflichtungen schienen ihm eine unerträgliche Last und schiere Zeitverschwendung zu sein. Mit Bürgersprechstunden und Kreisvorstandssitzungen vertat er sein Leben. Ein übriges tat der Brief von Ellens Anwalt, aus dem hervorging, daß er tatsächlich als Sozialfall enden würde.

Anton hielt sich am Samstagabend ans Feuerwehrfestfreibier, wer wußte, wie lange es noch für ihn floß, und betäubte damit seine Sehnsucht nach Antje. Er trank für zwei, denn da war auch noch die Sehnsucht nach Gisi.

Auch sie war in Gefahr. Sobald Neuss herausbekam, daß Gisi etwas war, was Molke und Frank miteinander verband, würde er sie schlachten. Dann wäre auch Anton nicht mehr sicher, und er würde eine Menge zu tun haben, nicht selbst in die Sache hineingezogen zu werden. Er würde die Beziehung zu Gisi ruhen lassen müssen, wenigstens bis Gras über die Angelegenheit gewachsen war – und das konnte monatelang dauern.

Antje hatte er schon verloren; demnächst also auch noch Gisi. Wenn das kein Grund zum Saufen war!

Der Sonntagmorgen schmerzte. Aus dem Spiegel glotzten ihn trübe Pupillen an, unter denen graue Tränensäcke hingen. Wie hätte er einem Blinden sein Aussehen erklärt? Es wäre für ihn eine unlösbare Aufgabe gewesen. Anton fletschte die Zähne und probte eine sarkastische Grimasse. Zwischen den Zahnhälsen des Unterkiefers haftete Zahnstein. Die Bartstoppeln waren novembergrau. Jahrelang hatte er sich vorgelogen, sie wären weißblond. Das Grau stieg an ihm empor wie eine Überschwemmung, buchstäblich über die Ohren. Unbewußt hatte er sich die Koteletten kürzer geschnitten, um vor dem Grau zurückzuweichen. Oben auf dem Kopf war das Grau der Haare noch übersehbar, sah man davon ab, daß sie überhaupt verschwanden. Dafür wuchs der Bauch, seit er Golf spielte, statt richtigen Sport zu treiben. Konfektionsgröße 48 hatte im vergangenen Jahr noch tadellos gepaßt. Jetzt spannte es Falten in die Hüfte, wenn er den mittleren Sakkoknopf schloß.

Sonntag abend floh er zurück nach Bonn und hockte trübsinnig in seinem Zimmer. Sooft er die Nummer auch wählte, in Berlin hob niemand ab. Er mied die übliche Droge, nahm lediglich Aspirin zu Hilfe, weil es nicht nur gut für den Kopf war, sondern auch für sein Herz. Montag entschloß er sich zum Äußersten, aber nicht mehr über Fleurop; er schickte Frau Blüm als Botin. Es gab jetzt jeden Tag einen Strauß, nicht mehr Tulpen, sondern Rosen. Jeden Tag wurden sie roter. Doch auch mit verschärfter Befragung war aus der Blüm nicht herauszubekommen, wie Antje auf die Gebinde reagierte.

»Ich kann nicht zulassen, daß du dich finanziell ruinierst«, sagte sie erst am Freitag, vierzehn Tage nach ihrem Verschwinden, nach vier weiteren Sträußen zu insgesamt zweihundertsiebenundzwanzig Mark. Antje war wieder am Arbeitsplatz.

»Wie hast du es nur so lange ohne mich ausgehalten?« fragte Anton. »Rolf war vermutlich schon ganz verzweifelt.«

Als sie den Radiergummi nach ihm warf, wußte Anton, es würde wieder sein wie früher. Aus Erleichterung darüber fiel es ihm nicht einmal schwer, sich zu entschuldigen. Eigentlich sei er über sich selbst wütend gewesen, nur leider habe sie es abbekommen. Geärgert habe er sich über seine eigene unprofessionelle Dummheit, als er vor Gisi mit seinen Kontakten zum Kanzler geprahlt hatte. In seiner verliebten Blindheit habe er hinausposaunt, was Gisi nichts anging. Das hörte Antje gern, glaubte Anton.

Einsicht sei kein hinreichender, aber ein notwendiger Schritt zur Besserung, dozierte sie. Da war kein bißchen Mitleid, keine Spur Trost. »Du hast dir die Tellermine selbst ins Bett gelegt, mein Guter!«

Unter anderen Umständen wäre das ein hübsches Bild gewesen, fand Anton. Kein Wunder, daß er dauernd aufgefordert wurde, auf sich aufzupassen.

Pflüglin habe behauptet, berichtete Anton, Gisi habe Molke nicht bloß künstlerisch begeistert. Diese Nachricht, hoffte er, war Eisspray auf Antjes überdehnte Seele. Anton tat, als gräme er sich furchtbar.

»Ich weiß, ich war nicht ganz zurechnungsfähig.«

Antje, kalt wie nie, widersprach nicht.

So hilf mir doch, hätte Anton ihr zurufen mögen. Wem denn, wenn nicht ihr, sollte er noch trauen? Nicht einmal auf Pflüglin war mehr Verlaß. Anton war sich nicht mehr sicher, auf wessen Seite der stand.

Mit seinem Geburtstagsgeschenk hatte er Pflüglin getestet. »So, wie er darauf reagiert hat, ist nichts auszuschließen«, sagte Anton.

»Was für ein Geschenk?«

Anton hatte Antje das zarte Geheimnis, das es mit »Golf und Psyche« auf sich hatte, bisher verheimlicht. Beinahe hatte er sich schon wieder verplappert.

Das Buch sei, versuchte er ihr Interesse zu dämpfen, »eine Art Kultbuch der Freunde des Golfsports«.

»Ich glaube, es ist allmählich an der Zeit, mit der ganzen Wahrheit herauszurücken«, fand Antje.

Das brachte Anton nicht übers Herz. »Wenn ich nur die ganze Wahrheit wüßte!« sagte er.

»Sag mir einfach den Teil der Wahrheit, den du kennst. Was ist faul mit Pflüglin?«

»Vielleicht sehen wir beide Gespenster«, sagte Anton. »Vielleicht ist gar nichts dabei, wenn Pflüglin den Attentätern recht gibt und aus ihrem Bekennerbrief wörtlich zitiert. Er ist eben einfach schlecht zu sprechen auf die Regierung. Wer wäre das nicht?«

Anton nahm sich vor, nicht in Hysterie zu verfallen. Schön, daß Antje wieder da war. Darüber wollte er sich jetzt freuen.

Freilich gab es keinen Grund, sie vor lauter Freude gleich zu fragen, ob sie heute abend schon etwas vorhätte. Denn für die Liebe hatte Anton noch immer Gisi, Nervenkitzel inklusive. Wenn man es recht besah, besaß Gisi einen Vorteil, der nicht hoch genug zu schätzen war. Sie lebte in Berlin, und es war einzig und allein an Anton, zu entscheiden, ob er sie sehen wollte oder nicht.

DAS GEHEIMNIS DES SCHWARZEN BEUTELS

Dummerweise war das eine Illusion. Am Dienstag rief Gisi an. Anton war hocherfreut.

»Rat mal, Süßer, wo ich stecke?«

Vielleicht mit Molke in Paris, dachte Anton, damit sie ihm die Krisensitzung bei der Euroconstruct versüßte.

Sie wartete seine Antwort nicht ab. »Ganz nah!« hauchte sie. »Hol mich ab!«

Ein Stoßgebet war fällig, zwei Weiber gleichzeitig in der Stadt waren kaum zu verkraften. Anton hoffte inständig, Gisi wäre nur zufällig auf Durchreise. Aber er war über das Alter, als das Wünschen noch geholfen hatte, weit hinaus.

Kaum hatte er Gisi am Hauptbahnhof in die Arme geschlossen, sang sie ihm ins Ohr: »Ich bleib heut nacht bei dir.«

Anton bestätigte ihr, vor Freude weder ein noch aus zu wissen, und empfahl ihr einen Stadtbummel. Bonn sei natürlich nichts gegen Berlin, aber weit besser als sein Ruf.

»Nimm mich lieber mit!« flötete sie, als hegte sie die Absicht, ihn unverzüglich auf der Schreibtischplatte zu vernaschen.

Leider sei der Tag unglücklich gewählt, dämpfte er ihr Verlangen. »Fraktionssitzung!«

»Wir schwänzen!« tuschelte sie.

»Ausgeschlossen!«

»Geh' in die Sitzung, ich harre deiner im Büro!« knurrte sie.

Anton überfielen Hitzewallungen. Zu Tode werde sie sich langweilen, warnte er. In der Nähe Antjes konnte sie auf verschiedene Weise umkommen, bloß nicht aus Langeweile.

Es kostete Kraft, bis er sie endlich zu einem Besuch der Ausstellungshalle des Bundes sowie des vorzüglichen städtischen Kunstmuseums (Rheinische Impressionisten) überredet hatte. Notfalls konnte sie auf der Museumsmeile auch noch das Haus der Geschichte der Bundesrepublik mitnehmen, auf jeden Fall im avantgardistisch gestylten Bistro der Kunsthalle auf ihn warten, keine fünfhundert Meter vom Langen Eugen entfernt.

Das war der leichtere Teil der Arbeit. Schwerer war es, jetzt Antje klarzumachen, daß aus dem Konzert in der Beethovenhalle am Abend nichts würde. Am besten, er böte ihr an, Rolf auf Antons Ticket mitzunehmen. Er selbst habe unerwartet eine unaufschiebbare Krisensitzung mit Kollegen der Baukommission zu absolvieren. Der Fall Euroconstruct sei allmählich nicht mehr auszuhalten.

Anton wußte, daß sie ihm kein Wort glauben würde.

Die Wahrheit also und nichts als die Wahrheit! Trockene Lippen formulierten die unausweichliche Botschaft: Gisi war einmarschiert.

»O. k.«, sagte Antje. »Du wirst Gisi hübsch mit nach Hause nehmen und dir nichts anmerken lassen. Der Dienst fürs Vaterland kann nicht immer nur angenehm sein.«

»Du Monster!« Küssen hätte er Antje mögen. Was hieß mögen! Anton küßte das Monster wie schon lange nicht mehr, mitten in der Tabuzone, mitten im Büro.

»Sei endlich ein Profi!« mahnte Antje.

»Du bist der beste Coach, den ich mir denken kann«, dankte er. Morgen früh würde sie alle Einzelheiten wissen wollen.

Es wurden eine Menge Einzelheiten, auf die Antje, bei aller Liebe zum Detail, vermutlich nicht sonderlich scharf sein würde. Und einige Einzelheiten gab Anton, aus Rücksicht aufs eigene Renommee, nicht gerne preis. Schließlich hatte er einen Ruf zu verteidigen. Aber es war eben ein Unterschied, ob Gisi mit ihm in Berlin schlief oder er mit ihr in Bonn. Nicht, daß die Berliner Luft diesbezüglich der Bonner Luft vorzuziehen gewesen wäre, Anton empfand nur einen prinzipiellen Unterschied zwischen Heim- und Auswärtsspiel. Er verfügte über eine ausgesprochene Auswärtsstärke. Man könnte auch sagen, er litt an einer gewissen Heimschwäche – sah man von Antje ab, die gewissermaßen zum vertrauten Inventar zählte. Woran das lag, wußte er selbst nicht genau, womöglich daran, daß er den Beischlaf innerhalb der eigenen Wände irgendwie als Verletzung seiner Intimsphäre empfand. Anton schlug lieber im fremden Bett einer Frau die Augen auf, als neben einer fremden Frau im eigenen Bett. In der Fremde schätzte man ungewohnte Düfte, Farben, Temperaturen. Sie bildeten ein exotisches Terrain, das es zu besetzen galt. Anders im eigenen Nest. Hier fühlte Anton das Fremde, das in seine Privatwelt eingedrungen war. Langer Erklärung kurzer Sinn: Nach der ersten Tat stand Anton der Sinn nach einer zweiten nicht mehr sehr, mochte Gisi auch noch so engagiert an ihm herumknabbern. Statt dessen breitete sich in ihm die Sorge aus, wie er Gisi nach der unvermeidlichen Nacht wieder loswerden konnte. Sie ließ sich nicht anmerken, ob er ihre Erwartungen enttäuscht hatte.

»Ich hab dich so vermißt!« gurrte sie.

Am Frühstückstisch teilte sie Anton mit: »Heute will ich unbedingt den Bundestag sehen.« Da sie nun schon einmal in Bonn sei, im übrigen zum erstenmal, dürfe sie sich den nicht entgehen lassen. »Wo ich doch sozusagen auf Abgeordnete abonniert bin.«

Sagen wir auf Politiker, dann stimmt das auch für Molke, dachte Anton. Grandios fand er den Vorschlag nicht. Sie hatte eine seltsame Art, sich zu vergnügen.

Noch von zu Hause aus bat er Antje darum, für Gisi einen Tagesausweis für die Besuchertribüne zu besorgen.

Anton ließ einen Wagen der Fahrbereitschaft kommen. Der Chauffeur öffnete Gisi den Schlag; die Szene hatte einen Hauch von Staatsbesuch. Der Wagen steuerte nicht den Haupteingang an, durch den die Besuchergruppen gelotst wurden; Gisi sollte eine feine Spezialtour bekommen. Sie fuhren die Heussallee hinunter und hielten kurz am Langen Eugen. Gisi blieb im Wagen sitzen. Auf den Eingangsstufen wartete Antje mit dem Ausweis, den Anton im Tausch gegen Gisis Reisetasche entgegennahm, die Antje im Büro deponieren sollte.

»Sag nichts!« empfing sie ihn. »Sie war Weltklasse. Biegsam, hingebungsvoll und unersättlich. Verrate mir nur eines: wie oft?«

»Du nimmst es locker mit ihr auf«, sagte Anton.

Das war die Wahrheit, und Antje glaubte ihm nicht.

Der Wagen bog am Rheinufer links ab auf die Promenade, die in langgezogenem Schwung auf die Türme der Bonner Altstadt zulief. Ausflugsdampfer und Frachtkähne begegneten einander auf dem Strom. Der Wagen hielt vor dem feuerwehrrotlackierten Gestell aus Eisenträgern, wie ein Kran zum Rhein hin auskragend, das Radfahrern, Flaneuren und Flußschiffern die provisorische Mitte des deutschen Parlamentarismus anzeigte. Dem Kunstwerk gegenüber führte eine geschwungene Betonrampe zum Eingang des gläsernen Kubus, der den Plenarsaal umschloß.

Diesen Eingang, erklärte Anton, nahmen die Regierungsmitglieder. Die Beamten hinter den Panzerglasscheiben der doppeltürigen Sicherheitsschleuse kannten das Mitglied Antonius Sommer, weshalb eine Geste genügte, auch seiner Begleiterin das Hohe Haus zu öffnen.

Anton fragte sich, was er mit Gisi den ganzen Tag lang anfangen sollte. Er wollte und konnte nicht ihretwegen stundenlang im Plenarsaal hocken. Seine Arbeit erledigte sich nicht dadurch, daß er den verehrten Kolleginnen und Kollegen dabei zusah, wie sie Reden vom Blatt lasen, die es morgen auch als Drucksache gab und die niemanden im Saal von irgend etwas überzeugten. Also würde Anton nichts anderes übrigbleiben, als Gisi spätestens in zwei Stunden mit hinauf ins Büro zu nehmen und sie Antje zu überlassen, damit er noch zu vernünftiger Arbeit käme. Sie würden schon ihren Spaß miteinander haben, wenn sie gemeinsam über ihn lästerten. Danach könnten sie alle zusammen im Bundeshausrestaurant essen. Die extravagante, knallbunte Bemalung (»Kindergarten« hatte Hampel kommentiert) würde Gisi gefallen.

Fast alle Wände des dreistöckigen Hohen Hauses, auch in seinem Innern, waren aus Glas. Es war ein magischer Würfel aus über- und ineinander gestapelten Aquarien, licht und transparent, das sich der fortschrittliche Architekt als Abbild der Demokratie vorstellte, das er in zäher Unnachgiebigkeit über die Jahre hinweg Präsidenten und Vizepräsidenten, Fraktionen und Ältestenräten abgetrotzt hatte, die doch insgesamt lieber etwas Grandioseres gehabt hätten, wie sie es in Berlin ja nun auch bekommen sollten. Das Hohe Haus in Bonn konnte man, wenn man wollte, auch als Galerie zeitgenössischer Kunst sehen. Das in Berlin war von vornherein ein Museum, unabhängig davon, ob man dort Saurier, Kronjuwelen, ausgestopfte Husaren oder Dampfplauderer ausstellte.

Anton zeigte Gisi das riesige abstrakte Gemälde des Amerikaners Sam Francis, schräg hinter der einzigen undurchschaubaren Wand, der mit dem Adler. An einer Glasfront das berühmte Jandl-Zitat: »Lechts und rinks kann man leicht velwechsern.« Nirgends paßte es besser als hier. Die repräsentative Treppe vom Büro der Präsidentin hinab in den Plenarsaal hatte einen wilden Lattenverhau als Geländer. Von weitem sah es wie ein Vogelnest aus. Es war eines der vielen kleinen spielerischen Attentate, die der Architekt gegen das Ordentliche und Staatsmäßige verübt hatte.

Kurz vor Beginn der Plenarsitzung belebten Abgeordnete, Angestellte und Journalisten die Flure wie Fischschwärme ein Riff.

Anton lief Haslinger in die Fänge, der seit Wochen für seinen interfraktionellen Initiativantrag trommelte. Bloß das jetzt nicht auch noch.

»Du machst doch mit!«

»Wir telefonieren!«

Gisi war gar nicht erst stehengeblieben. Wenigstens brauchte er sie dem Haslinger nicht vorzustellen. Aber warten hätte sie wenigstens können! Wo ging sie überhaupt hin? Haslinger ließ sich nicht abschütteln.

»Nur ein Satz...«

»Später!«

Anton ließ Haslinger einfach stehen, um Gisi einzuholen. Wohin war sie entschwunden? Nach wenigen Sekunden fingen Antons Augen sie wieder ein. Er sah sie im Aufzug nach oben schweben, auch der war aus Glas. Anton nahm die Wendeltreppe in den ersten Stock. Auf dem breiten Korridor zwischen Plenarsaal und Südfront folgte er Gisi. Leicht hätte er sie mit ein paar schnellen Schritten einholen können. Doch er blieb zurück, genoß ihren Po in den wie angewachsenen Jeans, die rostrote Mähne. Um die Schulter trug Gisi die schwarze Ledertasche, mehr Matchsack als Tasche, die sie auch am Abend im Museum dabeigehabt hatte. In diesem Augenblick zuckte ein Elektron durch Antons Großhirnrinde, das seine Sicht der Dinge blitzartig und nachhaltig veränderte.

Für gewöhnlich litt er nicht an Halluzinationen. Vielleicht war in letzter Zeit auch alles nur ein bißchen viel für ihn gewesen. Was und warum auch immer: Von diesem Augenblick an ging ihm der schreckliche Verdacht nicht mehr aus dem Kopf. Mochte es Einbildung, Hysterie sein, abschütteln konnte er ihn nicht, und ignorieren durfte er ihn auch nicht, lastete doch tonnenschwere Verantwortung auf ihm. Er hatte schließlich Gisi ins Haus geschleppt. Das Schicksal der ganzen Nation hing, wenn man so wollte, jetzt von ihm ab, ihm allein.

Als er Gisi mit dem schwarzen Lederbeutel vor sich sah, bestand für Anton nicht der geringste Zweifel mehr daran, weshalb sie unbedingt das Bundeshaus sehen wollte, in dem sie sich auffallend gut zurechtfand. Ganz selbstverständlich nahm sie den richtigen Weg zur Besuchertribüne. Zweifellos war sie aus dem gleichen Grund ins Bundeshaus gekommen, aus dem sie sich unter die Stars im Museum gemischt hatte. Anton hatte auch damals nicht darauf bestanden, sie mitzunehmen; sie hatte unbedingt mitgewollt. Gisi war gekommen, Anton sah es messerscharf, um im Deutschen Bundestag Unheil zu stiften, und diesmal waren es nicht bloß Blendgranaten aus Grenzschutzbeständen, die sie in ihrem Matchsack trug.

Blankes Entsetzen wallte in Anton. Gleich würde der Kanzler im Plenarsaal sitzen, über sich, in Wurfweite, in Schußnähe die Attentäterin, eingeschleust von einem Abgeordneten, den die Liebe geblendet hatte.

Schweißbäche näßten Antons Hemd. Heiße und eiskalte Böen fuhren ihm durchs Gebein. Als er das letzte Mal in diesen Zustand geraten war, sank er hin und kam ins Krankenhaus. Das wäre ein Desaster, jetzt, wo alles ankam auf seine Geistesgegenwart, seinen kühlen Kopf. Ein Königreich für einen kühlen Kopf und einen hinreichend stabilen Kreislauf!

Mit schnellen Schritten holte er auf, kam wieder auf Gisis Höhe, legte ihr den Arm um die Schultern, die Finger am schmalen Tragriemen des Beutels, der die Waffe barg.

»Nicht jetzt«, schüttelte sie ihn ab.

Die Frau fühlte sich hart an wie ein gespannter Bogen.

Wie konnte er derart von Blindheit geschlagen gewesen sein! Nichts gab es mehr daran zu deuteln. Zehn Minuten vor dem Ende der Show, zehn Minuten vor dem Anschlag, hatte Gisi ihren Platz im Museum verlassen. »Ich muß mal«, hatte sie ihm zugeflüstert. Und ihren Ledersack mitgenommen! Brauchte man den, wenn man mal mußte? So dringend mußte niemand, daß er freiwillig auf den Höhepunkt der Verleihung der Goldenen Röhre verzichtete. Später, nach dem großen Knall, hatte Anton so vergebens wie verzweifelt nach Gisi gesucht. Nachträglich gesehen, war es kein Wunder, daß er sie wohlbehütet in Franks Wohnung vorgefunden hatte. Natürlich war sie im

Chaos der ersten Aufregung verduftet. Kein Wunder war es auch, daß sie sich Sorgen um ihn gemacht hatte. Sie hatte ja nicht ahnen können, wie glimpflich alles ablief. Wäre eine Panik entstanden, hätten Hunderte von Menschen niedergetrampelt werden können. Davon hatte Gisi ausgehen müssen. Sie hatte seinen Tod riskiert, obwohl sie Anton liebte. Doch, doch, sie liebte ihn, daran zweifelte er nicht einmal jetzt. Nur waren ihr Fanatismus oder auch nur ihre terroristische Professionalität in diesem Augenblick stärker als alle Liebe. Auch jetzt wieder!

Gisi brachte Anton ja nicht bloß in Lebensgefahr. Wie hatte er nur so blind sein können! Hatte nicht Argenthal unmittelbar nach dem Anschlag von einem »blendenden dramaturgischen Einfall« gesprochen? Dann der Bekennerbrief im Stil des Dichters. Argenthal war ein Freund des Golfsports. Zufall? Ebenso Pflüglin. »Wir wiegen uns in falscher Sicherheit«, hatte der geunkt, im Museum »ein Menetekel« erkennen wollen. Die Indizien schienen Anton erdrückend. Gisi, so sah es aus, diente einer Verschwörung.

Heute also sollte sich das Menetekel erfüllen, wenn Anton dem Schicksal nicht noch in die Speichen griff und Gisi in den Arm.

»Nimm bitte die Hand von meiner Schulter! Nicht hier!«

Zweifellos bangte sie um den Inhalt ihres Ledersacks. Anton wollte Gisi nicht mißtrauischer machen, als sie es schon war, und nahm den Arm herunter. Aber er blieb so dicht bei ihr, wie es nur ging. Hautnahe Deckung war jetzt lebenswichtig. Keine Sekunde durfte er sie aus den Augen lassen.

Sie waren am Eingang zur Zuschauertribüne angekommen. Merkwürdig, daß alle Wände aus Glas waren, die zu öffnenden Türen aber aus massivem Holz. Jetzt war für Anton die Gelegenheit günstig, ihr den Beutel zu entreißen. Und wenn sich doch nichts darin befand, was für einen Terroranschlag taugte? Wenn sich alles als Wahn entpuppte? Für einen plumpen Dieb würden ihn die Leute halten. Oder für einen Irren. Kein Abgeordneter der Welt konnte sich ungestraft erlauben, im Parlament Frauen Handtaschen zu entreißen.

Anton hatte sich vor dem Eingang zur Tribüne eigentlich von Gisi verabschieden wollen. Jetzt aber blieb ihm nichts anderes übrig, als mit ihr hineinzugehen, um den Kanzler und die Kolleginnen und Kollegen unten zu beschützen. Zu allem Unglück waren einige Sitze in der ersten Reihe frei. Gisi steuerte darauf zu. Nur eine Balustrade aus Glas trennte hier das Volk von den Volksvertretern.

Ein Gongschlag erfüllte den Raum. Gehorsam stellten die Abgeordneten, die noch in Gruppen herumstanden, ihre Gespräche ein und strebten ihren Plätzen zu. Eine der Vizepräsidentinnen führte den Vorsitz. Flankiert von zwei Schriftführern, nahm sie ihren Hochsitz ein und erklärte die Sitzung für eröffnet. Während sie komplizierte Erläuterungen zur Geschäftsordnung verlas, schob sich der Kanzler auf seinen Platz und begann damit, einen Zettel, der ihm vielleicht auf dem Weg zugesteckt worden war, zu falten und in der Mitte durchzureißen, zu falten und zu zerreißen und so immer weiter, bis nur noch Konfetti davon übrigblieb.

Gisi rutschte auf ihrem grauen Polstersitz herum. Anton faltete die Hände über Mund und Nase, um zu vermeiden, daß einer der Kollegen unten ihn hier oben bei den Zuschauern entdeckte. Er kannte das Spiel. Wenn sich die Herren Abgeordneten langweilten, wanderten ihre Augen zur Galerie, um sie nach hübschen Weibern abzusuchen.

Gelegentlich kam es zu Flirts, ja sogar zu Verabredungen per Handzeichen. Ein amtierender Fraktionschef hatte auf diese Weise seine Frau kennengelernt. Gisis Rotschopf würde nicht lange unentdeckt bleiben; die Debatte jedenfalls bot keine größere Attraktion. Allenfalls konnte man noch durch den Glaskasten des Plenarsaals hindurch den Schiffen auf dem Rhein zusehen.

Der Zukunftsminister sprach. Standort Deutschland hieß, wieder einmal, der Tagesordnungspunkt. Zu den Schrecken, den Gisis Beutel Anton verpaßt hatte, kam der nächste Schreck. Standort Deutschland! Das war nicht bloß das Lieblingsthema des Kanzlers. Es war das Thema der »Freunde des Golfsports«. Und es war das Thema der RAF. »DIE IHR UNSERE ZUKUNFT VERSCHREIT UND VERSCHERBELT; NOCH GEBEN WIR EUCH NUR DEM GELÄCHTER PREIS. BALD ABER WERDEN WIR EUCH FEUER MACHEN.« Es konnte kein Zufall sein, daß Gisi und ihre Auftraggeber sich diesen Tag, diese Stunde, diese Debatte ausgesucht hatten, ihr sinnloses Fanal zu zünden.

Anton tat, als ob er der Rede folgte; in Wahrheit ließ er Gisi nicht aus den Augenwinkeln. Sie machte den Eindruck, als folge sie der Debatte aufmerksam, begleitete sie mit kleinen an Anton adressierte Zwischenrufe: »Schön wär's« und »det hättet ihr euch so jedacht« und »det globt der doch selbst nich«. Zum erstenmal bemerkte Anton, daß Gisi berlinerte; offenbar fiel sie in einer Phase äußerster Konzentration unbewußt in das Idiom ihrer Kindheit.

Mitten in der auf den Minister folgenden Rede des forschungspolitischen Sprechers der SPD-Fraktion sprach sie: »Anton, ick muß mal.«

Eiseskälte überfiel Anton. Schon erhob sie sich, den Beutel in der Hand. Es war klar, wonach ihr der Sinn stand.

»Nein! Du bleibst!«

Anton schrie es fast. Jedenfalls bogen sich ein, zwei Köpfe im Parkett nach oben. Auch der Saaldiener auf der Tribüne wurde aufmerksam.

Kopfschüttelnd sah Gisi Anton an, ohne sich von ihm in ihrem Vorhaben beirren zu lassen.

»Du spinnst wohl«, fuhr Gisi ihn an.

Den in unmittelbarer Nähe sitzenden Besuchern wurde nun endlich etwas geboten.

Ohne weitere Worte zu verlieren, folgte Anton ihr, bis sie den Plenarsaal verlassen hatte.

»Gib mir die Tasche! Gisi, bitte, gib sie her!«

»Kommt nicht in Frage!«

Er hatte schon nach dem Tragriemen gegriffen, als Gisi sich losriß und davonrannte.

»Mach dich nicht unglücklich! Gib auf! Ich weiß, was in der Tasche ist!«

Parlamentspersonal und Polizisten in Zivil sahen interessiert zu. Das ist ein komischer Ort für einen Ehekrach, dachten sie.

Gisi drückte ihren Beutel an die Brust. Schwer atmend blieb sie stehen und blickte irritiert um sich.

Anton fühlte, daß er mit einiger Geistesgegenwart und Gottes Hilfe ein Blutbad verhindert hatte. Vorläufig jedenfalls.

Es wäre ihm unangenehm gewesen, handgreiflich werden zu müssen. Das nun Notwendige brauchte er nicht unbedingt selbst zu erledigen. Er machte ein paar unentschlossene Schritte auf einen Saaldiener zu. So jedenfalls mag es Gisi gesehen haben. Noch ehe Anton, wie sie vielleicht glaubte, ihre Festnahme veranlassen konnte, stürmte sie los in Richtung Eingangshalle. Sollte Anton Alarm schlagen? Sollte er schreien: »Haltet sie! Haltet sie auf, die mit dem schwarzen Beutel! Vorsicht, Sprengstoff?« Das wäre ein lächerlicher Auftritt gewesen, der nur Gisis Vorsprung vergrößert hätte. Es war besser, er stürmte hinterher. Noch war die Waffe im Beutel.

Anton traute Gisi fast alles zu. Außer Atem mußte er sich einen Moment lang am hölzernen Handlauf der Treppe festhalten, um Kräfte zu sammeln. Hielt er durch? Seit dem Kollaps hatte sein Herz nicht mehr so gerast. Gisis Absätze klapperten auf den Stufen hinunter ins belebte Foyer der Abgeordneten, wo auf langen Pulten die Anwesenheitslisten auflagen. Über der Treppe, die Gisi hinabpolterte, schwebte eine endlos lange gelbe Leuchtstoffröhre wie der Speer von Außerirdischen. In seinem Schein konnte Gisi ein Gemetzel anrichten!

Unter die Abgeordneten mischte sie sich, die gerade den Saal verließen oder ihn betraten. Im Gewühl der Volksvertreter verlor Anton sie einen Augenblick lang aus den Augen. Den hinteren Teil des Foyers verdeckte die Informationstheke für Besucher.

Gisi war entkommen.

Möge sie wenigstens unverrichteterdinge aus dem Haus flüchten: Antons Stoßgebet.

Bleich, hechelnd nach Luft, mit nasser Stirn lehnte Anton an der Wand.

»Fehlt Ihnen etwas?«

Er öffnete die Augen. Eine Frau, blond, sehr blond. Anton erkannte eine Abgeordnete der PDS. Die Kommunisten hatten die blondesten Frauen im Parlament.

Unter anderen Umständen wäre ihm jetzt etwas eingefallen wie »*Sie* haben mir gerade noch gefehlt!« So blond konnten die Roten gar nicht sein, daß man sich mit ihnen hätte blicken lassen können. Anton aber war hilflos. »Nein, nichts«, stammelte er.

»O doch«, beschied die Blonde. »Ich hole Ihnen Hilfe.« Jetzt fühlte Anton sich als der Verfolgte. Die Blonde machte einem der Saaldiener aufgeregte Zeichen.

Anton nahm alle Kraft zusammen.

»Alles gut«, hauchte er und folgte Gisi, die Treppe unter der High-Tech-Version des Sterns von Bethlehem hinunter, quer durchs Foyer in Richtung des Restaurants. Keine Explosion knallte ihm entgegen. Alles war bisher gutgegangen.

»Wahnsinn«, stöhnte Anton.

Schaudernd wurde ihm klar, in welcher Gefahr er geschwebt hatte, vollkommen ahnungslos in Gisis Armen! Anton gab die Verfolgung auf. Er sah sich um, ob Kollegen sein Außeratemsein bemerkt hatten. Niemand schien Notiz zu nehmen von dem Ausnahmezustand, in dem er sich befand.

Auch der etwas gedrungene ältere Herr mit dem hochroten Gesicht nicht. Den kannte Anton: Es war Kotemat, der Verfassungsrichter, der Präsident. Den er da im Schlepptau hatte, kannte Anton auch, Argenthal, den Dichter. Instinktiv zog Anton sich hinter eine der baumdicken Stahlsäulen zurück. Die Herren schienen bestens gelaunt.

Wenn es noch irgendeines Beweises bedurft hätte, daß Anton keinem Wahn erlegen war: Hier waren die Drahtzieher am Werk! Noch ahnten sie offenbar nichts von der Niederlage, die Anton ihnen bereitet hatte. Zwar hatte seine Leidenschaft für Gisi beinahe schon zum zweitenmal ein Attentat begünstigt. Diesmal aber hatte er es gerade noch rechtzeitig verhindert.

SCHLUCKBESCHWERDEN

Tief in seinem Innern hoffte Anton, Antje würde ihn für verrückt erklären und das alles wäre gar nicht wahr gewesen. Diesen Gefallen tat sie ihm nicht. Die Reisetasche war im Büro geblieben. Hätte Anton an Wahnvorstellungen gelitten, hätte Gisi sich das gute Stück gewiß abzuholen versucht. Sie hatte es nicht gewagt, sich am Empfang des Langen Eugen zu melden.

Gemeinsam mit Antje durchsuchte Anton das safrangelbe Gepäckstück. Der Reißverschluß war nicht mit einem Schloß gesichert. Sie packten aus: eine Röhrenjeans (Calvin Klein), ein hellblaues Hemd (Outrigger), ein weißes T-Shirt (unlesbar verwaschenes Etikett), ein grünes Cashmere-Twinset (Uli Knecht), zwei Slips (Format), ein Paar königsblaue Halbschuhe (Jourdan, mit halbhohen Absätzen).

»Wir schlafen also nackt!« bemerkte Antje. »Oder hast du ihr einen deiner karierten Pyjamas geliehen?«

Anton überhörte es. Er blätterte in dem Buch, das er aus der Tasche gezogen hatte. Peter Handke: »Mein Jahr in der Niemandsbucht«. Anton kannte es nicht. Dick war es und sah aus wie kaum gelesen. Ein weißer, leerer Zettel steckte auf Seite vierundsiebzig. Zwei Seiten vorher war ein Satz mit Bleistift unterstrichen. Anton las ihn vor.

»Immer erwartest du auch die vollkommene Gegenwart als eine bloße Adventszeit. Immer erwartest du danach mehr, noch Größeres, das Größte! Da! Es ist dagewesen und ist da.«

»Paßt genau«, sagte Anton.

»Gequirlter Schwachsinn«, fand Antje.

Ein vorgestriges Exemplar der Berliner Zeitung.

Ein Atomiseur Eau de Parfum Jil Sander Woman Pure III. Anton roch hingebungsvoll daran.

Antje hielt ihm die Haarbürste Gisis hin.

»Zwei rote Haare, willst du sie behalten?«

Anton nahm den Fön und betrachtete ihn von allen Seiten, als habe er ein raffiniertes Bolzenschußgerät entdeckt. Da waren noch ein Bildband über Günter Behnisch, den Architekten des neuen Plenarsaals, und zwei Bananen, ein ledernes Federmäppchen mit Farbstiften, Spitzer, Radiergummi und ein Skizzenblock, DIN A4.

Anton erkannte Entwürfe für Gisis Golfbilder, schwungvoll hingeworfene Kurven, wie Hebelsysteme angeordnete Geraden. Ein Blatt zeigte verschachtelte Rechtecke und Quadrate, die einen Kreis umgaben, ihn durchdrangen und segmentierten.

Anton mußte sich setzen. Er hielt den Block Antje hin.

Interessiert sah sie ihn sich an, aber es fehlte ihr die Phantasie, etwas anderes zu erkennen als abstrakte Linien.

»Eindeutig der Plenarsaal«, preßte Anton heraus, »eine Skizze des Tatorts.«

Er eilte sofort zum Kopiergerät, als gehe es um Sekunden.

»Beweissicherung, für alle Fälle.«

Antje ließ ihn gewähren, kopfschüttelnd. Sie schien nicht unzufrieden. Den weiteren Abend verbrachte Anton zwischen Furcht und Hoffnung zu Hause und allein. Vielleicht meldete sich Gisi doch. Vielleicht stand sie plötzlich vor der Tür. Vielleicht rief sie wenigstens an.

Er hatte ihre Tasche bei sich. Gedankenverloren las er in dem Handke-Buch. Irgendwie fühlte auch er sich in einer Niemandsbucht. Gleich auf der zweiten Seite fand er schon wieder so einen Satz zum Anstreichen: *»Jene Epoche meines Lebens wurde bestimmt von dem täglichen Hin und Her zwischen Ausweglosigkeit und seelenruhigem Weitermachen.«* Seelenruhig war er ja nicht gerade, aber sonst traf die Stelle genau seine Situation.

Wahrscheinlich traf sie für jede Epoche des Lebens so gut wie aller Menschen zu. Viel weiter kam er nicht. Der Fernsehapparat lief. Anton sah und hörte nicht hin. Plötzlich unterhielt sich Göttlich mit dem Innenminister. Der plädierte für einen »wehrhaften Staat« und forderte »äußerste Wachsamkeit«. Es klang, als klopfe der Innenminister mit demselben Stock auf den Katheder, mit dem man ihn als Kind geprügelt hatte. Anton schaltete ab. Dann doch lieber Handke. Oder noch besser die Flasche Laphroaig Single Islay Malt aus dem Schrank. Wenn er sich schon den Kopf zermarterte, dann wenigstens mit leichter Anästhesie. Die ersten zehn, elf Schlucke schmeckten wie starke Medizin, dann tauchte, wie bei einem Magic-Eye-Bild für den Geschmackssinn, eine neue Welt auf: Moore, Meeresarme, Medusenhäupter...

Warum rief Gisi nicht wenigstens an? Ob er es in Berlin versuchen sollte?

Eigentlich war klar, daß sie nicht anrufen konnte. Gisi würde den Teufel tun, mußte sie doch davon ausgehen, daß die Polizei sie suchte. Sie war nicht wahnsinnig genug, dorthin zurückzukehren, wo man sie zuerst finden würde, in ihre Wohnung. Vermutlich versuchte sie unterzutauchen.

Anton überlegte, ob er ihre Sachen der Staatsanwaltschaft übergeben sollte. Die Tatortzeichnung würde Begeisterung auslösen. Er entschied, es zu lassen. Nichts war passiert; Anton hatte den Anschlag tollkühn verhindert. Wenn er nicht wollte, daß er selbst in den Schlamassel hineingezogen wurde, durfte er nicht zum Staatsanwalt rennen. Der Schottenstoff kroch in jeden Winkel seines Körpers und kleidete ihn innerlich aus, ein wolliges Gewand, lockerer Faltenwurf.

Ob sie Frank auf dem Gewissen hatte...?

Anton rief sich zur Ordnung. Er durfte jetzt wirklich nicht den Verstand verlieren. Mit Molkes Machenschaften hatte Franks Tod zu tun. Daß Molke auch hinter den Anschlägen steckte, war wirklich auszuschließen. Anton mußte vermeiden, an jeder Ecke Gespenster zu sehen. Zum Teufel mit dem Laphroaig!

Wenn wenigstens Antje da wäre. Er konnte schlecht bei ihr anrufen, vermutlich ging Rolf an den Apparat. Wenn Abgeordnete eines nicht können, dann dies: einen Abend mit sich allein verbringen und mit ihren unsortierten Ängsten.

Am Morgen hatte Anton einen Entschluß gefaßt. Es war an der Zeit, seinem Auftraggeber zu berichten, ihn zu warnen. Nach einem Fehlschlag gab die RAF gewiß nicht auf.

Einige Schluckbeschwerden spürte er schon, als er sich mit dem geheimnisumwittertsten aller Bonner Vorzimmer verbinden ließ und um ein Gespräch bat. Keine zwei Stunden vergingen, und das Vorzimmer gab Anton den Termin, noch am Abend desselben Tags. Es zählte zu den weithin bewunderten Geheimnissen des Regierungschefs, wie er es schaffte, für die wirklich wichtigen Staatsangelegenheiten immer Zeit zu finden.

Im Vorzimmer war niemand, als Anton die Tür öffnete. Auf dem ausgedehnten Schreibtisch, auf dem Fensterbrett, in den wandhohen Regalen stauten sich Schildkröten, Hunderte kleiner Panzer aus Holz, Porzellan, Jade, Metall, Plüsch, Marmor, Knochen, Ton, in unzähligen Farben und Größen. Anton umgab ein Hügelgelände aus Wappentieren einer Kanzlerschaft, die als Epoche zu bezeichnen sich die Leitartikler längst angewöhnt hatten.

Die Tür zum Zimmer des Kanzlers stand offen, aus dem Halbdunkel drang leise Musik. Anton erkannte eines der Brandenburgischen Konzerte, wußte nur nicht, welches es war.

»Kommen Sie rein!« sagte die vertraute Stimme.

Hinter einem aufgeräumten Eichentisch saß der Kanzler und löffelte Eis. Jedermann im Land wußte, welche Sorte er bevorzugte: dunkles Schokoladeneis mit kleinen Stückchen Edelbitter. Die Stehlampe in der Sitzecke und die Schreibtischlampe tauchten den mit hellem Holz getäfelten Raum in warmes Licht.

»Auch ein Eis?« fragte er und deutete auf den Besucherstuhl.

Anton hob abwehrend die Hand.

Der Kanzler drehte die Musik etwas leiser; das ging, ohne daß er dazu aus dem Sessel mußte.

»Was macht Pflüglin? Geht's ihm gut?«

»Hatte gerade Geburtstag...«

»Hab' ihm gratuliert. Und was macht das Herz? Wieder alles recht?«

»Es geht wieder...«

Später, als Anton das Gespräch Revue passieren ließ, wußte er nicht mehr, wie der Kanzler von den Herzkranzgefäßen des russischen Präsidenten auf die Pekinger Weltfrauenkonferenz, von dort auf das neue Tarifmodell bei Volkswagen, die deutschen Tornados an Bosniens Himmel, das ZDF und schließlich das Erbschaftssteuerurteil des Bundesverfassungsgerichts gekommen war. Hängengeblieben war die generelle Botschaft: Die Erde drehte sich zuweilen quietschend, insgesamt jedoch zuverlässig um den Kanzler. Wenn es die Probleme schon gab, waren sie absurd, leicht faßlich und wurden von den Medien übertrieben. Auf dem Welttheater agierte eine Großfamilie grundsätzlich gutwilliger Völkerschaften, mit den üblichen schwarzen Schafen, mit Neidhammeln und Leithammeln. Allem, was sein Gedankenfluß mit sich fortschwemmte, dem Großen und dem Kleinen, Erhabenen und Banalen, Tragischen und Komischen, gab der Staatsmann gleichen Rang. Nichts schien so schmerzhaft, daß es ihm den Schlaf würde rauben können. Die Welt nahm sich Zeit. Und der Kanzler nahm sich Zeit für die Welt. Was war alle Aufregung vor dem Atem der Geschichte! Solange er Kanzler war, war die Welt grundsätzlich in Ordnung, weil sie ihn Kanzler sein ließ.

Die Herrin der Schildkröten servierte dem Kanzler wortlos eine weitere Portion, zwei Kugeln, gekrönt von einem Schneckenhaus aus Sahne!

»Sie wollen wirklich kein Eis?«

»Nein, wirklich nicht«, lehnte Anton ab. Eis schlage bei ihm sofort an.

Ein Fehler! Anton bemerkte es im selben Augenblick. Ein merkwürdig harter Blick traf ihn, ehe sich der Kanzler über die Süßspeise hermachte.

Anton erinnerte sich, in einem Buch etwas über den Zusammenhang von Verdauung und Macht gelesen zu haben. Antje hatte es ihm geschenkt. Alles, was gegessen werde, hieß es dort, sei Gegenstand der Macht. Der Autor – es war, fiel Anton ein, Elias Canetti – berichtete von Stämmen, die sich Vielfraße zu Häuptlingen wählten. Deren Appetit erschien ihnen als Garantie dafür, daß sie selber nie Hunger leiden würden. Wen der Häuptling Vielfraß zu Tisch bat, genoß ein Privileg. Aß man nicht, was er einem vorsetzte, beging man eine grobe Respektlosigkeit.

In seinem Rundflug durch Raum und Zeit streifte der Kanzler die Opposition. Er löffelte und genoß, und seine Augen funkelten zwischen väterlicher Milde und höllischem Vergnügen. Es war ihm sogar gelungen, sich seinen Herausforderer selbst auszusuchen. Immer wieder hatte er geschickt denjenigen unter den Kanzlerkandidatenkandidaten gelobt und zu vertraulichen Gesprächen empfangen, der ihn am meisten bewunderte und sogar ihn, das Original, zu imitieren schien.

Der Kanzler leckte den Löffel ab und wischte sich den Mund mit dem Tuch ab, das er dazu aus der Hosentasche zog.

»Schön, Sie so munter gesehen zu haben. Alles Gute.«

Er reichte Anton die Hand über den Tisch.

»Und grüßen Sie Freund Pflüglin herzlich von mir.«

Anton war so verdutzt, daß er sitzen blieb.

»Was die ›Freunde des Golfsports‹ angeht . . .«, stammelte er.

»Ja. Was?«

». . . . sie machen mir Sorgen.«

»So heiß wird nichts gegessen, wie es auf den Tisch kommt.«

»Offen gesagt«, setzte Anton nach, »geht es den ›Freunden des Golfsports‹ gar nicht um Golf.«

»Na endlich«, sagte der Kanzler, »sind Sie vernünftig geworden.«

Das ärgerte Anton. Ernst nehmen könnte ihn diese Schlingpflanze wenigstens! Seinetwegen hatte er sich im Zwielicht eingerichtet.

»Sie proben den Aufstand!« sagte Anton. Er schrie es fast.

Der Kanzler lächelte nachsichtig.

Wenigstens hört er jetzt zu, dachte Anton. Er mußte sich beeilen; jeder Satz, den er sprach, konnte der letzte gewesen sein.

Eine Clique Prominenter habe sich zusammengerottet, getarnt als Verein von Golfenthusiasten. Aufrührerische, umstürzlerische Reden würden gehalten. Ja, man habe sogar die Gründung einer Partei erwogen.

»Erwogen?« Eine abwinkende Geste des Kanzlers.

Anton zitierte prägnante Sätze, die er sich notiert hatte. »Warum machen wir uns keinen Kanzler?« hatte Kotemat gefordert.

»Amateur«, brummte der Kanzler.

Das Attentat im Museum, nun wahrlich kein Jux, hatten einige der Herren geradezu begrüßt.

Der Kanzler wechselte mit der Fernbedienung das Fernsehprogramm, das die ganze Zeit zum Brandenburgischen Konzert gelaufen war.

Roß und Reiter nannte Anton. Namen, las er in des Kanzlers Augen, interessierten den mehr als Zitate. Argenthal, der Dichter, Grobenzell, der Theaterintendant, waren ihm wegwerfende Bewegungen wert. Der Erzbischof solle sich »um seinen eigenen Verein« kümmern. Stoltz und von Schwalm, die Unternehmer, galten ihm als »größenwahnsinnig« und Kreuzritter Hildenstein als »verklemmter Patentkatholik«.

»Herr Bundeskanzler«, sagte Anton, »es besteht der dringende Verdacht, daß hinter der RAF die ›Freunde des Golfsports‹ stehen.«

»Hinter wem?«

»RAF. Recht auf Fortschritt.«

»Das Recht hätte ich auch gern«, klagte der Kanzler.

Es gebe Anlaß zur Besorgnis, insistierte Anton. »Der nächste Anschlag gilt Ihnen, dem Kanzler!«

Der Kanzler wirkte jetzt tatsächlich sehr entrüstet.

»Sehen Sie sich diese Verbrecher an! Das kommt davon, wenn man auf dem rechten Auge blind ist.«

Die Nachrichten zeigten gerade Bilder aus Oregon, wo Rechtsradikale ein Regierungsgebäude in die Luft gebombt hatten.

Anton schwieg. Es war besser, zu warten, bis das heute-journal vorbei war. Erdbeben in Japan. Streit um Fischgründe vor Neufundland. Dieser Kanzler nahm wahrscheinlich auch noch das Kulturstück am Ende mit.

»Und Molke? Was ist mit dem?« platzte er mitten ins Wetter. »Macht der auch mit bei eurer Revolution?«

Anton hatte diesen Namen bisher nicht erwähnt.

Was die Politik angehe, halte Molke sich zurück, jedenfalls im Kreis der Golffreunde, antwortete er wahrheitsgemäß.

»Hat allen Grund, sich zurückzuhalten. Ihr habt in der Kommission dafür gesorgt, daß er nicht übermütig wird. Gut gemacht, Sommer!«

Der Kanzler kommentierte offenbar die Reichstagsaffäre. Folgte man dem Artikel in dem Blatt, daß der Kanzler angeblich niemals las, war Molke, nachdem er den Auftrag für den Reichstag verloren hatte, nicht leer ausgegangen. Die Baukommission, für deren Arbeit der Kanzler Anton lobte, hatte dazu allerdings nichts beigetragen.

»Es könnte sein«, sagte Anton, »daß Molke den Tod Schmid-Selbelangs auf dem Gewissen hat.«

»Überlassen Sie das doch besser der Polizei. Noch ein Rat von mir. ›Kälte ist zu empfehlen, wo es anrüchig wird. Es geht sich leichter über gefrorenen Schlamm.‹ Wissen Sie, von wem das ist? Ernst Jünger. Nehmen Sie sich das zu Herzen! Den Spruch, nicht den Fall!«

Der Kanzler stand auf, um seinen Besucher durch das Vorzimmer bis zum Treppenhaus zu geleiten. Im Vorübergehen griff er nach einer der Schildkröten aus Ebenholz.

»Bewundernswerte Viecher. Werden über hundert Jahre alt. Übrigens sehen wir uns bald.«

»Kommen Sie doch zum Landesparteitag?« fragte Anton.

»Bei den ›Freunden des Golfsports‹ natürlich. Euer Präsident war gestern da. Sie kommen doch auch!«

Anton erstarrte. Des Kanzlers Absicht war lebensgefährlich.

»Man muß mit den Leuten nur reden«, sagte der Kanzler.

STRICKWAREN IN RAUCHGLAS

Ein gelassener Kanzler entließ einen fassungslosen Abgeordneten. Anton war überwältigt von dessen Unerschrockenheit, die an Tollkühnheit grenzte. Womöglich hielt der Kanzler sich für unverwundbar. Offenbar glaubte er daran, seine Feinde durch die Kraft seiner Rede für sich gewinnen zu können. Was das betraf, überschnitten sich Arglosigkeit und Selbstüberschätzung.

Beeindruckt war Anton und zugleich schwer enttäuscht. Er hatte seinen Auftrag gewissenhaft ausgeführt, um festzustellen, daß seine Dienste nicht geschätzt wurden.

Nicht oder nicht mehr? Wer oder was hatte den Gesinnungswandel des Kanzlers bewirkt? Anton fand keine schlüssige Antwort.

Die Lage hatte sich nicht entspannt, seit der Kanzler ihn zur Beobachtung der »Freunde des Golfsports« aufgefordert hatte. Er war nicht fähig oder nicht willens, den Anschlag im Museum richtig zu bewerten. Der mächtigste Deutsche nahm die Drohungen der RAF nicht ernst. Hätte er sonst die Einladung angenommen, die ihm Kotemat und Argenthal überbracht hatten?

Was trieb den Überbeschäftigten, einige Stunden seiner Arbeitskraft einem Häuflein politischer Phantasten zu widmen? Sie waren nicht ohne Einfluß, gewiß, doch der Kanzler wertete sie mit seinem Besuch auf.

Hatte er zugesagt, um die Verschwörer aus der Ecke der Konspiration heraus ans Licht der Öffentlichkeit zu treiben?

Weshalb war den Golffreunden der Besuch des Kanzlers am Ende wichtiger als alle Geheimniskrämerei? Die einzige Antwort, die Anton einfiel: Der Bonner Herrscher hatte ihnen nichts anderes zu bieten als die Gelegenheit zu einem Attentat?

Anton sah keinen Sinn mehr, die Golffreunde länger auszuspähen, es sei denn, er käme dadurch im Fall Frank weiter. Fest stand bisher nur, daß er nicht eines natürlichen Todes, sondern an Gift gestorben war. Die Staatsanwaltschaft tendierte aus reiner Bequemlichkeit zu der Auffassung, Frank habe sich selbst umgebracht. Damit konnte und wollte sich Anton nicht abfinden. Das hatte Frank nicht verdient.

Es konnte Zufall sein, daß sich alle Spuren bei den »Freunden des Golfsports« kreuzten. Vielleicht fanden sich die Hintermänner der schönen Terroristin tatsächlich im Kreis dieser blendenden Gesellschaft.

Wo stand Gisi?

Gisi! Das war der Name der Wunde, die Anton peinigte, mehr als alle Verletzungen, die Ellen ihm zugefügt hatte. Noch wehrte Anton sich und hoffte, alles werde sich als dummer Zufall herausstellen. Ihr Tick, aufs Klo zu rennen, wenn es spannend wurde: Eine schwache Blase war es, nichts sonst! Die Zeichnung des Plenarsaals: Kunst – nichts sonst!

Was konnte Anton tun? Was bewirken?

Nicht einmal dort bewegte er etwas, wo es seine Aufgabe war. Wer hatte denn verhindert, daß sich Stasikapital beim Bau des Reichstags verzinste? Die Baukommission des Bundestags etwa, der Anton angehörte? Nichts da, Neuss hatte es verhindert, Neuss, das Schwein, und dessen Informanten, niemand sonst.

Nachts um halb elf verließ Anton das Kanzleramt. Kaum war er zu Hause, klingelte das Telefon. Antje konnte es kaum erwarten, über die Audienz Genaueres zu hören.

Bester Stimmung habe der Kanzler vier Kugeln Schokoladeeis verdrückt.

»Das war alles?«

»Alles. Wenn ich nur wüßte, was ich davon halten soll!«

Im Hintergrund hörte Anton Musik. Schon wieder eines dieser totgenudelten Brandenburgischen Konzerte. Rolf schien ein Kerl mit schrecklichem Geschmack zu sein.

»Sprich mit Neuss«, sagte Antje.

Anton zog ein Gesicht.

»Sprich mit ihm. Mit Neuss zu sprechen, muß nicht gleich heißen, ihm alles zu sagen.«

Es war nicht ratsam, sich auf dem Territorium Bonn oder Bad Godesberg zu vertraulichen Gesprächen in irgendeiner Gaststätte zu treffen. Praktisch in jedem Lokal saß immer jemand aus der Szene, der nichts anderes zu tun hatte, als herumzuerzählen, wen er mit wem wo gesehen hätte. Vermutlich war das der einzige triftige Grund dafür, Regierung und Parlament nach Berlin zu verbannen. Jedenfalls der einzige Grund, den Anton plausibel fand.

Er wechselte das Rheinufer. Vor Königswinter lag eine schmale Insel, über eine Fußgängerbrücke erreichbar. Es gab dort ein kleines Restaurant mit guter Küche. Neuss saß am Fenster und sah auf den flaschengrünen Flußarm hinaus, in dem sich die hohen Bäume und die Mittagssonne spiegelten. Hier kamen keine Schiffe vorbei, sie fuhren jenseits einer zweiten Insel im Strom, Nonnenwerth, auf die Anton und Neuss blickten.

Der Journalist bestellte nur Salat und Mineralwasser, obwohl die Zeche auf sein Spesenkonto ging. Anton nahm auch nur etwas Kleines. Die Gänseleber wählte er. Nicht lange herumreden wolle er. Die Story um den Reichstagsbau sei ordentlich recherchiert und alles in allem hilfreich. Er stehe nicht an, das neidlos anzuerkennen.

Neuss deutete eine lässige Verbeugung an.

Anton stellte ein paar Fragen. Es ging ihm darum auszuloten, ob Neuss mehr wußte, als er geschrieben hatte, mehr wußte als er selbst. Wer war Mintzel wirklich? Nur der Schwager des Stasimajors? Wer war der französische Investor, dem Mintzel, glaubte man dem Anwalt Schulz, seine Anteile an der Fonty GmbH abgegeben hatte? Mintzels Geld steckte doch bestimmt nicht nur in der Fonty GmbH, sondern auch in der Effi GmbH und der Jenny Immobilien GmbH! Hatte Neuss Irina angezapft? Welche Quellen sonst noch?

Anton fragte, erhielt aber keine Antwort, denn die Rollen waren anders verteilt. Nicht Neuss hatte zu liefern, sondern Anton. Aus Freundlichkeit gab der Reporter kleine Münze. Molkes und Mintzels Wohnungen seien von der Staatsanwaltschaft durchsucht worden.

»Vermutlich auch die in der Berliner Straße?« fragte Anton.

Es klingelte nicht bei Neuss.

»Mintzel hat eine Wohnung in einer hübsch renovierten Villa in Potsdam, Berliner Straße 41. Was sagt Ihnen die Adresse?«

Nichts sagte sie.

»Dort sitzt die Effi GmbH.«

»Interessant.«

»Und in der zweiten Etage wohnte ein lieber Kollege, der leider verstarb.«

Neuss kritzelte etwas in einen winzigen Spiralblock.

»Wohnte Schmid-Selbelang nicht in Berlin?«

Anton setzte eine Kunstpause.

»Soviel ich weiß, wohnte er nicht nur in Potsdam«, sagte er.

Auf dem Schlauch stand Neuss. Anton kostete es aus.

Neuss leckte sich die Lippen. »Wie hat Söhnlein auf die Story reagiert«, wollte er wissen.

»He was not amused«, sagte Anton.

Das gefiel Neuss.

»Molke?« bohrte er, »hat der sich gemeldet?«

»Hat er. Passen Sie auf. Was ich Ihnen jetzt zum Fraß vorwerfe, ist top-secret. Molke hat gejammert, die Euroconstruct wolle ihn regreßpflichtig machen. Er hat sich richtig leid getan. Nicht mir, verstehen Sie! Auch nicht der Baukommission! Aber einigen Menschenfreunden in der Regierung hat Molke wirklich leid getan. Also haben sie ihn getröstet.«

»Wie?«

»Berlin ist groß. Die Regierung ist groß. Es muß nicht unbedingt der Reichstag sein. Molke baut eben was anderes um. Sagen wir mal, das Auswärtige Amt.«

»Da gibt's doch auch ein Ausschreibungsverfahren.«

»Wo ein Wille ist, ist auch ein Weg.«

Anton vermutete, Neuss würde gleich nach ihrem Treffen Unterberg anrufen oder denjenigen, der seine Quelle in der Baubehörde war.

Neuss wiederum fragte sich, weshalb ihm der Abgeordnete Sommer die Story erzählte. Er hatte Anton im Verdacht, Sand in die Umbau- und damit Umzugspläne streuen zu wollen und ihn dabei zu benutzen; schließlich galt Anton als Mitglied der Bonn-Partei. Es kam meistens auf das Motiv an, wenn eine Quelle sprudelte. Aber Anton dachte gar nicht daran, Neuss mehr zu geben, als er selbst von ihm bekommen konnte. Er hielt den nächsten Wurm ins Wasser.

»Ich erwähnte vorhin, Schmid-Selbelang wohnte nicht nur in Potsdam.«

»Wer wohnt schon gern nur in Potsdam!«

»Aber das ist eine andere Geschichte. Sie hat nichts mit dem Reichstag zu tun, auch wenn sie noch interessanter ist.«

Mehr war aus Anton nicht herauszubekommen.

Am frühen Abend meldete sich Neuss erneut. Sie verabredeten sich für den nächsten Tag im Haus der Geschichte, gegenüber dem Kanzleramt. Zwischen Schulklassen und Touristen hofften sie unerkannt miteinander sprechen zu können. Treffpunkt: Alter Plenarsaal.

Es kostete noch nicht einmal Eintritt. Anton brauchte einige Minuten, um durch den Irrgarten der Trümmerfrauenzeit hindurchzufinden. Eine Aufseherin wies ihm den Weg durch den Bauch eines Rosinenbombers. Neuss stand am Rednerpult aus schwarzem Holz vor dem Originaladler und las in einer Rede Adenauers, die neben der roten Warnlampe mit der Aufschrift »Präsident« auslag. Die Reihen der Schwingstühle mit abgewetzten grünen Lederklappsitzen und verschließbaren Klappulten waren von einer Horde Halbwüchsiger belagert, die auf ihnen herumkippelten und herumknutschten, während der Sozialkundelehrer die Würde des Hauses durchnahm.

»Kommen Sie!« sagte Neuss.

Der größere Teil der Schulklasse war der Geschichte schon vorausgeeilt zum Dreihunderter Adenauers mit dem amtlichen Kennzeichen O-OO2 zum Anschaffungspreis von zwanzigtausend Mark. Aus dem Fenster des Beifahrersitzes guckte ein Monitor, auf dem alte Wochenschaubilder liefen. Überall in dieser republikanischen Rumpelkammer standen Monitore. Zügig durchquerte Anton mit Neuss die Wiederaufbau- und die Wirtschaftswunderjahre. Stetig ging es aufwärts, vorbei am Steiff-Teddy, am Märklin-Metallbaukasten, am Telefunken-Radio Bajazzo, der BMW-Isetta, Reklameschildern und Staatsverträgen, Wahlergebnissen und Wirtschaftsbilanzen, Sportgrößen und Parteibonzen. Allerlei war Einerlei in Kanzlerland, eine Mischung aus Geisterbahn und Disneyland. Die Raumfahrt: eine silbern glänzende Rampe ins multimediale All. Fahndungsplakate aus den Siebzigern, Souvenirs der sozialliberalen Jahre und endlich, unter dem Dach schon, ein babyblauer Trabant, zwei Mauerstücke und eine Vitrine aus Rauchglas. Zwei aus Baumstämmen geschlagene Sitzmöbel aus dem Kaukasus standen darin und der berühmte Zipfel des Mantels der Geschichte: Strickware von den Leibern der Staatsmänner, sorgfältig zusammengefaltet. Hier endlich fanden Anton und der Reporter Ruhe.

»Was ich Ihnen jetzt zu sagen habe, kann die Republik erschüttern«, begann Anton.

»Wir sind nicht kleinlich«, antwortete Neuss.

»Nehmen wir an«, sagte Anton, »Sie erfahren von mir, wer hinter dem Anschlag im Museum steckt.«

»Nehmen wir an, Sie wollen nicht zitiert werden. Schwierig zu sagen, was wir mit Ihren natürlich exklusiven Informationen anfangen können. Wir brauchen Beweise. Sagen wir fünfzigtausend.«

Anton strich mit der Hand versonnen über die Rauchglasscheibe.

»Sie haben mich nicht richtig verstanden«, sagte er.

»Ich kann höchstens bis siebzig gehen.«

»Hören Sie, ich verkaufe Ihnen einen Hammer. Dafür erwarte ich etwas anderes.«

»Gut«, antwortete Neuss. »Sie zeigen mir Ihren Hammer, und ich rede danach mit dem Chef. Daran soll es nicht scheitern.«

Der Fall entwickelte sich allmählich für Anton zu einer hübschen Einnahmequelle.

»Es geht mir nicht um Geld«, sagte er, »sondern darum, Schaden von der Bundesrepublik zu wenden.«

»Versteht sich.«

»Es gibt konkrete Hinweise darauf, daß ein weiterer Anschlag auf höchste Repräsentanten des Staates geplant war und vermutlich noch immer geplant ist.«

»O. k. Sagen wir hundert.«

»Ich weiß nicht, wie ich Ihnen erklären soll...«

»Als Anzahlung.«

Neuss zog aus der Innentasche seines Sakkos ein Scheckheft.

»Erst sind Sie dran«, sagte er.

Wo fing Anton seine Geschichte an? Am besten mit Gisi. Wie er sie kennengelernt hatte. Besser nicht! Seine Rolle im Spiel ging Neuss nichts an. Das Schwein sollte etwas tun für sein Geld, man mußte ihm nicht gleich alles auf die Nase binden.

Hinter dem Anschlag im Museum stehe eine Gruppe Intellektueller und Unternehmer, berichtete Anton. Klangvolle Namen. Gezündet habe die Blendgranate eine junge Ostdeutsche. Er kenne sie persönlich. Woher er sie kenne, gehöre nicht zur Sache. Diese Person habe er vor einigen Tagen im Bundeshaus wiedergesehen, auf dem Weg zur Besuchertribüne. Erschrokken sei er ihr gefolgt, habe sie zur Rede gestellt. Daraufhin habe sie fluchtartig das Haus verlassen. Daran, was sie vorgehabt habe, sei ja wohl nicht zu zweifeln.

Es klang phantastisch. Es klang nach mehr. Neuss hatte tausend Fragen.

Woher wußte Anton, wer die Tat im Museum ausgeführt hatte? Weshalb hatte er es nicht längst den Behörden erzählt? Wie konnte er wissen, was die Frau im Bundestag tatsächlich vorgehabt hatte? Wer waren ihre Auftraggeber, was hatten sie bezweckt? Was hatte Anton mit ihnen und was mit der Frau zu schaffen? Weshalb glaubte er an ein weiteres Attentat? Etwa auf den Kanzler?

Antons Antworten gaben Neuss neue Rätsel auf. Entweder wollte der Abgeordnete nicht mit der ganzen Geschichte herausrücken, litt an Wahnvorstellungen, oder er brauchte Geld. Oder beides. Ohne Beweise konnte Neuss jedenfalls nicht viel mit Antons Geschichten anfangen.

Anton versprach Beweise. Beweise gegen den Scheck.

Der Beweis, den Antje zwei Stunden später im Büro des Reporters ablieferte, war eine Fotokopie der Skizze, die Gisi vom Plenarsaal gemacht hatte, genauer gesagt, das, was Anton für eine Skizze des Plenarsaals hielt.

»Wir prüfen das«, versprach Neuss. »Dann kommt der Scheck.«

Der Scheck kam nicht. Antje fragte zwei Tage später nach. Wer ihm einen solchen Bären aufbinden wolle, müsse bedeutend früher aufstehen, sagte Neuss und legte grußlos auf.

KOPF UND ARSCH

Schick meine Sachen, wenn du kannst.«

Das war alles, was Anton in den nächsten zwei Wochen von Gisi hörte. Der Satz, nichts als dieser Satz, stand auf einer Postkarte, eingeworfen in Berlin. Gisi lebte also in der Hauptstadt, unbehelligt wie es schien.

In wenigen Tagen würde der Kanzler bei den »Freunden des Golfsports« auftreten und sich in Höllengefahr begeben. Anton wußte es und konnte nichts dagegen tun. Man nahm ihn einfach nicht ernst, der Kanzler ohnehin nicht, und nicht einmal Neuss. Es war zum Verzweifeln.

Ferner zum Verzweifeln waren seine Golfkünste. Wochenlang hatte er geglaubt, sein Spiel stehe unmittelbar und endgültig vor dem Durchbruch, es sei nur noch eine Frage der nächsten Gelegenheit. Statt des Durchbruchs schlichen sich immer neue Fehler ein, auf die Anton zuvor nie gekommen war. Tage gab es, da flogen die Bälle wie verabredet zu weit nach links, an anderen Tagen wiederum drehten sie nach rechts. Wozu ließ er sich seit Wochen demütigen von elenden fünfundvierzig Komma dreiundneunzig Gramm Höchstgewicht!

Ehrliche Antwort? Genau deshalb. Solange der Ball ihn demütigte, durfte er nicht aufstecken. Es wäre ja noch schöner, wenn er sich von einem lumpigen Ball sein Hobby vermiesen ließe. Es gelang ihm ja auch immer wieder, den einen oder anderen Fehler auszumerzen. Nur Geduld! An keinem Tag mißlang alles. Der Tag würde kommen, an dem ihm alles gelang. Er mußte sich nur den Schlag in mentaler Zeitlupe immer wieder neu vergegenwärtigen und jedesmal vor dem Schlagen den Bewegungsablauf ohne Ball proben. Es handelte sich um das aus der Politik bekannte Problem des Unterschieds zwischen Theorie und Praxis. Ohne Ball gelangen die Schläge geradezu perfekt. Kam der Ball ins Spiel, machte er Anton lächerlich.

Der beschwor den Spielverderber mit seinem Mantra. Nice and smooth. Aber so smooth er auch immer schlug, dem Fiesling war es scheißegal.

»Blödes Biotop«, schrie Anton und hackte sein Fünfereisen vor Wut durch die Grasnarbe in den märkischen Sand.

»Nice and smooth«, höhnte Pflüglin.

Weshalb hatte er ihm von seinem Selbstberuhigungsritual bloß erzählt, ärgerte sich Anton.

Biotope waren die Zugeständnisse, die die Golfplatzerbauer den Naturschutzbehörden machten, um sich der üblichen Proteste zu erwehren. Es waren Streifen zwischen den Spielbahnen, in die niemand seinen Fuß setzen durfte, die mit schwarzen Pfählen gekennzeichnet waren und Bälle fraßen.

»Deine Hüften sind steif«, monierte Pflüglin.

Recht hatte er. Er durfte nicht wie einbetoniert stehenbleiben beim Schlag, sondern mußte sein Hinterteil herumschwenken. Golf war nicht bloß was für den Kopf. Sein Mantra half nicht, weil Anton die Hüften vernachlässigte. Auf Kopf und Hüften kam es an. Also ein neues Mantra: »Kopf-und-Arsch«. Es klang besser als dieses dämliche »Nice-and-smooth«.

»Kopf-und-Arsch.«

»Es geht doch«, sagte Pflüglin.

Noch besser als Antons neues Mantra war der Frühlingstag. Welch ein Glück, an solch einem Tag Golf spielen zu dürfen in dieser traumhaft »harmonischen, weltoffenen Anlage, die sich der großen Tradition der Gartenlandschaften Potsdams und Berlins verpflichtet fühlt. Nicht elitär, nicht exklusiv, aber erstklassig. Mit einem Wort: good sports und good living.« Die

Broschüre, die Kotemat verteilt hatte, übertrieb nicht. Es war tatsächlich eine »Landschaft von ruhigem Reiz, verträumten Wäldern, Sandflächen und einem Boden, der für die Landwirtschaft von jeher zu arm war«, jedoch Platz genug bot für einen 18-Loch-Meisterschaftsplatz mit all seinen Biotopen, für »Villen und Wohnungen mit tiefgezogenen Dächern und Sprossenfenstern, inspiriert vom Stil französischer Landsitze«.

Am Abend sollte der Auftritt des Kanzlers folgen.

Anton ging mit Pflüglin allein, darum hatte er seinen Förderer gebeten. Nach den ersten neun Löchern, als sie sich jeder einen Mineraldrink aus dem Automaten zogen und eine kurze Pause einlegten, hatte Anton noch immer nicht den richtigen Einstieg in das unausweichliche Gespräch gefunden.

Pflüglin machte es ihm leichter.

»Wie geht es Gisi?«

»Weiß nicht.« Es war die Wahrheit.

»Wenn es irgend etwas gibt, was dich drückt und wobei ich dir helfen könnte, schieß los.«

Eigentlich sei es kaum der Rede wert, sagte Anton. Nur verstehe er nicht, weshalb der Kanzler von den Freunden regelrecht hofiert werde. Er empfinde das als ebenso überflüssig wie scheinheilig.

»Kann ich gut verstehen«, nickte Pflüglin. Er müsse nicht betonen, wie sehr er Antons Wut darüber teile, daß die Regierung das Land verschlampen lasse. Andererseits könne man dem Kanzler nicht auch noch vorwerfen, daß er sich für seine Kritiker Zeit nehme.

Die Erklärung genügte Anton nicht.

»Erst wollt ihr ihn stürzen, dann ladet ihr ihn ein. Das paßt nicht!«

»Wieso nicht? Wir werden ihm unsere Meinung nicht verheimlichen.«

»Da bin ich aber gespannt auf die Helden«, sagte Anton.

»Im Prinzip hast du recht«, gab Pflüglin zu. »Wenn es darauf ankommt, bleiben sie lieber in Deckung. Sie können halt ihre Kinderstube nicht vergessen.«

»Und wollen ihren guten Draht nach oben nicht riskieren. Klugscheißer wissen immer gute Gründe, warum sie den Mund halten.«

»Warten wir's ab.«

Alles durfte Anton, nur nicht abwarten. Es gab Anlaß zu befürchten, daß heute abend nicht nur nett geplaudert oder vielleicht sogar ein wenig gestritten wurde.

»Hubertus!«

Pflüglin studierte die Tafel mit dem Plan des zehnten Lochs.

»Wird heute Feuer gemacht?«

Pflüglin schien nicht zu begreifen.

»Die ihr euch selbstgerecht eingerichtet habt, euch werden wir richten! Es ist die Ankündigung der RAF. So nennen sich neuerdings die Freunde des Golfsports, nicht wahr?«

Pflüglin schraubte sorgfältig die Kappe auf seine Mineraldrinkflasche und verstaute sie in der Tasche.

Als er sich wieder aufrichtete, sagte er: »Ich weiß zwar nicht, wie du darauf kommst, Anton, aber ein ähnlicher Verdacht hat mich selbst tagelang beschäftigt, ja sogar gequält.«

Er holte seinen Driver aus dem Köcher, zog die kleine rote Pudelmütze mit dem weißen Bommel vom Schlägerkopf und ging zum Abschlag.

»Aber ich kann dich beruhigen, die ›Freunde des Golfsports‹ haben nichts mit dieser verrückten RAF zu tun.«

Pflüglins kraftvoller Probeschlag wirbelte ein loses Buchenblatt auf.

»Ich will offen sein, Anton. Vertrauen gegen Vertrauen. Unser Verein macht mir keine Sorgen.«

Ein zweiter Probeschlag enthauptete einen Wiesenchampignon.

»Aber vielleicht einige unserer Freunde.«

Nichts störte seine Konzentration, als Pflüglin das Tee in den

Boden steckte, den Ball darauf setzte und ohne lange zu fackeln schlug. Kerzengerade zog das Geschoß ab.

»Es war nur ein Dummerjungenstreich, mehr nicht«, sagte er.

»Und wer sind die dummen Jungen?«

»Es ist nur ein Verdacht. Ich will ihn nicht in die Welt setzen, es würde alles nur noch schlimmer machen. Du bist dran!«

»Du hättest die Polizei verständigen müssen«, sagte Anton.

»Dann könnten die Freunde des Golfsports einpacken. Und das Ansehen jedes einzelnen von uns wäre ruiniert. Die Medien würden uns in der Luft zerreißen. Zu Verschwörern würden sie uns alle machen.«

»Um einige wäre es nicht schade«, sagte Anton.

»Sag das nicht! Was sollen die Menschen denken, wenn sie den Besten nicht mehr vertrauen können!«

»Den Besten?«

»Bessere haben wir nicht«, antwortete Pflüglin.

»Es sind Nieten dabei, Spinner, Größenwahnsinnige.«

»Richtig. Aber das Volk wird uns alle über einen Kamm scheren. Deshalb müssen wir jetzt zusammenhalten.«

»Wer schützt den Kanzler heute abend?«

»Ich sage dir, Anton, es war ein Dummerjungenstreich, der sich nicht wiederholen wird.«

Anton schlug ab. Der Ball zog etwas nach links, bog aber genau dort nach rechts, wo auch der Fairway einen Knick nach rechts vorhatte.

»Bravissimo, mein Lieber.«

»Ich glaube, ich weiß, wer hinter dem Anschlag steckt«, sagte Anton.

»Ach!«

»Ich glaube, daß Gisi damit zu tun hat.«

»Hat sie dir das gesagt?«

»Es ist also so. Deine Reaktion bestätigt es mir. Du bist kein bißchen überrascht.«

»Gar nichts bestätige ich. Ich rate dir, dich herauszuhalten.«

»Wie soll ich mich heraushalten? Ich stecke mittendrin.«

Antons Ball lag in günstiger Entfernung zur Fahne.

»Sag mir, mußte Frank sterben, weil er zuviel wußte?«

»Vergiß es! Frank war längst tot, als die Granate ins Museum platzte, und ich sagte bereits, es war ein schlechter Scherz, kein Mordanschlag.«

»Ich glaube, Frank wußte Bescheid. Die Freunde des Golfsports, das wußte er, sind eine Art Loge, die Politik machen will. Mit allen Mitteln.«

»Phantast! Wir sind nicht in Italien, sondern mitten in Preußen. Hier herrschen Pflichtgefühl, Disziplin, Ehre und Patriotismus.«

»Eben«, sagte Anton.

Dann war Schweigen.

Das Loch spielte Anton überraschend erfolgreich mit einem Bogie zu Ende. Vermutlich lag es daran, daß er nicht mehr ans Golfspielen dachte. Am nächsten Tee schlug er zuerst ab.

»Kopf und Arsch.«

Der Ball fiel vom Tee. Versehentlich hatte er ihn mit dem Schläger touchiert. Anton bückte sich. In diesem Augenblick strich ein Ball scharf über seinen Kopf hinweg und rauschte in einen der nahen Büsche. Niemand hatte »Fore!« geschrien, wie es Vorschrift war, um andere Spieler vor fehlgeschlagenen Bällen zu warnen.

Erschrocken sah Anton sich um. Dort, wo der Ball hergekommen war, konnte er niemanden entdecken.

»Hast du das gesehen!«

Pflüglin entschuldigte sich. Er hatte gerade in seiner Tasche nach einem neuen Tee gesucht und nichts bemerkt.

Es blieb Anton nichts anderes übrig, als den Zwischenfall zu ignorieren. Es gelang ihm nicht. Sein verkorkster Abschlag sprang dem Ball hinterher, der ihn nur knapp verfehlt hatte. Im Gebüsch suchte er nach ihm. Seinen eigenen Ball fand er nicht, aber einen gelben Maxfli Nummer 2 mit dem aufgedruckten Wappen des Mid-Ocean-Golfclub Bermuda.

»Hätte ich mich nicht gebückt«, sagte er und zeigte Pflüglin das Beweisstück, »hätte der mich voll erwischt.«

»Mach dich nicht verrückt!«

Kopf und Arsch gaben sich alle Mühe, nicht verrückt zu spielen. Doch zu viele Fragen spukten in Antons Kopf herum.

»Wozu der Auftritt heute abend?«

»Er wird nicht gleich seine Politik ändern, weil er uns so unwiderstehlich findet. Aber er wird zuhören. Wir werden ihm unseren Sachverstand anbieten«, sagte Pflüglin.

»Kann es sein«, sagte Anton, »daß ein paar Leute verdammt stolz darauf sind, daß *er* ihnen die Ehre gibt?«

»Man soll über niemanden den Stab brechen, ehe man ihn nicht gehört hat«, belehrte ihn Pflüglin.

Also stand doch ein Tribunal bevor. Noch entspannten sich die selbsternannten Richter auf dem Golfplatz.

Zwei Löcher waren noch zu spielen, als ein giftiger Schmerz sich in Antons Nacken fraß.

Wieder hatte niemand »Fore!« gerufen. Wieder war niemand zu sehen.

Anton griff mit der Hand nach der heißen Stelle. Der Hals war praktisch nicht mehr zu bewegen.

»Das ist wirklich Pech«, sagte Pflüglin.

»Pech für wen?«

Anton fand, daß er noch einmal verdammtes Glück gehabt hatte. An einen Zufall glaubte er nicht. Das waren zwei Warnschüsse gewesen, wenn nicht ein Mordversuch.

STUNDE DES KANZLERS

Das protokollarische Vorspiel war nicht ohne Tücken gewesen.

Die schwierigste Frage: Wo sollte das Treffen stattfinden? Ein Besuch der »Freunde« im Kanzleramt kam nicht in Frage. Es hätte die informelle Begegnung unangemessen aufgewertet. Daran war keine der beiden Seiten interessiert. Auch wäre die Diskretion in Bonn nicht zu gewährleisten gewesen. Sie war ebenfalls Bedingung beider Seiten. Keine Presse! Nicht einmal eine Presseerklärung sollte herausgegeben werden. Die Idee, das Treffen auf Camillo Grubers Schloß in den Vogesen abzuhalten, war unter den Golffreunden favorisiert worden. Gruber hatte bereits genickt, als aus dem Kanzleramt verlautete, der Regierungschef wolle auf ausländischem Territorium keine innenpolitischen Angelegenheiten verhandelt wissen. Es war bedauerlich, auf Grubers Gutsweine verzichten zu müssen. Genausogut hätte sich das eine oder andere verschwiegene Kloster der Weinbaugebiete an Rhein und Mosel angeboten, aber der Vorschlag des Erzbischofs fand keine Zustimmung. Molke bot ein noch verschwiegeneres Schloß in Mecklenburg-Vorpommern an, das er kürzlich erworben hatte. Es sollte restauriert, zum Hotel erweitert und mit einem Golfplatz versehen werden. Schon jetzt besaß es die beste Küche im Umkreis von zweihundert Kilometern. Das Kanzleramt verwies indessen auf die ungünstige Verkehrslage; das Unternehmen koste Zeit genug. Schließlich einigte man sich kurzfristig auf das Clubhaus jenes Golfplatzes bei Potsdam, der ebenfalls zu Molkes Imperium zählte. Die Sicherheitsbedenken konnten ausgeräumt werden. Ohne jede Vorankündigung wurde das Clubhaus dringender Umbauarbeiten wegen kurzerhand geschlossen.

»Kein Gelage!« hatte der Kanzler befohlen. Es wurde, wie gewünscht, ein »schlichter Arbeitsimbiß« gereicht. Wie bei Staatsbanketten üblich, hatte man die Tische in der Form einer Mistgabel ausgerichtet. An der Quertafel saß der Ehrengast zur Rechten Präsident Kotemats. Zu seiner Linken war die einzige Dame plaziert.

Die Wilhelm trug, was nicht nur Anton auffiel, keinen einzigen goldenen Knopf mehr am Leib, sondern ein elegant geschnittenes graues Kostüm. Neben ihr Molke, gewissermaßen Hausherr, zumindest spendabler Sponsor des Ereignisses. Der große Schlofeld nahm den zweiten ehrenvollen Platz neben Kotemat ein. Außerdem saßen an der Stirnseite Gruber und Göttlich und der Erzbischof. Alle anderen verteilten sich auf die drei rechtwinklig anschließenden Tische. Sah man vom Begleitpersonal des Kanzlers ab, waren gut vierzig Freunde versammelt, viele fehlten nicht.

Kotemat empfing den Kanzler kurz nach achtzehn Uhr an der Vorfahrt und führte ihn in den Saal. Alle erhoben sich von ihren Plätzen, spendeten allerdings keinen Beifall. Der Kanzler, gab Kotemat bekannt, habe eine Stunde zur Verfügung, deshalb werde gleich das Essen gereicht.

Viel zu sagen habe er nicht, begann der Kanzler. Er sei schließlich gekommen, um zuzuhören. Der Einladung sei er gern gefolgt, mit derart kompetenten, erfolgreichen und großartigen Persönlichkeiten zusammenzutreffen, habe nicht einmal er oft genug Gelegenheit. »Um nicht mißverstanden zu werden«: keineswegs falle er mit dieser Bemerkung in den Chor derjenigen ein, die mit Vorliebe das Mittelmaß der politischen Klasse beklagten. Von diesem Vorwurf halte er gar nichts.

»Wo bleiben sie denn, die Geistesgrößen, die Topmanager, die Besserwisser und Überflieger, die sich zu fein sind, den

Karren zu ziehen?« Er habe immer wieder politischen Talenten aus der Wirtschaft die Ochsentour erspart. Denn in der Tat dürfe man diesen Staat nicht den Parteien allein überlassen. »Wir brauchen die Besten für den bestmöglichen Staat. Wir alle müssen besser werden, wenn Deutschland konkurrenzfähig bleiben will.« In dieser Hinsicht seien die Freunde des Golfsports ein nachahmenswertes Vorbild. Wo sonst fänden die verschiedenartigsten Eliten des Landes zusammen? Da genau läge doch der Hase im Pfeffer. »Wir schotten uns ab, reden zu wenig miteinander, Manager, Politiker, Professoren.« Auseinander falle das Land in Gruppen mit ihren Interessen. »Lassen Sie uns heute einen gemeinsamen Schritt in die Zukunft machen. Ich bin dazu bereit.« Und das wolle er dann auch einmal sagen: Wenn er wüßte, die Damen und die Herren der Opposition hätten die Patentlösung für die Probleme, würde er lieber Golf spielen, »als mir im Amt die Nächte um die Ohren zu schlagen. Und jetzt guten Appetit«.

Etwas Heiterkeit, noch immer kein Beifall. Der sei, entschuldigte Kotemat, nicht üblich in diesem Kreis. Eine unnötige Entschuldigung, dachte Anton. Soviel er wußte, war der Kanzler der erste Gastredner, den es jemals in diesem Kreis gegeben hatte. Der Präsident bedankte sich für die offenen, durchaus auch selbstkritischen Worte. Im übrigen wolle er dem Kanzler gern behilflich sein, falls er ernsthaft am Golfsport interessiert sei.

Mehr Heiterkeit an dieser Stelle, selbst der Kanzler lachte mit.

Ein halbes Dutzend Kellner servierten die Teller, gefüllt mit Fasanenbrüstchen auf Champagnerkraut.

»Sei mir gegrüßt, mein Sauerkraut, holdselig sind deine Gerüche«, rief der Kanzler.

Geradezu als ausgelassen hätte man jetzt die Stimmung bezeichnen können.

»Heinrich Heine!« parierte Argenthal.

Ein breites Grinsen verströmend, genoß der Kanzler, daß ihm der Dichter das Zitat nicht zugetraut hatte.

Von Schwalm drängte es als ersten zur Wortmeldung. Das war er sich als Sozialdemokrat ebenso schuldig wie als Bundesminister a. D. So begannen seine Worte mit der Anrede: »Verehrter Herr Kollege Bundeskanzler.« Nein, stimmte er dem Kanzler zu, die Sozialdemokraten hätten mitnichten ein Patentrezept, keiner wisse das besser als er, und niemanden schmerze es mehr als ihn. Man könne ja über die Rückständigkeit der Regierung gerne lamentieren. Nur leider sei der Rückstand der Sozialdemokraten noch größer.

Der Kanzler lehnte sich zurück, keineswegs triumphal. Auch er machte sich, wie allgemein bekannt war, Sorgen über den Zustand seiner Gegner. Hier erfuhr er Bestätigung aus berufenem Munde.

Der große Schlofeld war an der Reihe, forderte die Erneuerung Europas im Zeichen der Vernunft. In wenigen Sätzen schlug er einen bewundernswert kühnen Bogen von Platon über Machiavelli zu Bismarck. Freilich wollte der Bogen so schnell kein Ende nehmen, weshalb sich Kotemat, angesichts zahlreicher weiterer Wortmeldungen genötigt sah, den großen Schlofeld zu bitten, zum Schluß zu kommen. Er gehorchte mitten im Satz und im Bewußtsein, daß wahre Größe sich gerade im Fragment manifestiere.

Pflüglin knüpfte an des Kanzlers Bemerkung an, man dürfe »den Staat nicht den Parteien überlassen«.

»Nicht den Parteien allein«, korrigierte ihn der Zitierte.

Pflüglin war damit einverstanden, obwohl Anton es aus seinem Mund schon anders gehört hatte.

Das Kanzlerwort vom Gemeinwohl griff Kreuzritter Hildenstein, »dankbar«, wie er sagte, auf, um es aus »der Sicht eines engagierten Christen« zu interpretieren und zu ergänzen.

»Frömmler«, zischte der Erzbischof. Er war zwar noch nicht an der Reihe, nahm sich aber das Recht zur Einmischung, »genau dazu«. Überhaupt gehe es nicht um Moral, sondern um schlichte Unfähigkeit der Verantwortlichen. Dummheit sei zwar keine Tugend, aber leider eben auch nicht moralisch verwerflich. »Wir können herumquatschen, soviel wir wollen, solange jeder Depp ernst genommen wird, wenn er nur ein paar Wählerstimmen mobilisieren kann.« Von Regieren könne man in dieser Gefälligkeitsdemokratie kaum sprechen. Regierungschefs seien bestenfalls noch eine Art Moderatoren, die Fragen stellten und gelegentlich jemandem ins Wort fielen.

»Darauf will ich gar nicht erst eingehen«, federte der Kanzler die Attacke ab. Schließlich sei er gekommen zu hören. Das mit dem Moderieren allerdings spreche ihm aus dem Herzen. »Ich habe das selbst schon ganz ähnlich formuliert.«

An dieser Stelle sah Molke der Wilhelm in die Augen, vielleicht, weil sie einmal eine Moderatorin gewesen war.

Göttlich wagte zu widersprechen. Er sei schließlich Moderator und sich des Unterschieds zwischen seinem eigenen und dem politischen Geschäft durchaus bewußt. Er wisse, wie sehr die Menschen sich geradezu nach Führern sehnten, freilich nicht nach kalter Autorität, sondern nach Wärmespendern, die zusammenführten. »Die Menschen sehnen sich nach Moderatoren«, rief er.

Der Dichter Argenthal fragte den Kanzler, was er vom Bekennerschreiben der RAF halte. Ob er ganz von der Hand weisen könne . . .

Kotemat klopfte mit dem Messerknauf mehrmals auf den Tisch. Er müsse schon sehr bitten! Ein Eishauch zog über die Versammlung. Argenthal hatte die Provokation übertrieben.

In Sekundenbruchteilen hatten sich auch die entspannten Züge des Kanzlers verhärtet und lösten sich, trotz der Harmlosigkeit der nachfolgenden Beiträge, erst wieder auf, als Kotemat ihm zum Abschied ein Geschenk überreichte. Zur Erinnerung bekam er ein Gemälde von kräftigen Farben, beinahe abstrakt, gemalt von einer jungen Ostberliner Künstlerin. Es vermittle, sagte der Präsident, die Faszination des Golfsports, Konzentration und Dynamik. Beides brauche man auch in der Politik.

Ehe der Kanzler das Haus verließ, zog er sich für einige Minuten mit Camillo Gruber in einen Nebenraum zurück.

»So ist er«, kommentierte Polly Insel. »Man kommt gegen ihn einfach nicht an.«

Stoltz, der Rüstungsunternehmer, fand seine Sprache wieder. Er habe nicht geglaubt, daß der Kanzler im persönlichen Gespräch einen, doch, doch, einen so überzeugenden Eindruck mache.

Und er habe es nicht für möglich gehalten, so der Theatermann Grobenzell, daß Menschen, die sich für den Bart des Propheten hielten, derart einseifen ließen.

»Sie meinen wohl sich selbst«, erregte sich Hildenstein.

»Sie meine ich, genau Sie! Hätten Sie sich wenigstens ein Beispiel am Erzbischof genommen. Der hat als einziger nicht gekniffen.«

»Was haben Sie denn beigetragen!« Insel kam Hildenstein zu Hilfe.

»Fast hätte ich gekotzt«, sagte Grobenzell. »Wir waren alle erbärmlich. Eine einmalige Gelegenheit haben wir uns entgehen lassen.«

Zwischenruf aus dem Hintergrund: »Sie waren erbärmlich!«

Hildensteins Stimme gewann an Höhe. Das lasse er sich nicht bieten. Hier sei es nicht um eine billige Show auf dem Theater gegangen, sondern um ein seriöses Gespräch über die Res publica. Ich für meinen Teil habe als Christ...«

»Oho!« schrie Grobenzell.

»Freunde!« Kotemat war aufgestanden und versuchte mit den Händen die Wogen zu glätten.

Von Schwalm war nicht mehr zu beruhigen. »Wir machen ein Theater, schlimmer als im Bundestag. Schämen sollten wir uns.«

»Hört, hört!« höhnte es aus dem Hintergrund.

»Keiner hat das Recht, sich zu beschweren, der selbst geschwiegen hat«, mischte sich Insel ein. »Aber machen wir uns, bitte sehr, nichts vor: Dieser Kanzler läuft nicht ins Messer. Dazu ist er viel zu clever.«

»Wer hätte denn zustoßen sollen?« interessierte sich Rechtsanwalt Schulz.

»Vielleicht Argenthal!« Das kam von Molke, und es klang böse.

Wieder ließ die Erregung den Deckel auf dem Topf tanzen, und Kotemat verbrannte sich die Finger. Kein Mensch mehr wollte auf ihn hören.

»Argenthal hat seine Blendgranaten vergessen!« schrie Göttlich in den Tumult.

Schwerfällig erhob sich der große Schlofeld zu einem Rettungsversuch.

»O Freunde, nicht diese Töne! Sondern laßt uns angenehmere anstimmen . . .«

». . . und freudenvollere!« rief Argenthal dazwischen. Er erntete dafür nur höhnische Kommentare.

»Laßt uns innehalten und fragen, wozu wir uns versammelt haben«, fuhr der große Schlofeld fort. »Es ist wohl niemand unter uns, der ernsthaft glaubte, der Staatsmann, der uns die Ehre seines Besuchs gab, sei in einer Stunde auf die Bahn der Weisheit und der Wahrheit zu führen. Dies hätten Götter nicht vermocht. Wir aber sind Sterbliche, Freunde! Richtet also nicht über die, die geredet haben, um des Redens willen; und richtet nicht über die anderen, die geschwiegen haben, um des Schweigens willen.« Dann wandte er sich an Argenthal. »Wir alle schätzen ihre blendenden Einfälle. Wir schätzen sie mehr und manchmal auch weniger. Aber Sie dürfen damit nicht das Ziel gefährden. So laßt mich euch die Zeilen des Dichters zurufen:

»Laufet, Brüder, eure Bahn,
Freudig wie ein Held zum Siegen.«

Irgendwie paßte das Zitat nicht. Der Wilhelm gefiel es nicht, weil wieder keine Rede von den Schwestern war. Einige Brüder knöchelten Beifall.

Was die Einschätzung des Kanzlers angehe, teile er des großen Schlofelds Ansicht, sagte Grobenzell. Genau deshalb müsse die Frage beantwortet werden, weshalb man ihn überhaupt eingeladen habe. Er sah Kotemat herausfordernd an.

Das Präsidium, stellte Kotemat fest, habe genau diese Frage ausführlich erörtert und einstimmig, er betone einstimmig, die Einladung begrüßt. »Auch wenn keiner von uns ernsthaft geglaubt hat, der Bundeskanzler werde sie annehmen. Es war ein Spiel.«

»Nicht nur ein Spiel«, ergänzte Argenthal. »Er sollte Gelegenheit bekommen, sich zu rechtfertigen, ehe wir ihn richten.«

»Richten!«

»Zum Totlachen!«

»Traumtänzer!«

»Wie lautet denn nun das Urteil?«

Kotemat hob wieder die Hände. »Die Anregung, den Kanzler einzuladen, kam von unserem Freund Argenthal!«

Der Tumult im Saal war nicht mehr zu dämpfen.

».... bitte meine Freunde! ... Als Präsident trage ich selbstverständlich die Verantwortung dafür. Ich stelle mein Amt zur Verfügung, wenn es gewünscht wird.«

Endlich verstummte die Erregung. Alle Augen richteten sich auf Camillo Gruber. Der reagierte nicht.

»Stimmen wir also ab«, sagte Kotemat. »Wer die Neuwahl des Präsidenten befürwortet, möge bitte die Hand heben.«

Wieder richteten sich alle Augen auf Gruber. Er streckte die Hand aus, hob das Glas und trank.

Keine Hand hob sich gegen Kotemat. So endete der Abend versöhnlich, jedenfalls schien es so.

DIE GESCHICHTE IST WASSERDICHT

Anton schmerzte der Nacken. Dunkelrot und dick geschwollen war die Stelle, an der ihn der Golfball getroffen hatte. Aus der Küche hatte er sich gleich nach dem Spiel in ein Tuch gewickelte Eiswürfel bringen lassen und die Verletzung gekühlt. Das Ergebnis war ein nasses Hemd, nicht aber ein beweglicherer Hals. Einige Golffreunde hatten Antons Nacken begutachtet. Er hatte sogar den Mutterinstinkt der Wilhelm erregt. Mitfühlend hatte sie an der unversehrten Seite des Halses herumgeknetet, Anton dabei das Gesicht verzogen und die Zähne zusammengebissen. Den Auftritt seines Kanzlers hatte er sich nicht entgehen lassen. Keines Blickes hatte der ihn gewürdigt, obwohl er ihn hätte sehen müssen.

Pflüglin nahm Anton im Wagen mit zurück nach Berlin. Gemeinsam waren sie gekommen und hatten beide ein Zimmer im Grandhotel Esplanade.

Die schlanken Zauberfinger Gisis würden seinem Nacken guttun, dachte Anton. Trotz allem, was geschehen war, trauerte er ihr nach. Er hatte sogar ihre Reisetasche mitgebracht und wollte sie am nächsten Tag auf den Prenzlauer Berg bringen.

Leider wohnte auch Irina nicht mehr in der Nähe. Gewiß hätte sie ihm Unterschlupf gewährt in seiner erbarmungswürdigen Lage. Ach Irina! Es sah ganz danach aus, als hätten Frank und er mehr Dinge gemeinsam als ihm lieb war. Nur eines hätte er Irina nicht gebeichtet: daß er Gisi von Frank übernommen hatte. Vielleicht hätte es Irina auch gutgetan, mehr über Gisis Verbindung zu Molke zu erfahren.

So brannte Anton das Herz mehr noch als der Nacken. Eine Nacht in Berlin zu verbringen, allein in einem Hotelzimmer, schmerzte mehr als ein dicker Hals. Davon hätte ihn nur eine Frau erlösen können, sei es Antje, Irina oder Gisi, die Abgeordnetenverschlingerin. Und dennoch war Antons Seelenschmerz nicht so groß, daß er nicht Pflüglins Einladung in Harry's Bar ausschlagen konnte. Dann lag er doch lieber allein im Zimmer.

Er hatte Mühe, den Golfsack zum Lift und vom Lift zum Zimmer zu schleppen. Als er die Tür nach innen drückte, wunderte er sich, daß Licht brannte. Er wuchtete das Bag in die Ecke und zog die Tür zu. Jetzt erst sah er die ganze Bescherung.

Sein Koffer lag aufgeklappt auf dem Bett, der Inhalt verstreut darum herum, auch auf dem Boden. Ob aus der Aktentasche etwas fehlte, vermochte er nicht mit einem Blick festzustellen. Die Tasche Gisis jedenfalls hatte sich verflüchtigt.

Wer in sein Zimmer eingedrungen war, konnte es jederzeit wieder tun, auch nachts, wenn Anton sich vor Schmerzen hin und her wälzte und nach Gisi sehnte. Die letzte Maschine nach Köln/Bonn um 21 Uhr 35 würde er nicht mehr bekommen, aber wenn er sich beeilte den Zug, versprach der Portier. Hastig packte Anton. Dabei stellte er fest, daß die Eindringlinge von seinen Sachen nichts hatten mitgehen lassen.

Die Nacht verbrachte der Abgeordnete im Schlafwagen nach Bonn. Er schloß die Augen, aber Rumpeln und Rucken gaben seinem Genick keine Chance. Buchstäblich gerädert kam er an.

Die Wohnungstür in Kessenich lehnte nur an. Sehr überraschte ihn das nicht. Vorsorglich duckte sich Anton hinter den Golfbag und lauschte. Kein Ton war zu hören. Vorsichtig öffnete er den Reißverschluß der Reisehülle, streifte sie ab und fischte das längste Eisen aus dem Köcher. Schlagbereit stürmte er die Wohnung.

Die Besucher waren etwas ordnungsliebender vorgegangen als im Esplanade. Erst beim Aufräumen merkte Anton, daß er den dicken Kalender vermißte, den er als eine Art Tagebuch benutzte, in dem er die wichtigsten Begegnungen, Sitzungsergebnisse, Vorgänge in Stichworten festhielt, jeden Tag eine Seite.

Nicht einmal in seinem Appartement war er also noch sicher. Gut bewacht war sein Bundeshausbüro. Notfalls hätte er dort einige Nächte auf der Couch verbringen können. Lieber wäre er bei Antje untergeschlüpft. Rolf hätte sich bedankt! Jetzt fehlte nur, daß seine Verfolger ihn auch noch im Wahlkreis beehrten und seinem Bruder, der ihn beherbergte, Scherereien machten.

Klaus war verschont geblieben, beruhigte er Anton telefonisch; allerdings war nachts in der Geschäftsstelle eingebrochen worden, in der Anton sein Wahlkreisbüro unterhielt. Ein weiterer Anruf bei Hupfauer ergab, daß vierhundertfünfzig Mark aus der Kasse fehlten. Mehr Geld sei nicht im Haus gewesen. Komischerweise habe der Dieb einen Ordner mit Spendenbelegen mitgehen lassen. Anton fand das gar nicht witzig, auch wenn ihn dieser Tatbestand nicht zusätzlich beunruhigte. Falls jemand beabsichtigte, ihn zu erpressen, brachte ihn das keinen Schritt weiter. Soweit Anton sich erinnerte, enthielt der Ordner nichts wirklich Kompromittierendes.

Anton hatte in seinem Leben selten unter Angstträumen gelitten. In der folgenden Nacht jedoch flog sein BMW in die Luft. Antje saß am Steuer. Am Morgen darauf, als Antje ihn abholte, zuckte er tatsächlich zusammen, als sie den Zündschlüssel umdrehte.

Es ging nicht länger an zuzusehen, wie ihn seine Widersacher zermürbten und am Ende vernichteten wie Frank.

Antje befühlte Antons Nacken. Es tat gut.

»Du bist einfach zu alt für so gefährliche Sportarten«, sagte sie einfühlsam.

Normalerweise hätte er ihr die Freundlichkeit auf der Stelle zurückgezahlt. Ihm war jedoch der Humor ausgegangen; restlos am Arsch sei er, ob sie es glaube oder nicht. Es fehlte nicht viel, und Anton wären die Tränen gekommen. Mitleid hatte er verdient, nicht Spott.

»Am besten wäre, du würdest ein paar Tage verschwinden. Ich weiß, daß das nicht geht.«

Sogar Antje war ratlos. Das hatte Anton noch nicht erlebt. Unsichtbar zu werden ist ein Kindertraum. In Wahrheit handelt der Traum davon, die Feinde einfach zu ignorieren, aus dem Sinn zu schaffen.

Die Vogel-Strauß-Methode ist nicht meine Art«, sagte Anton. »Ich werde zurückschlagen. Das einzige, was Molke wirklich haßt, sind Schlagzeilen.«

»Am Ende bekommst du die Schlagzeilen übergebraten«, sagte Antje.

Den Namen Neuss erwähnte Anton besser nicht. Antje würde ihn für lebensmüde erklären. Vielleicht war er tatsächlich lebensmüde. Es machte alles keinen Sinn. Er mußte eine Entscheidung herbeizwingen. So oder so.

»Wir sehen uns bei den Strickwaren, wann immer es Ihnen paßt?«

Es paßte Neuss nicht, heute nicht, morgen nicht.

»Hören Sie, es wurde auf mich geschossen!« Anton klang eine Spur zu flehentlich.

»Womit?«

»Golfbälle.«

»Einer hat Sie am Kopf getroffen, verstehe.«

Wie konnte er einem Ignoranten wie Neuss klarmachen, daß sein Leben tatsächlich in Gefahr war? Golfbälle konnten töten, das sollte ein Reporter wissen. Sie waren steinhart und schnell wie ein Auto. Jedes Jahr sterben Golfer an Schlägen aus kurzer Entfernung. Es sind Mißgeschicke, seltene Zufälle. Aber wer weiß schon, wie viele Fälle von Totschlag im Affekt sich in der Bilanz verstecken! Anton hatte gleich zwei Bälle (einen beinahe) in einem einzigen Spiel abbekommen, auf einem Golfplatz bei Potsdam, kurz vor dem Auftritt des Kanzlers.

Das war alles andere als komisch. Neuss nahm ihn nicht ernst, hielt ihn für einen durchgedrehten Wichtigtuer, schlimmstenfalls für einen Verrückten. Der Fall war verrückt, nicht Anton. Der Fall war, wie sie in der Parteizentrale sagen würden, nicht kommunizierbar. Und was nicht kommunizierbar war, hatte gar nicht stattgefunden. Wie aber sollte Anton das schwer Erklärbare erklären, wenn Neuss nicht bereit war zuzuhören?

»Was wollte der Kanzler in diesem Golfclub?«

»Es ist kein Club. Aber eins nach dem anderen.«

»Der Kanzler geht in einen Golfclub! Es graust ihm vor gar nichts mehr«, schüttelte sich der Reporter.

»Wenn ich Ihnen sagen würde, wem alles er in diesem Golfclub, wie Sie sagen, über den Weg lief, würden Sie staunen.«

»Tun Sie sich bloß keinen Zwang an.«

»Es bleibt unter uns?«

»Worauf Sie einen lassen können«, lockte Neuss.

»Molke zum Beispiel«, sagte Anton.

»Hübsch.«

»Sehen Sie!«

»Und sonst?«

»Bleiben wir bei Molke«, schlug Anton vor.

»Hat der auf Sie mit Bällen schießen lassen?«

Das könne er nicht beweisen, allenfalls vermuten, sagte Anton.

»Molke schießt gewöhnlich mit Immobilien«, sagte Neuss. »Sollte mich wundern, wenn er auf Golfbälle umgestiegen ist. Sind sie aus Gold?«

»Was wollen Sie damit sagen?«

»Stellen Sie sich nicht dümmer, als Sie sind! Molke hatte mindestens einen Abgeordneten, sagen wir, unter Vertrag.«

Neuss machte kein Hehl daraus, wen er im Visier hatte. Frank Schmid-Selbelang habe eine aufwendig restaurierte Eigentumswohnung am Prenzlauer Berg praktisch geschenkt bekommen. »Frank war Molkes Mann in Bonn. Wir haben die Geschichte wasserdicht.«

»Sie machen aus dem Opfer einen Täter. Molke hat Frank auf dem Gewissen.«

»Würde mich nicht überraschen«, sagte Neuss. »Meistens werden aus Tätern Opfer. Das ist das einzige, was wir noch nicht ganz wasserdicht haben. Aber wir kriegen das hin. Weshalb, glauben Sie, wurde auf Sie geschossen?«

Anton hatte Neuss einen Zipfel der Decke gereicht und konnte ihm nicht verwehren nachzusehen, was alles darunter versteckt lag.

Molke habe, wie Anton sich ausdrückte, versucht, ihn zur Mitarbeit zu überreden.

»Mit wieviel?«

»Zehntausend.«

Er hatte zwanzig Scheine bekommen.

»Sie sind billiger als Schmid-Selbelang«, sagte Neuss.

Der Satz kränkte.

»Wofür hat er Sie bezahlt?«

»Für nichts.« Anton behauptete, er habe das Geld zurückgeschickt.

»Zurückgeschickt? Nachdem Sie es angenommen hatten?«

»Es kam mit der Post.«

»Wie praktisch.«

»Hören Sie, Neuss! Ich habe Molke nicht genützt, sondern geschadet. Ich hatte bereits gegen ihn bei Unterberg interveniert, als Sie noch gar nicht ahnten, worum es überhaupt geht. Leider bewirken Abgeordnete nichts, solange die Sache nicht in der Presse breitgetreten wird. Molke aber kennt seine Gegner, darauf können Sie sich verlassen.«

»Also Mr. Saubermann, vielleicht sind Sie sogar eine ergiebige Quelle. Aber als wir uns das letzte Mal in der Strickwarenabteilung trafen, wollten Sie mir für eine Stange Geld ein Attentatsmärchen auftischen. Sie können nicht verlangen, für einen seriösen Informanten gehalten zu werden.«

»Ich will kein Geld. Ich will, daß sie endlich Molke aus dem Verkehr ziehen.«

»Und ich hasse das Gefühl, benutzt zu werden«, sagte Neuss.

»Das Schwein tut, als habe es eine Ehre«, dachte Anton.

»Kennen Sie Gisela Windisch?« fragte Neuss.

Er schluckte. »Die Malerin?«

»Malen tut sie auch?«

»Es sind wunderbare Bilder«, sagte Anton.

»Sie schätzen sie sehr!«

»Das geht Sie einen Dreck an!« Plötzlich schrie Anton.

»Verstehe«, sagte Neuss. »Molke schätzt sie auch sehr, ebenso wie Schmid-Selbelang sie wirklich außerordentlich geschätzt hat.«

EHRENWORT

Den Artikel, den Neuss in der nächsten Ausgabe veröffentlichte, hatte Anton befürchtet. Er hatte ihn riskiert, weil er glaubte, keine andere Wahl zu haben. Nein, der Artikel war schlimmer als befürchtet. Das Schlimmste war, daß Anton ihn sich selbst eingebrockt hatte.

Antje hatte ihm das Machwerk wortlos auf den Schreibtisch gelegt. Tränen standen ihr in den Augen.

Er war erledigt. Daran gab es keinen vernünftigen Zweifel. Dabei war Anton gar nicht das Schwarze der Zielscheibe; das war Frank.

Neuss hatte die wichtigsten Fakten zusammenbekommen. Er berichtete, wie der Westdeutsche mit familiären Wurzeln in Brandenburg aus einer seinerzeit nicht seltenen Mischung von Idealismus, Pioniergeist und Ehrgeiz nach Potsdam gezogen war, wie seine Ehe in die Krise und er dazu noch in finanzielle Bedrängnis geraten war, und wie Molke für ihn gesorgt hatte. Molke, der starke Mann in der Partei, hatte Schmid-Selbelang den Weg zur erfolgreichen Kandidatur geebnet.

Frank kam in den Treuhandausschuß des Deutschen Bundestags. Der hatte die Aufgabe, die Berliner Treuhandanstalt zu kontrollieren, die alles verscherbelte, was vom Arbeiter-und-Bauern-Staat noch zu gebrauchen war. Es war davon auszugehen, daß der Abgeordnete tatkräftig mitgeholfen hatte, als Molke seine Firmengruppe zusammenraffte, aus Bonn günstige Bürgschaften und Immobilien zu bekommen.

Neuss behauptete nicht, Schmid-Selbelang habe gewußt, daß

in Molkes Firmen Stasigelder gewaschen wurden. Tatsache aber war, daß für die Treuhand-Liegenschaftsgesellschaft TLG das neue Geldwäschegesetz nicht galt. Deshalb fragte bei der Treuhand niemand offiziell nach der Herkunft der Millionen, mit denen Molke und sein Partner Mintzel zu Sonderkonditionen einkauften.

Hinter den Kulissen entstanden Gerüchte. Der Schutzengel in Bonn aber sorgte dafür, daß Molkes Engagement nicht von lästigen Nachfragen gestört wurde.

Glückliche Umstände ließen es bald zu, daß Schmid-Selbelang in die Baukommission aufrückte, um auch dort für seinen Mentor Gutes zu tun. Molke zeigte sich erneut erkenntlich. Die Immobilie am Prenzlauer Berg war nicht zu verachten. Der wahre Beweis für Molkes Großzügigkeit jedoch, schrieb Neuss, war »die Grandezza, mit der der Baumogul dem Potsdamer Volksvertreter seine Gespielin überließ«. Damit habe Molke »den Abgeordneten endgültig in die Hand« bekommen. Der habe zwar versucht auszusteigen, Molke es aber nicht zugelassen.

Schließlich habe Schmid-Selbelang, geplagt von schlechtem Gewissen, die Information gestreut, Molkes dubiose Firma bewerbe sich mit faulen Tricks und unter dem Deckmäntelchen einer gemeinsamen Tochtergesellschaft mit der Euroconstruct um den Reichstagsumbau. Molke habe das herausbekommen und seine Drohung wahr gemacht, schrieb der Reporter. Der Ehefrau des Abgeordneten habe er dessen Liaison mit der Malerin Windisch gesteckt. Die habe sich postwendend von Frank getrennt. Beruflich wie privat in auswegloser Situation, habe Schmid-Selbelang sich das Leben genommen.

Es kam noch schlimmer.

»Offenbar fand Molke rasch einen Nachfolger für seinen Bonner Gehilfen.« Praktischerweise habe der oberschwäbische Volksvertreter Antonius Sommer nicht nur den Job, sondern auch gleich noch die Geliebte des verstorbenen Kollegen übernommen.

»War sie Molkes Lockvögelchen?« fragte Neuss hinterhältig.

Sommer habe zugegeben, zehntausend Mark von Molke bekommen zu haben, »will sie jedoch nicht behalten haben.«

»Es ist alles erstunken und erlogen«, sagte Anton tonlos.

»Es ist«, präzisierte Antje, »eine Interpretation der Wirklichkeit.«

Anton sah sie kreidebleich an.

»Du wirst nicht viel dagegen unternehmen können.«

Das Spiel war aus.

Anton war kein Held, aber auch kein schlechter Mensch, kein Mucker und Ducker, kein wirklich Korrupter. Für Franks Ehre hatte er gekämpft und sich dabei im Sumpf verirrt. Seine dunkle Seite war eine menschliche, um nicht zu sagen männliche Schwäche. Dafür mußte er sich nun als skrupellos und bestechlich beschimpfen lassen.

Alles hatte damit begonnen, daß er Pflüglin einen kleinen Gefallen getan und sich den Freunden des Golfsports angeschlossen hatte. Franks Tod hatte ihm keine Ruhe gelassen, und dabei hatte er sich in Gisi verliebt. Das war kein moralisches Vergehen. Noch nicht einmal blind hatte ihn diese Liebe gemacht, im Gegenteil, Gisi hatte sein Mißtrauen geweckt, und er hatte die Republik vor ihrem zweiten Anschlag bewahrt. Für all das, fand er, war die Strafe, die ihm blühte, etwas zu hoch.

Hampel hatte bereits eine schriftliche Stellungnahme angefordert.

Anton nahm einen Briefbogen mit dem geprägten Bundesadler neben seinem Namen. Er schrieb mit dem Füllfederhalter.

»Sehr geehrter Herr Dr. Söhnlein!

Die Anschuldigungen, die gegen mich in der Presse erhoben werden, sind falsch. Darauf gebe ich Ihnen mein Ehrenwort. Gleichwohl lege ich, um weiteren Schaden für Partei und Fraktion zu verhüten, mein Bundestagsmandat nieder.

Mit freundlichen Grüßen

Antonius Sommer.«

Er reichte das Papier kommentarlos Antje und wartete, bis sie es gelesen hatte.

»Ich werde mit Hampel sprechen und ihn bitten, dich in der Fraktion unterzubringen«, sagte er.

»Kümmere dich nicht um mich. Du darfst dich nicht einfach davonstehlen. Molke wird dich nie in Ruhe lassen, ob du aufgibst oder nicht.«

Anton holte Murphys »Geist und Psyche« aus der Schreibtischschublade, entnahm dem Buch die zwanzig braunen Scheine, legte sie in ein gefaltetes Blatt Papier, schob sie in einen wattierten Umschlag und adressierte ihn an Rechtsanwalt Schulz.

Dann ließ er sich mit Neuss verbinden.

»Sie haben es geschafft! Bravissimo! Wenigstens hoffe ich, mein Geweih bekommt den Ehrenplatz über der Scheißhaustür.«

»Wie meinen?«

»Sagen Sie, wie fühlt man sich, wenn man jemanden abschießt? Läuft es Ihnen dabei kalt den Rücken hinunter? Geilt es sie auf? Ist es das? Ist es das Gefühl von Macht? Die erbärmliche Macht zu zerstören?«

»Weshalb versuchen Sie es nicht einfach mit einer Gegendarstellung?«

»Sie sind ein Scheißkerl, Neuss! Ich wünsche Ihnen, ehe ich abtrete, nichts Schlimmeres an den Hals, als das, was Sie Frank und mir angetan haben.«

»Wo stecken Sie, Sommer? Lassen Sie uns reden!«

»Fahr' zur Hölle! Ich erwarte dich dort.«

Er legte auf.

Anton machte reinen Tisch.

»Haltet mir die Hunde vom Leib, nur ein paar Stunden«, bat er. Antje und Frau Blüm sagten allen, die nach ihm fragten, sie wüßten nichts über seinen Aufenthaltsort.

Anton verließ den Langen Eugen am frühen Vormittag durch

die Tiefgarage. Kollegen, die ihn im Lift ansprachen, beschied er, sie würden bald von ihm hören.

Am nächsten Tag kam Anton nicht ins Büro.

Er habe seinen Kummer in Alkohol ertränkt, vermutete Frau Blüm. In Kessenich nahm niemand den Telefonhörer ab.

Auf Frau Blüms inständige Bitte fuhr Antje nachsehen. Sie öffnete mit dem Zweitschlüssel, der im Büro deponiert war. Die Wohnung, berichtete sie eine halbe Stunde später, sei unaufgeräumt, das Bett unbenutzt. Frau Blüm rief die Krankenhäuser der Stadt an. Antonius Sommer war nirgends eingeliefert worden.

Auch telefonische Nachfragen im Wahlkreis ergaben keinen Hinweis auf sein Verbleiben.

»Wir müssen die Polizei verständigen«, sagte die Blüm.

»Warten wir noch«, sagte Antje. »Er wird sich melden.«

Anton meldete sich nicht. Er war verschwunden.

Am frühen Nachmittag benachrichtigte Antje die Fraktionsführung. Keine Stunde später wußten es die ersten Journalisten.

Die einsetzenden Spekulationen ergaben kein einheitliches Bild.

Sommer habe sich den anstehenden Untersuchungen und Vernehmungen durch Flucht entzogen. Sein Verschwinden sei als Eingeständnis seiner Schuld zu werten. Diese Erklärung setzte sich zunächst durch, zumal einige Blätter feststellten, daß auch die Windisch nirgends aufzutreiben war. Die Vermutung lag nahe, sie habe gemeinsam mit Sommer das Weite gesucht.

Antons Zeilen an Fraktionschef Söhnlein aber nährten einen anderen Verdacht. Das Ehrenwort! Es erinnerte an jenes andere Ehrenwort, das schnurstracks in eine Genfer Badewanne geführt hatte.

Mord oder Selbstmord? Das also war nun die Frage.

»Bild« titelte: *Er folgte seinem Freund.* Es war die alles in allem rührende Geschichte von Anton und Frank, ihren Leidenschaften und Verstrickungen.

Auch Molke war nicht zu erreichen. Keine Flucht. Er sei auf Geschäftsreise im Ausland, erklärte ein Sprecher der Fonty GmbH.

Neue Nahrung erhielten diese Mutmaßungen, als Antons BMW auf einem öffentlichen Parkplatz sichergestellt wurde, am Seeufer, in der Nähe der Hexensteine. Der Wagen war nicht abgesperrt.

Wie seinerzeit Frank hatte offenbar auch Anton keinen Abschiedsbrief hinterlassen.

Antje blieb stark und tat, was Anton ihr als letztes aufgetragen hatte. Sie brachte Briefe per Einschreiben und Eilboten zur Post. Ein Brief war an Pflüglin adressiert. Die anderen gingen an Carmen, Caroline, Ellen, Antons Bruder Klaus. Antons Eltern waren schon tot. Vielleicht war es besser so, denn diese Katastrophe hätten sie kaum überlebt.

CLEAR WATER LODGE

Auf dem Globus sehen die Bermudas wie ein Fliegenschiß aus, zufällig dorthin gefallen, wo der Atlantische Ozean nichts ist als unendlich weit. Von New York sind es eintausendzweihundert Kilometer zu den Bermudas. Antje wählte die Anreise über New York. Der Mann, der sie am Kennedy-Airport vor Wiedersehensfreude gedrückt hatte, war zwei Tage früher angekommen. Mit dem Schiff war er erst über den See nach Rorschach gefahren, weiter mit dem Zug nach Kloten, von dort mit der Swissair nach London geflogen und schließlich mit British Airways nach New York. Seine Reise hatte Antje mit gewohnter Zuverlässigkeit vorbereitet. Zum Dank dafür hatte er ihr einen Abend in New York versprochen.

»Was hast du eigentlich Rolf erzählt?« hatte Anton gefragt, Antje darauf bloß gelächelt.

Eiskalte Sturzbäche und Windböen waren in die Häuserschluchten gefallen. Doch Antje hatte auf ihrem Einkaufsbummel bestanden. Bei Bloomingdales hatte er ihr eine Regenjacke und wasserdichte Timberland-Schuhe spendiert, danach hatten sie sich im Rainbow Room in der fünfundsechzigsten Etage des RCA-Building im Rockefeller Center aufgewärmt. Die atemberaubende Aussicht allerdings war buchstäblich in den Wolken steckengeblieben.

Und da steckten Anton und Antje noch immer. Das Flugzeug quälte sich durch turbulente Luftschichten nach Südosten.

»Wir sind im Bermudadreieck verschwunden«, sagte Anton.

Antje war weiß im Gesicht und lächelte tapfer.

Als sie die Reiseflughöhe verließen, riß das Gewölk plötzlich auf.

Aus einigen tausend Metern Höhe sieht der Fliegenschiß im Atlantik wie ein gekochter Hummer aus; der Schwanz im Westen ist nordwärts eingerollt, nach Osten zeigen die Scheren.

Im Landeanflug erkennen die Reisenden, daß der Hummer in ein gutes Dutzend Teile zerfällt, die sich mehr oder weniger um drei Meeresbecken gruppieren. Man könnte sie für abgesoffene Krater halten, und genau das sind sie auch.

Die Reisenden früherer Jahrhunderte unterschieden sich in ihren Ansichten über den noch menschenleeren Archipel. Mal sahen sie das Paradies, mal vermuteten sie in ihm den Sitz des Teufels. Auf den Bermudas sind Devil's Hole und Paradise Island zu finden, und beide gründen auf denselben Tatsachen: zwanzig oder dreißig Millionen Jahre lang wuchsen auf den Rändern unterseeischer Krater Korallen. Als sich der Meeresspiegel senkte, kamen Inseln ans Licht, umzäunt von den scharfen Zähnen der Riffe, in denen Schiffe hängenblieben, die mit dem Golfstrom von der Karibik nach Europa segelten, oder von Europa westwärts zu den nordamerikanischen Kolonien. Bis ins siebzehnte Jahrhundert hinein blieben die Bermudas unbewohnt. Bis dahin ist lediglich der Versuch eines spanischen Kapitäns überliefert, eine Ladung Hausschweine auszusetzen und anzusiedeln, als lebende Proviantstation für Schiffbrüchige. Als Anno Domini 1609 dann tatsächlich die ersten Schiffbrüchigen blieben, fanden sie keine einzige Sau mehr, dafür jede Menge Ratten, die sich von Wracks an Land gerettet hatten, mangels natürlicher Feinde lustig vermehrten und bis heute das meistverbreitete Landtier der Bermudas sind. Aber nicht die Ratten schreckten die Schiffbrüchigen der »Sea Venture«, als handle es sich um des Teufels Gehilfen, sondern Millionen gefiederte Wesen, die nachts kreischten und umherflatterten. In dieser Zeit waren die Inseln von Zedernwäldern bedeckt, deren Stämme sich hervorragend zum Bau von Schiffen eigneten, weshalb es schon lange keine Zedernwälder mehr auf den Bermudas gibt. Das ist für die Insulaner nicht weiter schlimm, da sie sich nicht mehr vom Schiffbau und auch nicht mehr von der Piraterie ernähren, jedenfalls nicht von dem, was man landläufig für Piraterie zu halten pflegt.

Einträglich war auch der Krieg. Die Bermudas dienten zunächst den Engländern als Marinestützpunkt gegen die aufständischen Siedler in Virginia. Später fanden Briten und Amerikaner nebeneinander Platz. Die U.S. Naval Air Station im Pfarrsprengel St. George auf einer der beiden Hummerscheren dient heute zugleich dem zivilen Flughafen der Kronkolonie.

Für das Paar aus Bonn waren es nur wenige Schritte über das Vorfeld zur Empfangshalle. Über der Attrappe eines Kamins aus dunklem Holz grüßte die jugendliche Schönheit der Queen in Öl. Der freundliche Paßbeamte trug eine rot und silbern gestreifte Krawatte und wollte das Rückflugticket sehen. Es machte den Anschein, als kämen Anton und Antje als Touristen, die für eine Woche gebucht hatten. Ein Taxikleinbus brachte sie über den Causeway, einer mehr als einen Kilometer langen Brücke mit unzähligen kleinen Bogen, hinüber auf die andere Seite des Castle Harbour, des Kratersees zwischen den Hummerzangen. Dort bog der Wagen nach Süden ab, um Mariott's Castle Harbour Hotel anzusteuern, auf der hügeligen Landzunge zwischen Castle Harbour und Harrington Sound.

Antje hatte es mit Bedacht gewählt. Eines der größten Hotels der Insel bot ihnen die Chance, sich unauffällig in der Menge einiger hundert Gäste zu bewegen. Vom Fenster ihres Zimmers konnten sie die Maschinen jenseits des leuchtendblauen Castle Harbour starten und landen sehen.

Das Hotel besteht aus mehreren an den steilen Hang gesetzten, miteinander verbundenen Gebäuden. Das ursprüngliche Castle ist ein mehrflügeliger düsterer Kasten, in den späten zwanziger Jahren von einer Dampferlinie für ihre Atlantikpassagiere erbaut. In ihm befinden sich die Halle und pompöse Speisesäle. Im Westen schmiegen sich die terrassenförmig aufsteigenden Harbour Wings an den Hang.

Dort logierten die beiden Ankömmlinge am äußersten Ende zu ebener Erde, worum sie gebeten hatten. Von ihrer Terrasse aus konnten sie direkt in ein Schwimmbecken oder, jenseits des Pools, ins zwar karibisch leuchtende, aber überraschend kühle Meer springen. Das Grün des achtzehnten Lochs war nicht weiter entfernt als das Türkis des Atlantiks, nur rechts um das Eck des Gebäudes herum, ein paar Meter den Abhang hoch. Es gehörte zu einem von acht Golfplätzen auf einem Eiland, nicht größer als Sylt.

Etwas verwohnt wirkte das Zimmer, nicht sonderlich luxuriös, aber großzügig dimensioniert. Zwei getrennte Betten standen darin. Anton hatte sich mit dem Namen Schütterlich eingetragen, als Antjes mitreisender Ehemann.

Gleich nach dem Auspacken stiegen die beiden, die Badesachen unter dem Arm, in den Hotel-Pendelbus, der sie in nicht einmal zehn Minuten hinunter zum South Shore Beach brachte. Dabei durchquerten sie zum erstenmal das Gelände des berühmten Mid Ocean Golf Club. Sie wollten später das Areal genauer inspizieren. Erst einmal gruben sie ihre Zehen in den rosaroten Korallenstaub und tollten wie Kinder durch die Bogen und Höhlen, die die Stürme aus dem Korallenfels gespült hatten.

Das hier war die paradiesische Seite der Insel. Zweihundert Meter weiter draußen lag das englische Dampfschiff »Kate« auf Grund, gesunken 1878, wie es die Karte verzeichnete, die Antje für vier Dollar fünfundneunzig im Hotel erworben hatte. Oben, auf dem Rand der zum Strand abfallenden Klippen, zwischen den Fairways des Mid Ocean Club, standen prächtige Villen.

Die Siedlung Tucker's Town, benannt nach einem der ersten britischen Gouverneure, der mit harter Hand das Häuflein Desperados und Schiffbrüchiger lenkte, ist die feinste Ortschaft der feinen Inselgruppe. Das Elend der Welt liegt hier weit genug entfernt, um von den Bewohnern ignoriert werden zu können.

Besonders feine Leute verfügen in Tucker's Town über besonders feine Anwesen. Silvio Berlusconi besitzt ein Zweiunddreißig-Millionen-Dollar-Heim, und auch Ross Perot, das Rumpelstilzchen der amerikanischen Politik, hat dort eine Unterkunft, um nur zwei zu nennen, die sich auch gern um die Sorgen des einfachen Volks kümmern.

Tucker's Town erstreckt sich auf einer schmalen Landzunge, die den südlichen Rand des Castle Harbour bildet.

Prachtvolle Villen gibt es auch anderswo; hier aber sind sie unter sich und strahlen in den heitersten Farben, rosa, himmelblau, sonnengelb. Es sind aus kleinen Häusern zusammengesetzte Gebäudekomplexe mit selten mehr als zwei Etagen, besitzen deshalb nicht ein großes, sondern mehrere auf- und absteigende Dächer. Sie sind das architektonische Erkennungszeichen der Bermudas, weiß gekalkt und nicht mit Dachpfannen gedeckt, sondern aus Ziegelsteinen treppenartig gemauert. Das garantiert, daß nicht nach jedem Hurrikan die Dachdecker kommen müssen. Es würde auch nicht zu den Namen passen, die die Häuser tragen, »Happy Days«, »Out of Blue«, »Green Sleeves« oder »Over Board«. Auf anderen Schildern las Anton »Private Property«, »Residential Area« und »Members Parking Only«. Palmen, Zypressen, Hibiskushecken säumen die Rasenflächen.

Vom South Shore Beach zur Tucker's Town Bay waren es für Anton und Antje nur einige Minuten zu Fuß. Ein paar Dutzend kleine Motorboote schaukelten sanft im Wasser der Bay, das wie geschmolzenes Glas schimmerte. Der winzige, natürliche Hafen war in früherer Zeit ein perfektes Piratenversteck gewesen, nur durch eine schmale Öffnung im Fels zu finden. Eine schrille Symphonie von Vogelstimmen begleitete den Spaziergang.

Die Menschen in Tucker's Town aber schienen zu schlafen. Gelegentlich nur steuerte ein Wagen das Clubhaus an oder glitt vom Hügel herab, den es überragte. Die meisten Bewohner von Tucker's Town sind Mitglieder im Mid Ocean Golf Club.

Im Harbour Castle Club, der zum Hotel gehört, fahren die Spieler in Golfcarts. Auf so eine Idee würde im Mid Ocean Club niemand kommen. Selbstverständlich tragen schwarze Caddies die Schläger.

Natürlich sind auch die Bermudas nicht frei von gewissen Problemen, welche die »Royal Gazette« keineswegs verschweigt.

Man jailed after Pizza-Robbery meldete das Blatt auf der Titelseite. Zwei Pizzas und sechzig Dollar hatte der Räuber erbeutet; es war der seit längerem schwerste Kriminalfall des Landes.

Noch interessanter fand Anton den vierspaltigen Aufmacher. Die Polizeiführung in Hamilton hatte es abgelehnt, routinemäßig Alkoholtests auf den Inselstraßen durchzuführen, weil dies, wie es hieß, zu Beleidigungen und Bedrohungen von Beamten führen könnte.

Zurück von ersten Erkundungen, saß Anton an der Poolbar vor einen Rum Swizzle und Antje vor einem Planter's Punch.

Bermudas weltweit Nummer eins meldete stolz der Wirtschaftsteil der Gazette. Tatsächlich ist das Land im Atlantik darauf spezialisiert, auf ganz spezielle Art Geld anzulocken. Es ist der Sitz von weit über tausend Captives. Der schärfste Konkurrent der Bermudas, die Cayman Islands, kommen nur auf ein Viertel so viele.

»Captives sind eine Art Rückversicherungsgesellschaften, die dazu dienen, straflos Steuern zu hinterziehen.«

»Warum gründen wir nicht auch eine Captive?« schlug Antje vor.

»Nichts leichter als das. Dazu brauchen wir nur ein großes Unternehmen in Deutschland.«

»Wie bitte?«

»Es ist ganz einfach. Die Eigentümer der Captives auf den

Bermudas sind Unternehmer aus Europa oder den USA. Mit den Captives sichern sie die Risiken ihrer eigenen Firmen ab.«

»Jetzt verstehe ich gar nichts mehr.«

»Captives verlangen sehr hohe Prämien für ihre Leistung.«

»Wo ist dann der Witz?«

»Der Witz ist«, erklärte Anton, »daß die hohen Prämien den Captives hohe Gewinne bescheren.«

»O. k., aber weshalb bezahlt die Wirtschaft freiwillig so hohe Prämien an dubiose Gesellschaften auf den Bermudas?«

»Jetzt sitzt du auf der Leitung! Die sehr hohen Gewinne der Captives werden auf den Bermudas praktisch nicht besteuert. Und das macht die Eigentümer der Captives ganz glücklich. Zumal sie zugleich die sehr hohen Prämien zu Hause von der Steuer absetzen können.«

»So etwas ist legal?«

»Völlig. Zumal die Finanzämter oft keine Ahnung davon haben, daß die Captives getarnte Töchter ihrer Kunden sind.«

»Der Teufel scheißt immer auf den größten Haufen«, sagte Antje.

»Dank der florierenden Steuerhinterziehungsbranche kann der Inselstaat seinen fünfundfünfzigtausend Einwohnern alle direkten Steuern ersparen.«

»So etwas nennt man eine erstklassige Sozialpolitik.«

»Aber gewiß doch. Auf diese Weise hält das Kapital die Armut von den Bermudas fern und sorgt dafür, daß sich die Reichen und die Touristen hier so sicher fühlen dürfen wie im Paradies.«

»Tatsächlich eine Trauminsel«, fand Antje, schob die Sonnenbrille ins Haar und hielt ihr winterbleiches Gesicht dem lachenden Gestirn entgegen.

Am Abend, es dunkelte bereits, nahmen Anton und Antje noch einmal den Weg quer über den Castle-Harbour-Golfplatz nach Tucker's Town zum Mid Ocean Club House. Das Strictly-Private-Schild ignorierten sie, bis eine Empfangsperson weiblichen Geschlechts sie mit strengem Blick stoppte. Mitglieder waren sie nicht, also auch nicht befugt, im Club zu essen, es sei denn, ein Mitglied habe sie eingeladen. Sie bedankten sich für die präzise Auskunft und machten gehorsam kehrt. Wie Füchse mit Appetit auf frische Hühner umschnürten sie das Clubhaus, prägten sich seine Lage genau ein. Der Mond beleuchtete den Rückweg entlang der Klippen an der spiegelnden Bay. Sie schwiegen. Erst die Arbeit, vielleicht kam dann wieder die Zeit für das Spiel.

Eine schwarze Köchin in schneeweißem Kleid briet zum Frühstück Omeletts mit Pilzen und Schinken. Es gab Waffeln mit Mangos und Papayas, frisch gepreßten Ananassaft. Der Tag begann mit versöhnlich leuchtendem Himmel, dessen Wattebauschwölkchen das glänzende Meer mit dunklen Tupfen sprenkelten. Am Vormittag spielte Anton die ersten neun Löcher, Antje begleitete ihn im Cart. Danach aßen sie Fisch auf der Terrasse ihres Clubhauses. Im Süden strahlten die Villen von Tucker's Town, im Osten, jenseits der Bay, kamen und gingen die Flugzeuge. Anton bedauerte die Menschen, die die Insel verlassen mußten, und beneidete die nicht, die bald kommen sollten.

Die British-Airways-Maschine aus London setzte einige Minuten vor der Zeit auf. Es war keine zweite Maschine kurz davor gelandet, so daß sich die Passagiere nicht vor den Grenzbeamten stauen würden. Vom Touchdown bis zum Einsteigen ins Taxi hatten Anton und Antje genau achtunddreißigMinuten benötigt.

Eine halbe Stunde nachdem sie die Landung beobachtet hatten, machten sie sich auf den Weg. Die Zufahrt zum Castle Harbour Hotel mündete in die Harrington Sound Road. Ein runder, zinnengekrönter Steinturm, keine drei Meter hoch, markierte die Abzweigung. Er bot Ausguck und Versteck zugleich. Alle Wagen, die vom Flughafen kamen, mußten an dieser Stelle das Tempo drosseln, um entweder nach rechts

Richtung Flatt's abzubiegen oder nach links Richtung Hamilton und Tucker's Town.

In keinem der Taxis und Privatautos, die während der nächsten vierzig Minuten vorbeikamen, saß Pflüglin.

»Bist du sicher, daß er in der Maschine war?«

Anton hatte das Ticket mit eigenen Augen unter der »Hörzu« in der Zirbelstube entdeckt. Es war mehr als zwei Wochen her.

»Und sie werden in Tucker's Town wohnen? Sicher?«

»Selbst wenn sie nicht nach Tucker's Town fahren, müssen sie hier vorbei«, sagte Anton.

»Sie könnten auch in St. George sein.«

»Ausgeschlossen.«

St. George besaß zwar die ältesten Häuser der Insel, aber keinen ganz so berühmten Golfplatz.

Sie warteten weitere zwanzig Minuten, ehe sie aufgaben. Es war nicht schwer für Antje, telefonisch herauszufinden, daß ein Mr. Pflüglin nicht an Bord gewesen war.

Das war bitter. Die Reise hatte Anton fast sechstausend Mark gekostet. Dafür saß er nun mit Antje unverrichtbarer Dinge auf den Bermudas herum. Die Happy Hour in der Halle tröstete zwar preiswert, aber unvollkommen. Anton verwarf den Gedanken, aus der Not ein Vergnügen zu machen. Vielleicht würde Antje sich sogar das Golfen beibringen lassen, ihm zuliebe tat sie fast alles.

Two drinks, one price. Lieber sah Anton zwei alten Engländerinnen beim Schachspiel zu, bis ihm das Kinn auf die Brust sackte.

Antje war die gute Fee.

»Aufgewacht! Wir haben ihn!«

Antje hatte sich nicht im Gin versenkt, sondern Drähte spielen lassen. Wozu gab es Freundinnen, die bei der Lufthansa schafften! Womöglich hatte Pflüglin umgebucht; auch war nicht auszuschließen, daß er die Linie gewechselt hatte. Condor flog das Ziel jeden Dienstag direkt aus München an. Tatsächlich stand Pflüglin auf der Passagierliste. Heute war Montag. Die Condor landete morgen um 15 Uhr 15.

So blieb Zeit, den Jet-lag wegzuschlafen, die Muskeln am Pool zu lockern, auf der Sonnenliege Farbe zu fangen.

Auch diese Maschine landete pünktlich, und diesmal war Pflüglin wirklich an Bord. Vom Turm sahen sie ihn in einem Privatwagen Richtung Tucker's Town abbiegen.

Antons Herz hüpfte vor Erleichterung und Erregung.

Schwieriger war es herauszufinden, wo genau er wohnte. In Tucker's Town gab es kein Hotel. Der Mid Ocean Club vermietete Appartements. Aber sie konnten schlecht an jedem anklopfen und nach dem Deutschen fragen. Auch den weiblichen Wachoffizier im Clubhaus wollten sie nicht noch mißtrauischer machen, als sie es gestern schon getan hatten.

»Wir kriegen ihn schon«, versprach Anton.

Er war sich dessen ganz sicher. In der bevorstehenden Nacht wollte er unterm Sternenzelt auf der Terrasse schlafen, den Atem des Ozeans im Ohr.

»Wenn es zu kühl wird, kannst du dich bei mir aufwärmen«, bot Antje an.

Von dem großzügigen Angebot machte Anton keinen Gebrauch, als ihn die Kühle der Nacht zurück ins Zimmer trieb.

Am Morgen wölbte sich der Himmel so hell über der See, als wär's der erste Tag nach der Schöpfung. Ein milder Wind fächelte. Es gab Ham and Eggs und wieder ein paar Löcher Golf mit atemberaubenden Ausblicken auf palmengesäumte Fairways am Rand der Klippen, das heiter schimmernde Meer und die weißen Schaumlinien der Riffs. So hatte sich der kleine Anton schon das wahre Leben vorgestellt. Bevor das Glück ihn überwältigen durfte, war noch etwas zu erledigen.

Im Hotel hatte sich Anton echte Bermudashorts gekauft, grün wie das weltberühmte Bermudagras, das auf Golfplätzen aller Kontinente gepflanzt wurde. In Deutschland hätte er das

Stück nicht einmal für Geld anprobiert. Aber er hatte die Herren gesehen, die zum Managermeeting von Barns & Gamble kamen. Ihre Hosen hatten Farben wie die Häuser: Pfirsich, Tomate, Limone. Dazu trugen sie navyblaue Blazer, Hemden aus der Jermyn Street, Westminster, gestreifte Krawatten und dunkle Kniestrümpfe in handgenähten Schuhen. Wer hier nicht auffallen wollte, trug Bermudashorts. Und warum sollten Antons Knie nichts haben von der seidigen Luft!

Antje trug lange weiße Baumwollhosen und ein taubenblaues Polohemd, darum bemüht, wie eine Golfspielerin auszusehen. Sogar Schläger hatte sie sich geliehen und neben Antons Bag hinten auf das Cart geschnallt.

Das fünfte Loch des Castle-Harbour-Kurses berührte die dreizehnte Spielbahn des Mid Ocean Club. Wer nicht aufpaßte, konnte sogar irrtümlich auf die Bahn des jeweils anderen Platzes geraten. Anton und Antje taten so, als ob sie unter den Bougainvilleabüschen nach ihren Bällen suchten. Wie es die Etikette vorsah, winkten sie nachfolgende Flights vorbei. Allzu lange durften sie hier nicht herumlungern, ohne aufzufallen, aber als gewöhnliche Spaziergänger hätten sie noch mehr Aufmerksamkeit erregt.

Pflüglin und seine Freunde, hofften sie, würden nichts Dringenderes zu tun haben, als in der Frühe des ersten Tages nach ihrer Ankunft eine Runde auf dem Mid Ocean Golf Course zu spielen. Diesmal hatten sie perfekt kalkuliert, schon nach einer knappen Stunde tauchte der Saftfabrikant auf, im Spiel mit einem Mann, den Anton schon einmal gesehen hatte, auch wenn ihm nicht einfallen wollte, wo.

Im Schutz der tropischen Vegetation zogen sich Anton und Antje zurück und rollten auf dem schnellsten Weg zum Hotel. Pflüglin würde für die restlichen fünf Löcher ungefähr eine Stunde brauchen. Also hatten sie Zeit genug, sich am Hotel einen Motorroller zu leihen und damit zum Mid-Ocean-Clubhaus zu fahren. Sollten Pflüglin und sein Partner im Club zu

Mittag essen, würden sie sich die Zeit am South Shore Beach vertreiben.

Doch gleich nach dem Spiel verließen die beiden Männer den grünen Hügel. Antje, die mit einem Helm auf dem Kopf, verdeckt von parkenden Autos, startbereit auf dem Roller saß, gab Anton ein Zeichen. Er hatte am ersten Abschlag einige Meter höher Position bezogen und tat so, als schwinge er sich warm. Er beobachtete, wie Pflüglin und sein Begleiter, die ihre Golfausrüstung im Clubhaus deponiert hatten, die gewundene Auffahrt hinuntergingen, ein kurzes Stück der Tucker's Town Road folgten, um dann rechts in die Shell Point Road einzubiegen. Links der Straße kam ihnen die vierte Bahn des Castle Harbour Clubs entgegen, auf der rechten Seite standen Villen, deren abschüssige Grundstücke zum Castle Harbour hinabführten.

Antje startete, fuhr den Männern nach und überholte sie. Zweihundert Meter weiter entpuppte sich die Straße als Sackgasse. Antje konnte schlecht stehenbleiben und auf die Herren warten. Es war jetzt klar, daß eines der beiden letzten Anwesen ihr Ziel sein mußte.

Eine palmengesäumte Zufahrt führte zum »Roundhouse«, die zweite zur »Clear Water Lodge«, wie schwarze Buchstaben auf dem weißlackierten Tor verrieten. Antje wendete, und die Männer würdigten sie keines Blickes. Es kam häufig vor, daß Gäste des Marriott's in der Gegend spazierenfuhren.

An der Tucker's Town Road wartete Anton.

»Wir haben sie«, sagte Antje.

Wie auf der Karte deutlich zu erkennen war, saß »Clear Water Lodge« auf einer kleinen, allenfalls hundert Meter tiefen Halbinsel, die in südöstlicher Richtung in den Castle Harbour hinausragte.

Einfach über den Zaun zu steigen, schien nicht ratsam. Villen dieser Art pflegten bewacht zu sein. Leichter war es, vom Wasser her einzudringen. Wo aber sollten sie ein Boot herbekommen? Es gab hier keinen Bootsverleih wie in den Bonner Rheinauen.

Anton auf dem Rücksitz, rollte Antje vorsichtig die steile Sackgasse zum Seeräubernest der Tucker's Town Bay hinunter. Die Straße endete in einer betonierten Rampe für Bootstrailer.

Die Häuser im Halbrund über der Bay wirkten menschenleer. Kein Hundebellen, kein Kinderlachen, kein startendes Auto durchdrang die Mittagsstille.

Antje streifte ihre Schuhe ab, zog die Hose aus und hängte sie sich um den Hals.

»Mach schon!«

Das Wasser erreichte den Saum von Antons Bermudashorts, als Antje ihm die Hand zur Hilfe entgegenstreckte. Sie saß bereits in einem niedrigen zweisitzigen Motorboot. An Bord löste Anton das Seil, mit dem das Boot an einer Boje befestigt war. Antje drehte den Zündschlüssel.

»Der steckte schon vorgestern«, sagte sie. »Die denken, hier klaut sowieso keiner.«

Tuckernd glitten sie aus der Bay, zwischen den beiden Klippen hindurch, die das Seeräuberversteck bewachten. Niemand rief ihnen hinterher.

Die Halbinsel, auf der die kalkweißen Dächer der »Clear Water Lodge« in der Sonne blitzten, war von Felsen gesäumt. Allerdings wirkten sie nicht so schroff, daß Anton sie nicht hätte mühelos erklimmen können. Buschwerk reichte bis zu den Klippen hinunter. Der Gebäudekomplex erstreckte sich quer über die gesamte Breite der Halbinsel und wurde von Palmen überragt. Er setzte sich aus vier zweistöckigen Blöcken zusammen, die, in einem Halbkreis angeordnet, sternförmig ausgerichtet waren. Auf der Landseite waren sie miteinander verbunden. Ein fünfter, etwas niedrigerer, kürzerer Zacken des Sterns schien separat zu stehen. Er enthielt vermutlich die Garagen oder die Hausmeisterwohnung. An der Ostseite der Halbinsel ragte ein Badesteg einige Meter über die Klippen. Oberhalb des Stegs, hinter einer gemauerten Balustrade, schien sich der Pool zu verstecken. Niemand war zu sehen. Ebenfalls im Osten, ein Stück weiter landwärts, stand das Bootshaus auf einer über das Wasser gebauten Plattform aus Beton. Kein Boot lag im Augenblick dort.

Anton hatte das Objekt aus gehöriger Distanz durch das Fernglas beobachtet. Nun drehten sie ab. Am späteren Nachmittag wollten sie wiederkommen. Antje brachte das Boot an seinen Platz zurück und nahm vorsichtshalber den Schlüssel mit.

Ein Castle-Burger lag Anton schwer im Magen, als sie sich kurz vor vier Uhr zum zweitenmal das Boot ausliehen. Diesmal folgte Antje der felsigen Küstenlinie so nah wie möglich und erreichte die Halbinsel an ihrem nordwestlichen Beginn, dort wo das Buschwerk am dichtesten war und sie vor Blicken aus dem Haus schützte.

Antje legte das Boot zwischen zwei Felsnasen. Sie gab Anton die Hand. Der fand das unangemessen feierlich. Er kletterte an Land. Der Fels war für ihn kein schweres Hindernis, aber das Gesträuch, durch das er sich die steile Böschung hinaufquälte, machte ihm zu schaffen. Stachelige Zweige zerkratzten ihm die Knie, fuhren ihm durchs Gesicht. Es ging weiter und steiler hinauf, als er geglaubt hatte, wenigstens fünf, sechs Meter; schnaufend und verdreckt erreichte er den Rasen.

An anderen Villen in Tucker's Town hatte Anton »Beware of Dogs«-Schilder gesehen. Vor einem Hund hatte er die größte Angst. Wozu brauchten sie auf den Bermudas überhaupt Hunde, es brach doch sowieso niemand ein! Anton verabscheute Hunde. Er hatte sich vorsichtshalber den Rest seines im Innern noch rohen Castle-Burgers einpacken lassen, ein Mitbringsel für den Notfall. Anton huschte mit wenigen Schritten über das Rasenstück, zwischen schützendem Gesträuch hindurch zum nächstgelegenen aprikosenfarbenen Gebäudeteil. Es besaß weißlackierte Fensterrahmen und Läden. Geduckt schlüpfte er an der Wand entlang Richtung Vorfahrt. Sie bildete eine tropfenförmige Schleife, in deren Mitte eine Stechpalme gepflanzt und mit weißgekalkten Steinen eingefaßt war. Der Haupteingang war von zwei Paaren weißer Säulen flankiert.

Aus Antons Blickwinkel sah das Haus wie ein flacher Bungalow aus. Der Eindruck täuschte. Der Eingang führte direkt in das Obergeschoß; erst vom tiefer gelegenen Garten erschloß sich das Erdgeschoß.

Aus dem geöffneten Küchenfenster neben dem Eingang waren Stimmen zu vernehmen. Jenseits der Vorfahrt machte sich ein Mann mit dem Gartenschlauch zu schaffen. Anton zog sich hinter die Hausecke zurück, schlich um die Rückseite des Hauses herum und gelangte zwischen rotblühenden Bougainvilleasträuchern hindurch zum nächsten, genau nach Westen zeigenden Trakt. Zum Wasser hin besaß er einen einstöckigen Anbau, durch dessen Fenster er einen Billardtisch erkennen konnte. Eine Tür stand offen; doch drückte sich Anton daran vorbei und huschte zum nächsten Sternzacken der Villa. Hinter großen Schiebetüren deckten zwei schwarze Frauen den langgestreckten, ovalen Tisch. Sie unterhielten sich und klapperten mit dem silbernen Besteck. Unbemerkt überquerte Anton den Rasen vor dem Speisesaal.

Dann hockte er wie der Osterhase hinter einem maßlos blühenden Busch vor der breiten Veranda. Teils unter einem säulengestützten Dachvorsprung, teils unter freiem Himmel erstreckte sie sich nach Süden hin. Zwei Stufen führten zum Rasen hinab, der so kurz, dicht und grün war, daß nur noch die Fahne fehlte, die in einem Loch von zehn Komma acht Zentimetern Durchmesser steckte. Es schien Anton, als schwimme er an Deck einer grünen Arche im geschmolzenen Glas der See.

Pflüglin hatte dafür keinen Blick. Er saß in einem Korbsessel und blätterte in Akten. Noch war er allein, aber vom Badesteg herauf kam Gisi. Sie trug einen einteiligen, einfarbig schwarzen Badeanzug, der ihre Rundungen mehr umspielte, als daß er sie bedeckte.

Sie verschwand zu Antons Bedauern in der Kühle des Hauses. Wenige Augenblicke später betraten Molke und Schulz die Veranda und rückten sich ihre Korbsessel zurecht.

»Sieht nach Regen aus«, sagte Schulz und hielt die Hand als Sonnenblende vor die Augen.

Bis zu diesem Augenblick war es Anton nicht aufgefallen, daß am Himmel Dramatisches geschah. Bleigraue Wolkengebirge waren im Südwesten aufgefahren. Die sinkende Sonne feuerte Lichtgarben dagegen an. Auch frischte der Wind auf; die Palmen rauschten und wedelten heftiger als mittags.

»Da kommen sie«, sagte Schulz.

Auch Anton hörte jetzt das Motorboot, das offenbar am Bootshaus anlegte. Bald darauf kamen vier Männer über den Rasen. Göttlich, das Talkgenie, war einer von ihnen.

In diesem Augenblick erinnerte sich Anton, wer der zweite Mann war, den er mit Pflüglin auf dem Golfplatz gesehen hatte. Jacques Giraglia war es, den Kotemat im Golf-Resort Walhalla zusammen mit dem Russen Schulin als Gast begrüßt und sich bei ihm für die nette Exkursion an die Côte d'Azur bedankt hatte. Auch der Russe kam vom Bootshaus herauf.

Dann war da noch der Mann, den Anton nur von Zeitungsfotos kannte. Auf den Bermudas hatte ihn keiner der Reporter vermutet, nicht einmal Neuss.

Lutz Mintzel deutete zum Himmel und sagte: »Lange werden wir es hier draußen nicht aushalten.«

»Laßt uns endlich weitermachen«, sagte Molke, »damit wir durch sind, bis der Trottel kommt.«

»Wann kommt er denn?« erkundigte sich Pflüglin.

»Morgen nachmittag, wie geplant mit der British Airways aus London«, wußte Schulz.

»Schick ihm ein hübsches Empfangskomitee«, befahl Molke, »schließlich ist er unser Präsident.«

Die Wilhelm trat auf. Im weißen Cocktailkleid, ganz ohne goldene Knöpfe, schob sie den Teewagen wie eine Stewardeß vor sich her. Tee bot sie und Säfte. Und wer wollte wie Molke und nett darum bat, konnte auch ein Gläschen Prosecco bekommen. Molke bat besonders nett. Beidhändig umfaßte er von hinten Charlottes Becken und grub sein Gesicht ins Weiche. Sie lächelte so glücklich, wie Anton es noch nie gesehen hatte.

»Jetzt laß uns allein, Liebes«, sagte Molke.

Was mußte wohl Gisi sich alles gefallen lassen von ihrem Mäzen, diesem lüsternen Sack, der sie Frank vererbt oder auch nur gepumpt hatte. Anton litt für sie.

»Ludolf fehlt«, sagte Pflüglin.

»Wo steckt Ludolf schon wieder«, ächzte Schulz.

»Wo hast du Ludolf versteckt, Charlotte?« rief Molke der Intendantin nach.

Ein Windstoß fuhr über die Veranda, gleichzeitig verschwanden die letzten Sonnenstrahlen wie das Glück aus Charlottes Gesicht.

»Wir waren uns gestern abend nicht einig, ob wir die Freunde des Golfsports liquidieren sollen«, sagte Molke. »Wir haben einmal darüber geschlafen. Wie ist die Meinung heute?«

Pflüglin antwortete als erster.

»Die entscheidende Frage ist, ob der Verein uns wirklich hilft, das zu kriegen, was wir wollen. Natürlich können wir unsere Geschäfte auch ohne den Verein machen. Aber er schützt uns.«

»Besser, wir kaufen uns ein paar Politiker oder eine Partei«, sagte Molke.

»Tun wir doch längst. Aber darauf wollen wir uns doch wohl nicht verlassen«, meinte Pflüglin.

»Wir bezahlen nur Schwätzer«, schimpfte Schulz.

»Die schlimmsten Schwätzer sitzen in unserem Verein«, erwiderte Molke.

»Hochangesehene, einflußreiche Schwätzer! Sie sind die Sympathisantenszene, auf die wir nicht verzichten können«, beharrte Pflüglin.

»Die Schwätzer sind nicht das Problem. Aber diese Leute wissen nicht, was sie tun. Die schwachsinnige Aktion im Museum hat uns in Teufels Küche gebracht«, sagte Schulz.

»Und uns keinen Schritt weiter«, ergänzte Molke.

»Man hätte mich beinahe totgetrampelt«, jammerte Göttlich.

»Damit hat der Verein doch nichts zu tun«, sagte Ludolf Argenthal, der Dichter, der in diesem Moment die Veranda betrat.

»Beneidenswert: ein Mensch ohne Zeitgefühl«, motzte Pflüglin.

»Wozu jüdische Hast! Habe das Schauspiel der Natur genossen. Unüberbietbar!«

»Das ist nicht Urlaub, Ludolf, sondern die Tagung des Exekutivkomitees!« tadelte Schulz.

Molke sagte: »Ich glaube, wir müssen uns fragen, ob wir überhaupt einen politischen Arm brauchen. Ist es nicht eine Illusion zu glauben, wir könnten das Land verändern, nur weil ein paar Großköpfe und Großsprecher es sich vorgenommen haben. Dieses Land ist nicht veränderbar. Laßt uns das endlich akzeptieren! Die Zeiten sind vorbei, in denen Patriotismus zu unserer Geschäftspolitik paßte. Wir sind heute Global Player. Was uns der eine Staat verweigert, holen wir uns von einem anderen. Feurige Reden verrücken die Dinge nicht. Mit unseren Geschäften aber werden wir am Ende Deutschland stärker verändert haben als mit politischen Aktionen.«

»Sehr richtig!« pflichtete Schulz bei.

»Was du sagst, spricht nicht gegen den Verein«, erwiderte Pflüglin, »wir hatten ihn gegründet, weil wir gemeinsam der Auffassung waren, unsere Geschäfte müßten politisch abgesichert werden.«

»Richtig. Was gibt es Harmloseres als einen gemeinnützigen

Verein, in dem sich einflußreiche, angesehene Leute versammeln. Ich würde das Kind nicht mit dem Bad ausschütten«, sagte Mintzel.

»Du gehörst gar nicht dazu«, sagte Molke, »wir können nicht jeden dahergelaufenen Ossi nehmen.«

Mintzel nahm das nicht übel. Er strahlte.

»Wenn herauskommt, wer das Ding im Museum angezettelt hat, ist der Verein sowieso tot«, sagte Schulz.

»Erstens kommt es nicht heraus, und zweitens, wie oft soll ich es eigentlich wiederholen, war das nicht der Verein, sondern der Blender vom Theater«, ereiferte sich Argenthal.

»Blindgänger!« fauchte Molke.

»Granatenarschloch!« polterte Pflüglin.

»Und der Bekennerbrief auch noch in meinem Stil!« grämte sich Argenthal.

»Du kannst selbst die Finger nicht von der Zündschnur lassen«, tadelte Molke, und alle lachten.

Die nächste Bö packte sich einen Korbstuhl und warf ihn die Stufen hinunter auf den Rasen. Große Tropfen fielen vom Himmel. Noch saß das Exekutivkomitee im Trockenen unter dem Dach.

Der Russe mischte sich ein. »Wir debattieren innere Angelegenheiten meiner deutschen Freunde. Ich respektiere. Aber wenn Sie meine ganz vollkommen unwichtige Meinung hören wollen, dann hören Sie! Manche sagen, was kümmert uns Politik, was kümmern uns Kinder, die ein wenig spielen mit Feuer. Sollen sie sich Finger verbrennen. Sie werden lernen. Mein Freund Jacques und ich wollen investieren. Wir wollen große Menge Geld investieren. Wir werden profitieren. Sie werden profitieren. Wenn wir werden keine Fehler machen, keine großen Fehler und auch keine kleinen Fehler und vor allem keine dummen Fehler, dann wir werden profitieren. Also! Werden wir uns um Kinderchen kümmern, damit sie nicht wieder mit Feuer spielen.«

»Ich bin Ihnen ausgesprochen dankbar, daß Sie das so klar sehen, Viktor. Genau deshalb sind wir hier«, sagte Molke.

»Dann möchte ich bitte schön eine Frage stellen. Leider hatten wir Problem mit Abgeordneter aus Potsdam. Angelegenheit kam in Zeitung, in Fernsehen. Wer hat verraten? Werden wir auch Problem haben mit Abgeordneter aus Süden?«

»Die vollständige Geschichte hat noch niemand veröffentlicht«, sagte Mintzel. »Meinetwegen sollen sie über mich herfallen. Besser, es steht die Stasinummer in der Zeitung, als die wirkliche Geschichte. Stasigeschichten regen niemanden mehr auf.«

»Sie werden weiter recherchieren«, sagte Giraglia, der französische Investor, dem Mintzel seine Anteile an der Fonty GmbH überlassen hatte. »Sie werden sich den »Verein der Golffreunde« vornehmen, so lange, bis sie alles herausbekommen haben.«

»Das Problem des Abgeordneten Sommer werden wir sehr bald lösen. Wir arbeiten daran«, sagte Schulz.

»Er ist ehrgeizig. Er braucht Geld. Er fällt auf Frauen herein. Wir haben ihn im Griff«, ergänzte Pflüglin.

Die großen Tropfen hatten sich in Peitschen verwandelt. Der Sturm schlug sie waagrecht unter das Dach. Tischdecken flatterten auf, rissen Gläser vom Tisch, die auf den Fliesen zersprangen. Die beiden schwarzen Frauen und die Wilhelm halfen den Männern, die Sachen ins Haus zu retten.

Wassermassen brachen jetzt vom Himmel. Anton kauerte noch immer hinter dem Busch und fürchtete, weggeschwemmt zu werden. Die Pfütze auf der Veranda schwoll zum See, der sich durch die offene Schiebetür in den Salon schob.

»Himmlisch!« rief Argenthal und rannte mit ausgebreiteten Armen in das atlantische Duschbad.

DER STURM

Antons Kleider hatten sich mit Wasser vollgesogen, aber er fror nicht. Am liebsten hätte er sie sich vom Leib gerissen. Im Schutz des Tosens der Elemente wechselte er unbemerkt auf die gegenüberliegende Seite der Veranda und suchte auf der Rückseite des Gebäudetrakts Deckung, der nach Osten zeigte. Ein Kamin war an die fensterlose Hauswand gemauert, der sich auf mittlerer Höhe konisch verjüngte. Zusammen mit dem nordöstlich folgenden Schlaftrakt bildete das Anwesen an dieser Stelle einen kleinen, fast geschlossenen Innenhof.

Trotz des Lärmens der entfesselten Natur drangen Lautfetzen an Antons Ohr, die ihn erstarren ließen.

Jemand schien in äußerster Not! Anton glitt aus dem Windschatten des Kamins. Die Stimme – oder waren es Stimmen? – kam vom Badesteg her, der kaum mehr als dreißig Meter entfernt in die verrückt spielende Bay ragte, unsichtbar für Anton hinter einer dichten Reihe von Büschen. Auf den Knien kroch er den menschlichen Lauten entgegen. In die Wasserschleier der Sturmböen verwickelt rangen zwei Körper miteinander. Schreie des Kampfes stießen sie aus, des Schmerzes und der Wonne. Dem enthemmten Himmel gaben Gisi sich hin und Argenthal. Es war ein einziges Einanderumschlingen und Einanderverschlingen.

Anton war gebannt. In diesem Augenblick sah er nicht die Frau, die er immer noch begehrte. Der Anblick tat nicht weh. Es kam ihm vor, als habe er niemals so etwas Fremdes und zugleich Schönes gesehen.

»Ludolf! Ludolf, wo stecken Sie?«

Anton warf sich zu Boden. Er hatte vollkommen ausgeblendet, in welcher Gefahr er steckte, vergessen, wozu er hier war.

Der nackte Dichter flitzte an ihm vorbei.

Dann kam Gisi. Geradezu blendend ihre weiße Haut vor dem schwarzblauen Horizont. Sie huschte nicht, sie schritt. Eine triefende Göttin, schaumgeboren soeben.

Wie Argenthal nahm sie den Plattenweg, der um das Haus herum zum Haupteingang führte. Anton wischte sich die Dreckspritzer aus dem Gesicht und kroch zurück in seine Kaminecke. Auf die Veranda durfte er sich nicht wagen. Gewiß saßen sie jetzt hinter den Panoramascheiben und genossen das Lichtspiel der Elemente auf dem Meer und am Himmel. Wenn er erfahren wollte, wie die Sitzung des Exekutivkomitees weiterging, mußte er ins Haus hinein. Er folgte Gisi den glitschigen Weg hinauf zur Eingangsseite, drückte sich unter den Fenstern an der geschlossenen Haustür vorbei. Er schlüpfte weiter zu der Stelle, an der sein Abenteuer begonnen hatte.

Die Tür im Erdgeschoß des Westflügels stand noch immer offen, im Windschatten des Hauses hatte sie der Sturm nicht zugeschlagen. Anton nahm die Treppe ins Obergeschoß. Hinter einer nur angelehnten Tür hörte er schmatzende Geräusche. Dann die Stimme Argenthals, der sich offenbar zur Wehr setzte.

»....gut, gut, bitte... sie warten... sie werden...«

Anton sah zu, daß er weiterkam. Er hatte jetzt den breiten, halbkreisförmigen Flur erreicht, der alle sternförmig angeordneten Teile der Villa miteinander verband. Auf der Höhe des Eingangs weitete er sich zur offenen Halle. Rechts gingen Stufen hinunter zum Diningroom, in dem die zwei schwatzenden Hausmädchen ihre Vorbereitungen fortsetzten. Am Ende der Halle gabelte sich der Flur. Links mußte es zu den Schlafzimmern gehen, rechts lag der Salon. Von einer Galerie konnte Anton in ihn hinunterblicken. Unter einem kleinen schlankbeinigen Schreibtisch, der direkt neben dem Geländer stand, fand er Deckung.

Etwas Unerklärliches machte ihn kühn und furchtlos, etwas, das ihn nicht losließ, etwas wie eine Sucht.

In himmelblauen Polstermöbeln tagte der harte Kern der »Freunde des Golfsports«.

Argenthal mußte sich losgerissen haben. Überraschend schnell erschien er in einem weißen Tropenanzug, das nasse, glänzende Haar an den Schädel geklatscht.

»Wo kommst du her?« fragte ihn Molke.

»Wir haben uns fein gemacht«, lobte Göttlich.

Argenthal sagte: »Ich las.«

Schulz blökte. Sie hätten sich jetzt gern wie Pennäler über den Dichter hergemacht, doch Argenthal stellte sich vor dem Kamin in Positur und deklamierte:

»Still liegt im Hafen
Des Königs Schiff in tiefer Bucht, allwo
Du einst um Mitternacht mich aufriefst, Tau
Zu holen von den stürmischen Bermudas.«

Giraglia klatschte als einziger Beifall.

»Ein Franzose weiß das zu schätzen«, sagte Argenthal und setzte sich. »Ich wette, von euch Banausen wußte keiner, daß Shakespeare ein Stück gemacht hat, das auf den Bermudas spielt. ›Der Sturm‹.«

»War Shakespeare auch hier?« fragte die Wilhelm, die Getränke nachgoß.

»Sicher, Liebes«, antwortete Molke. »Er wohnte in der Clear Water Lodge, Tucker's Town.«

Jetzt blökte die ganze Runde.

Als sich die Herren beruhigt hatten, stellte Schulin eine Frage.

»Was tun wir mit Abgeordneter. Sind nicht fertig mit ihm.«

»Mit Sommer werden wir fertig, machen Sie sich nur keine Sorgen, Viktor«, sagte Schulz.

»Nicht Sommer macht Sorgen. Der, der gestorben ist.«

»Schmid-Selbelang. Der Staatsanwalt ist ein vernünftiger Mensch. Es war Selbstmord.«

»Glauben Sie Schulz«, half Mintzel.

»Bekommt auch Staatsanwalt schöne Wohnung mit Haustier?«

Schulin sah Schulz an.

»Kein Haustier«, sagte Molke.

»Das Haustier, das beißt...«

»...O ja!...«, sagte Argenthal.

»...bekommt er nur, wenn es nötig ist.« Molke grunzte zufrieden.

»Das Haustier hat das Problem Schmid-Selbelang optimal erledigt«, resümierte Schulz. »Im Fall Sommer können wir das leider nicht feststellen.«

»Schlechte Arbeit?« Schulins Augen wanderten von Mann zu Mann.

Hart setzte Argenthal sein Glas auf die Glasplatte des Tisches und sprang auf.

»Reg dich nicht auf, Ludolf!« bat Pflüglin.

Der Dichter sank zurück in den Korbsessel.

»Die Frage ist berechtigt«, sagte Molke. »Es sieht nicht gerade professionell aus. Weshalb hat es Sommer so plötzlich mit der Angst gekriegt?«

»Ob er ahnt, daß die Katze Frank aufgefressen hat?« fragte Mintzel.

Pflüglin zog eine Grimasse und schaukelte mit dem Kopf ruckartig hin und her.

»Solange wir es nicht ausschließen können, müssen wir davon ausgehen, daß Sommer mehr weiß, als uns lieb ist. Er ist gefährlich«, antwortete Molke.

»Was ist mit der Katze?« fragte Pflüglin.

»Sollten wir vorsichtshalber aus dem Verkehr ziehen«, sagte Schulz.

Argenthals Glas zerschellte auf dem Boden.

Schulz legte dem Dichter die Hand auf die Schultern. »Beruhige dich. Sie wird einen kleinen Urlaub machen.«

»Charlotte!« rief Molke.

»Reden wir besser vom Geschäft«, mahnte Mintzel.

Während Charlotte die Scherben aufkehrte und eine der beiden Hausangestellten die Gin-and-Tonic-Pfütze aufwischte, begann Molke zu referieren. Er sprach von den Investitionen im Golfgeschäft, Sportanlagen, Hotels, Villen, Restaurants für eine gute Milliarde Mark. Die Organisationen von Schulin und Giraglia beteiligten sich zu jeweils einem Drittel. Die Planung lag bei der Jenny GmbH, der Investment-Tochter im weitverzweigten Familienstammbaum. Das Geschäftsvolumen im Osten wuchs enorm, im Westen war Marktsättigung in Sicht. Notwendig also: Diversifikation.

»Wir werden heute abend Redcliff zu Gast haben, Financial Services. Der Bruder des Premiers. Erste Adresse, wenn es um Captives geht. Wir werden eineinhalb Milliarden so clean bekommen wie das Wasser der Bay. Wir gründen eine Captive.«

»Nennen wir die Firma doch ›Theo Capital‹«, schlug Argenthal vor.

»Das hat was«, fand Göttlich. »Wir widmen dem Waigel die Firma, mit der wir uns gegen seine Raffgier rückversichern. Blendende Idee, Ludolf!«

»Daran hatte ich eigentlich nicht gedacht.« Argenthal wirkte enttäuscht. Theo hieß Fontanes Sohn.«

»Köschtlich, köschtlich«, amüsierte sich Pflüglin.

Auch Schulz und Mintzel amüsierten sich köstlich.

»Machen Sie sich nichts aus diesen Banausen, Ludolf! Nach Fonty, Effi und Jenny haben wir gar keine andere Wahl als Theo«, sagte Molke.

Schulz teilte Mappen aus.

Alle blätterten in den Unterlagen, die der Anwalt erläuterte.

Bloß Argenthal hatte sein Interesse verloren. Seine Augen

wanderten hinaus auf die immer noch aufgebrachte See. Dann schweiften sie im Raum umher.

»Hiergeblieben!« rief Molke.

Argenthal war aufgesprungen.

»Wir haben einen Überraschungsgast!« schrie er und sprang die Treppe hinauf.

Unter dem Tisch war Anton geliefert. Er zögerte keinen Augenblick und startete wie ein Footballspieler. Den Dichter rammte er die Treppe hinunter.

Vom wilden Geschrei alarmiert, trat ihm in der Halle der Gärtner in den Weg. Anton riß eine kugelige Vase von der Kommode.

»Catch!«

Der Gärtner fing die Vase auf, die Blumen landeten in seinem Gesicht, ein Wasserschwall in den Augen.

Anton stürmte aus der Haustür. Als er sie hinter sich zuschmiß, hörte er die Vase an der Innenseite der Tür zerschellen.

In schlechten Romanen steht in solchen Augenblicken ein Wagen vor der Tür, nicht abgesperrt, der Zündschlüssel im Schloß. Es stand ein Wagen vor der Tür. Wahrscheinlich steckte sogar der Zündschlüssel. Hier klaute sowieso keiner.

Er wird nicht anspringen, dachte Anton. Diese Nässe schaffte jede Zündung.

Es war besser, er machte sich hinter den beiden Säulen dünn, die zur Linken die Tür flankierten. Der Gärtner stürzte ins Freie, blieb stehen, sah sich nach Anton um. Schulz und Argenthal folgten. Gepolter und Geschrei eilte den langsameren Verfolgern voraus.

Molke kommandierte. Aber auch Schulin brüllte Befehle.

Pflüglin keuchte als nächster vor die Tür. Dann Schulz. Er glaubte, Anton sei die Einfahrt entlanggelaufen.

Giraglia deutete zum Bootshaus hinunter, wo das Schiff lag. Die Wilhelm fuchtelte überallhin. Sie teilten sich auf und nahmen die Verfolgung Antons in verschiedene Richtungen auf.

Anton schlüpfte hinter den Säulen hervor und durch die Tür zurück ins Haus.

Er hatte vor, das Haus dort zu verlassen, wo er es betreten hatte, und sich durch die Büsche zurück zum Boot zu schlagen, wo Antje die Sturzflut über sich hatte ergehen lassen.

Die Frau, die ihm den Weg zur Treppe versperrte, hielt eine Pistole in der Hand und winkte ihn damit in ein Zimmer, dessen Tür offenstand.

»Schon gut«, sagte Anton, »nimm das Schießeisen weg!«

»Du bist süß«, sagte Gisi.

»Ruf die Polizei!« keuchte Anton.

»Keine schlechte Idee. Auf die Verletzung von Privateigentum steht hier wahrscheinlich die Todesstrafe. Es geht schneller, wenn ich es selbst erledige.«

»Dann mach es kurz!«

»Wie romantisch.«

»Warum schießt du nicht?«

»Alle meine Klienten war'n Romantiker«, lächelte Gisi. »Setz dich!«

Anton sackte auf die Bettkante.

»Deine Klienten?«

»Die Männer, die ich umbring, sind meine Klienten.«

»Ich habe dich geliebt, Gisi!«

»Erinnere mich.«

»Dann nimm die gottverdammte Pistole weg!«

»Gleich. Leb wohl.«

»Wie kannst du einen Menschen töten, den du geliebt hast!«

»Weil ich leben will! Ihr im Westen konntet leben, dick und fett, auf meine Kosten. Jetzt bin ich an der Reihe. Es gibt angenehmere Jobs, aber nicht viele sind besser bezahlt.«

»Tötest du alle, die du geliebt hast?«

»Ich hab alle geliebt, die ich töte.«

»Wirst du auch Argenthal...?«

»Warum nicht.«

»Weshalb ihn?«

»Disziplinlosigkeit. Die dämliche Komödie, die er im Museum inszeniert hat, bringt uns in Schwulitäten.«

»Er sagt, es war Grobenzell.«

»Lüge.«

»Weshalb?«

»Angst.«

»Du warst es doch, die die Blendgranate zündete!«

Gisi sah Anton verächtlich an. »Du denkst, ich geb mich mit Kinderkram ab. Das kränkt mich.«

»Du hast den Saal verlassen, kurz bevor draußen im Foyer die Granate explodierte.«

»Ich lass mich nur nicht gern niedertrampeln.«

»Also wußtest du ...«

»Der Idiot hat damit geprahlt. Aber ich hab nichts damit zu tun.«

»Sind alle Männer, die du umbringst, aus dem Westen?«

»Könnt schon sein.«

»Du schläfst also auch nur mit Männern aus dem Westen! Sind dir die Ossis nicht gut genug? Oder zu arm?«

»Wie du meinst.«

»Außer Molke. Den fickst du für Geld.«

Ein stechender Schmerz fuhr Anton über die Backe. Gisi hatte ihm die Kanone ins Gesicht geschlagen.

»Den Fettwanst hab' ich nicht mal angerührt.«

Schmerz und Angst trieben Anton das Wasser in die Augen.

»Jeder, der zum Tod verurteilt ist«, bat er, »hat einen letzten Wunsch frei.«

Gisi hob den Lauf der Pistole zur Decke.

»Liebe mich, Gisi, wie du Frank geliebt hast in seiner letzten Stunde!«

»Steh auf!«

Anton folgte. Weiße Haut und ein rabenschwarzer Einteiler berührten ihn. Ihre Lippen näherten sich seinem trockenen

Mund, preßten sich auf ihn, ihre Zunge drang in ihn ein. Wenigstens mußte er nicht verdursten. Den Lauf der Pistole stieß Gisi in die Gegend von Antons Hosentür.

Er riß den Mund noch weiter auf und taumelte mit einem Schrei zurück. Seine Hände preßte er an den Unterleib.

»Pfoten hoch!«

Anton folgte und krümmte sich zugleich.

»Ich hab noch nie 'nen Mann erschossen«, sagte Gisi. »Ich haß Gewalt. Mag kein Blut im Bett. Wir werden einen Drink nehmen. Und schön die Hände hoch!«

Gisi ging ein paar Schritte rückwärts, bis sie an den Tisch stieß, auf dem eine bereits geöffnete Weinflasche und zwei Gläser standen, in denen noch Reste von Wein war. Offenbar hatte sie mit Argenthal getrunken. Sie ging rückwärts um den Tisch herum und goß mit der freien Hand beide Gläser voll. Sie langte in ihren schwarzen Lederbeutel, der auf dem Stuhl lag, und fand mit einem Griff das Tablettenröhrchen. Die Plastikkappe ploppte sie mit dem Daumen weg und kippte den Inhalt in eines der beiden Gläser.

»Weshalb kamst du nach Bonn?«

»Dich zu töten.«

Anton versuchte ein verzweifeltes Lachen. »Dazu mußtest du nicht in den Bundestag gehen.«

»Hat mich interessiert. Frank wollte mich nie mitnehmen. Interessante Architektur.«

»Du lügst! Du wolltest den Laden in die Luft sprengen. Gib es zu! Ich werde es mit in den Tod nehmen.«

»Kann es sein, daß du ein wenig an Verfolgungswahn leidest?«

»Wo wolltest du mich töten in Bonn?«

»Na bestimmt nicht im Bundestag. Hättest du dich nicht so komisch benommen, wär's noch ein schöner Abend mit uns geworden.«

»Und später die Golfbälle? Sie galten mir!«

»Verfolgungswahn, sag ich doch. Kein Mensch kann mit Golfbällen so genau zielen, nicht mal ich.«

»Du spielst Golf?«

»Handicap sechs.«

Anton schluchzte plötzlich hemmungslos.

Draußen kamen Stimmen näher. Die Männer hatten offenbar die Suche nach Anton aufgegeben.

»Trink!« Gisi hielt Anton das Glas mit den Tabletten hin, die sich schnell aufgelöst hatten.

Die Neugier erlöscht in einem Menschen als letztes.

»Als ich dich von Frank erbte – weshalb?«

»Hatt mich einfach in dich verknallt. Ist es das, was du hören willst?«

»Hat Molke es verlangt?«

»Du warst Franks Freund und hast dich sehr auffällig für seinen Tod interessiert. Wir konnten nicht wissen, was er dir alles erzählt hatte. Deshalb mußten wir dich unter Kontrolle halten.«

»Dein Job.«

»Mein Job.«

»Küß mich, Gisi!«

Gisis Lippen kamen näher, streiften Antons geschundene Wange. Es war das letzte, was diese Lippen für Anton tun konnten.

Antje ließ das Sandeisen fallen, mit dem sie ein klaffendes Loch in Gisis Schädel geschlagen hatte. Aus rotem Haar tropfte Blut auf das weiße Bett.

Vor der Tür Stimmen.

»Raus hier«, zischte Antje und stieß Anton zum offenen Fenster. »Spring schon!«

Anton sprang auf das Dach des flachen Anbaus, in dem der Billardtisch stand. Als er auf den weißen Stufen aufkam, bohrte sich ein schreiender Schmerz in seinen rechten Fuß.

»Weiter!« befahl Antje.

Der zweite Sprung auf den Rasen. Sie rollten unter die Büsche, rutschten und schoben sich die Böschung hinab. Der heiße Schmerz in Antons Fuß war kaum auszuhalten. Dafür spürte er nicht, wie ihm Zweige und Dornen das Gesicht aufrissen.

»Wir schwimmen!« beschied Antje und stieß ihn von der Klippe.

Er fiel nicht tief. Es waren höchstens fünfzig Meter bis zum Boot, die Anton mehr unter als über Wasser schaffte. Es kühlte wenigstens den Schmerz. Antje war vor ihm im Boot und reichte ihm die Hand. An einem Felsbrocken auf dem Grund wollte sich Anton abstoßen, sank jedoch stöhnend zurück. Mit dem guten Fuß wiederholte er den Versuch und stemmte sich mit den Armen über die Bordkante. Antje hatte bereits den Motor gestartet, als er wie ein Sack ins Boot plumpste.

Sie hielt sich so dicht wie möglich am Ufer.

Wenn sie Pech hatten, erwartete sie im Piratenwinkel der Tucker's Town Bay Polizisten mit Gewehren im Anschlag. Sie galten als Mörder auf der Flucht.

Wohin nur sollten sie fliehen auf einem Fliegenschiß im Atlantischen Ozean? Dieses Meer war die höchste Gefängnismauer der Welt.

»Wir müssen es versuchen«, sagte Antje. Sie dachte noch gar nicht daran, die Bermudas zu verlassen, nur den Castle Harbour. Die Tucker's Town Bay war viel zu gefährlich für sie. Das aber hieß, sie mußten die in westöstliche Richtung verlaufende, den Castle Harbour vom offenen Ozean trennende Landzunge umfahren.

Bis Castle Point waren es rund zwei Kilometer. An manchen Stellen war die Landzunge so schmal, daß man sie mit einem Sandeisen hätte überspielen können, vorausgesetzt, man hatte für das Ding keine nützlichere Verwendung.

Sie tuckerten an pastellfarbenen Villen und tropischen Gärten vorbei, ziemlich gemächlich, um nicht aufzufallen, und rechneten damit, jeden Moment Sirenen zu hören oder Hubschrauber. Zwölf bange Minuten bis Castle Point.

Die Riffs kamen bei dem herrschenden Gezeitenstand fast bis an die Oberfläche. Aber das Boot hatte kaum Tiefgang. Deshalb konnten sie darauf verzichten, die mit Bojen markierte Wasserstraße zu nehmen, die im weiten Bogen um zwei kleine Inseln herumführte. Zu Füßen des alten Festungsturms von Frick's Point bogen sie vorsichtig nach Süden, vorbei an Rushy Island und Charles Fort, wo Her Majesty Ship Cerebus auf Grund lag, gesunken 1783, wie Anton der Karte entnahm. Die meiste Zeit beugte er sich über das Boot und starrte ins Wasser, um Antje rechtzeitig vor Untiefen zu warnen.

Dann fünfzehn Minuten entlang der Südküste nach Westen. Trotz der Barriere der Riffs weiter draußen war das Meer noch aufgewühlt vom Sturm. Antje ließ das Boot in den Korallensand des South Shore Beach gleiten, machte es an einem Felsbrocken fest. Auf sie gestützt schleppte sich Anton über den Sand. In der Snack Bar saßen trotz des Wetters zwei Dutzend erlebnishungrige Touristen. Anton und Antje ließen sich Sandwiches bringen und Bier, die sie vertilgten wie gerade gerettete Schiffbrüchige.

Kein Wort sprachen sie. Antjes Hände zitterten, und Anton konnte den dick angeschwollenen Fuß nicht mehr bewegen.

Mit dem nächsten Shuttle-Bus fuhren sie zurück zum Hotel. Sie hofften, zwischen den Touristen würden ihre Verfolger sie am allerwenigsten vermuten. Weder ein Streifenwagen war zu sehen noch eine Straßensperre.

In der Clear Water Lodge wußte niemand, daß Anton im Marriotts wohnte. Aber die Polizei würde es schnell herausfinden. Jetzt zahlte sich womöglich aus, daß er sich unter Antjes Namen eingetragen hatte. Sicherheitshalber mied Anton die Halle, nahm den direkten Eingang zu den Harbour Wings. Mit jedem Auftreten zog der Schmerz hoch bis ins Knie.

Sie mußten das Hotel sofort verlassen.

Anton lag auf dem Bett, während Antje packte. Die Golfschläger oben im Clubhaus hatte er sich nur geliehen, auf die Schuhe mußte er eben verzichten. Antje schleppte das Gepäck zur Rezeption, dann half sie Anton durch den Notausgang. Sie checkte aus und war froh, daß sie nicht nach dem Grund der plötzlichen und vorzeitigen Abreise gefragt wurde; das war zweifellos ein Vorteil des amerikanischen Kettenhotels.

Ein Taxi brachte sie in die Hauptstadt Hamilton. Die Fahrt entlang der Südküste durch kleine Ortschaften, die sich um niedrige alte Kirchlein scharten, dauerte eine halbe Stunde. Den Reisenden erschien die Insel wie ein einziger Garten. Kurz vor Hamilton passierten sie das King Edward VII. Memorial Hospital; es war klar, daß Anton sich nicht hineinwagen durfte.

Sie fuhren die Front Street entlang, am kleinen Containerhafen vorbei und an der Nordic Prince, deren Passagiere gerade über die zollfreien Läden herfielen. Hätten sie die geringste Chance gesehen, an Bord des Kreuzfahrtschiffs zu kommen, sie hätten es gewagt.

Zum Bermudiana Hotel ließen sie sich bringen, gleich hinter der Anlegestelle der Linienboote. Der pinkfarbene, siebenstökkige Kasten leuchtete in der tiefen Abendsonne wie ein in Scheinwerferlicht getauchter Korallenstock. Es fiel nicht auf, daß Mr. und Mrs. Schütterlich nur eine Nacht bleiben wollten, denn hier stiegen mehr eilige Geschäftsreisende ab als Touristen.

Es dunkelte schnell. Antje besorgte ein Schmerzmittel und eine Bandage in der Apotheke, und sogar eine Krücke trieb sie auf.

»Du Engel!«

So hatte Anton sie noch nie genannt. Sie war sein Schutzengel, und sein Racheengel war sie auch.

Sie fieberten den Nachrichten entgegen.

Die TV-News meldeten keinen Mordfall. Vermutlich hatten die Behörden eine Nachrichtensperre verhängt.

Anton versuchte, den Engel zu beruhigen.

»Es war eindeutig Notwehr, du hast nichts zu befürchten.«

Bloß benahmen sie sich nicht wie Leute, die nichts zu befürchten hatten.

Kein Richter würde Antje die Notwehr abnehmen. Sie hatte ihr Opfer von hinten erschlagen, und ihr einziger Zeuge war ihr Komplize. Heimtückische Raubmörder waren sie für die Polizei.

Vielleicht hatte das Exekutivkomitee die Polizei gar nicht gerufen!

In diesem Fall mußte es die Leiche Gisis verschwinden lassen. Auf den Bermudas verschwand so schnell nichts. Es mußte so aussehen, als sei sie eine Klippe hinabgestürzt.

Nichts als Spekulation. Weniger als eine Hoffnung.

Alles würden die Gangster in Bewegung setzen, um Anton und Antje habhaft zu werden, tot oder lebendig. Mittel und Wege besaßen sie auch auf den Bermudas.

»Wir hatten vereinbart, daß du im Boot wartest. Weshalb bist du ins Haus nachgekommen?«

»Zur rechten Zeit!«

»Du solltest dich nicht in Gefahr bringen.« Anton strich über Antjes Haar.

»Als ich Schreie hörte, wußte ich, sie hatten dich entdeckt.«

»Für gewöhnlich gehst du nicht mit einem Golfschläger spazieren.«

»Vielleicht wäre es besser. Ich nahm ihn mir aus dem Bag neben der Tür.«

Sie lagen auf dem Bett. Es gab Grund genug, sich gegenseitig zu beruhigen.

Gisi hatte eine Pistole in der Hand gehabt. Anton bewunderte Antjes Kaltblütigkeit.

»Ich hätte es nicht fertiggebracht zuzuschlagen.«

»Aber sie hat dich doch geküßt!«

Sie schluchzte.

»Es war Notwehr, mein Engel.«

»Weiß Gott, das war es.«

Seine Hände betasteten ihr Gesicht, ihr Haar, ihre Hüften.

Sie schonte seinen rechten Fuß. Das war alles, was sie verschonte in dieser Nacht.

Beide lagen wach. Es konnte nur eine Frage der Zeit sein, bis auf dem Flur Schritte näher kamen, Fäuste an ihre Tür trommelten, die Schultern gedungener Mörder die Tür aufsprengten und Mündungsblitze das letzte waren, was sie von dieser Welt sahen.

Doch es wurde hell über Hamilton, und sie frühstückten unbehelligt Porridge und Toast mit Orangenmarmelade. Den letzten Tag in Freiheit beschlossen sie mit einer Schiffsrundfahrt zu begehen.

Am Ferry Terminal lösten sie Karten und setzten sich aneinandergeschmiegt aufs offene Oberdeck. Der Himmel strahlte wie neu erschaffen, und eine seidenweiche Brise kühlte ihre Stirn, als das Schiff durch schärenartige Inseln ins gleißende Weite des Great Sound hinausglitt und die Schwanzspitze des gekochten Hummers im Norden ansteuerte.

Anton legte den geschwollenen Fuß auf die Sitzbank. In Dockyard, der monumentalen Festungsanlage der Briten, strömten die Passagiere alle an Land.

Antje und Anton aber blieben an Bord; hier suchte sie niemand. Watford Bridge, Cavello Bay, Somerset Bridge und zurück nach Hamilton, zweieinhalb Stunden die ganze Tour. Zweieinhalb Stunden waren sie bloß Touristen, die schwerelos durch den Tag gondelten. Wie schön wäre es gewesen, wären sie bloß Touristen und nicht Mörder auf der Flucht.

»Kommen wir jemals hier heraus?«

»Wir sind hereingekommen, und so kommen wir auch wieder heraus«, sagte Antje.

Mit verzweifeltem Lachen honorierte Anton ihren Humor.

»Komm!« sagte sie und schob Anton in ein Taxi. »Alles, was wir brauchen, habe ich dabei. Zum Airport.«

»Bist du wahnsinnig! Dort warten sie nur auf uns.«

»Dann ist es besser, wir bringen es hinter uns.«

Anton fügte sich seinem Schutzengel.

Der Abendflug nach London war ausgebucht. Am Schalter erklärte Antje, es handle sich um einen Notfall, einen Trauerfall in der Familie. Wenn man so wollte, war das nicht einmal eine Lüge. Ihr Gepäck werde nachgeschickt, behauptete sie.

Sie kamen auf die Warteliste.

Warten. Anton haßte es, aus Langeweile in Duty-Free-Läden Geld zu verpulvern, was immer noch besser war, als in überfüllten Warteräumen hin- und herzutigern oder sich an der Bar zu alkoholisieren. Aber mit dickem, schmerzendem Fuß herumzusitzen und damit zu rechnen, hopsgenommen zu werden, war unerträglich.

Wenigstens landete die Maschine aus London pünktlich, mit der sie fliegen wollten.

Plötzlich sah Anton das Empfangskomitee. Er schlug sofort die Zeitung auf (die auch nichts über den Mordfall brachte), um sich dahinter zu verstecken.

Schulz und Pflüglin waren gekommen. Sie sahen beide nicht aus, als hätten sie gut geschlafen. Vermutlich warteten sie auf Kotemat. Sie gingen auf und ab, aber nicht nebeneinander. Jeder zog seine eigene Bahn, als wollten sie sich aus dem Weg gehen. Gelegentlich berührten sich ihre Kreise für einen Blick, ein Schulterzucken, ein Einanderzunicken. Einmal kam Pflüglin Anton gefährlich nahe.

Irgendwann verschwanden Pflüglin und Schulz doch gemeinsam. Anton faltete die Zeitung zusammen.

»Passenger Mr. Sommer please contact the British Airways Check-in-Counter, Passenger Mr. Sommer please.«

Antje half Anton auf die Beine.

»Jetzt werden sie uns verhaften«, sagte Anton.

Am Schalter erwarteten ihn nicht Handschellen, sondern ein Rollstuhl und die Bordkarten. Antje gab Anton einen aufmunternden Kuß auf die Wange.

»Spätestens an der Paßkontrolle haben sie uns«, unkte Anton.

Er ergab sich seinem Schicksal und ließ sich in den Rollstuhl sinken. Antje bestand darauf, selbst zu schieben, und lehnte die Hilfe einer bleichhäutigen, rothaarigen Bodenstewardeß ab. Sie hatte beschlossen, auf Anton selbst aufzupassen, vor allem, wenn bleichhäutige, rothaarige Frauen ins Spiel kamen.

»Bleiben Sie stehen, Sommer!«

Schulz hatte ihn entdeckt. Die Lautsprecherdurchsage hatte ihn verraten. Die Verfolger Schulz und Pflüglin schubsten sich den Weg frei, rempelten Leute zur Seite, verfolgt von bösen Blicken und Worten. Freiwillig machte niemand den Weg frei. Antje hatte es leichter. Dem Rollstuhl wichen die Menschen rücksichtsvoll aus. Offensichtlich handelte es sich um einen Notfall.

»An der Paßkontrolle sind wir in Sicherheit!« rief sie.

So einfach ließen sich die beiden nicht abschütteln. Anton schloß die Augen.

Mochte es draußen auch toben. Er ließ sich fallen, gab sein Schicksal in Antjes Hand.

Zentnerschwer fühlte sich sein Körper an, und er sackte in ein tiefes, schwarzes Loch. Vorbei huschen Apfelbäckchen, grüne Augen, lächelnd über ihn gebeugt. Ein Lichtstrahl erfaßt, beschleunigt ihn. Göttlichs Goldene Röhre kommt näher und näher. Der Augenblick, in dem er in sie hineinplatzt: ein blendendweißer lautloser Blitz. Plötzlich ist Frank da, im Sitz neben ihm im Plenarsaal. Er krümmt sich. Alle Abgeordneten krümmen sich in ihren Sitzen, pressen die Hände vors Gesicht, prusten und brüllen vor Lachen. Söhnlein am Rednerpult. Aus seinem offenen Mund quellen weiße Kugeln, ohne Ende, ergießen sich auf eine Wiese, die fast vollständig bedeckt ist von

Golfbällen, die sich aus der Nähe als ein Gewimmel unzähliger winziger Schildkröten entpuppen, aus noch größerer Nähe als ein Meer von Eiskugeln. Schoko mit Schlagsahne, weiß wie der Tempel, auf den Anton zuschießt. Die Pforten Walhalls. Vor ihm die marmornen Büsten der Edlen. Argenthal erkennt er, den Dichter, den großen Schlofeld, Gruber, den Schweiger, die Wilhelm in preußischer Generalsuniform, den Kreuzritter Hildenstein und den Sozialdemokraten von Schwalm, Rüstungs-Stoltz und den Präsidenten Kotemat, Molke vom Bau und Pflüglin, den Paten... und aus ihrer Mitte tritt, nackt und makellos, marmorn die Haut, blutrot das Haar: Gisi – in der Hand einen schwarzen Lederbeutel. »Catch« ruft sie ihm zu. Zurückweichen will er. Sie wirft. Spring doch! An einen Rollstuhl gefesselt, trifft ihn das schwarze Geschoß, stößt ihn zurück, den Stufen zu, den dreihundertachtundfünfzig Stufen, die er nun hinabpoltert, immer schneller, unaufhaltsam...

Freundliche Stimmen mischten sich ein.

»Thank you very much, Sir. Have a nice flight, Sir.«

Mr. Antonius Sommer, Member of Parliament. Der Diplomatenpaß bewirkte ein Wunder. Nicht einmal durch den Metalldetektor mußte er noch. Als erster durfte er einsteigen und bekam einen Platz am Gang, wo er das rechte Bein ausstrecken konnte.

Champagner.

»Ich bin reif für die Insel«, sagte Anton, als das Flugzeug abhob.

NACHRUF AUF EINEN DICHTER

Anton erwachte in einem hellen Einzelzimmer. Die gerissene Sehne im rechten Fuß war geflickt, der Bruch des Mittelfußknochens versorgt. Geduld und Zuversicht verordnete der Chefarzt, ein paar Tage würde es schon dauern. Das Telefon stand in Reichweite, aber Anton brauchte es nicht. Der Blick auf die Nagelfluhkette war beeinträchtigt von Blumensträußen auf dem Fensterbrett, in Vasen, die Schwester Monika für solche Fälle bereithielt, eine scheußlicher als die andere.

Dazu kam jetzt noch der Strauß von Ellen. Carmen und Caroline begleiteten sie. Darüber freute Anton sich sehr.

»Stell dir vor, Paps«, sagte Caroline, »Onkel Hubertus ist weggewandert.«

»Ausgewandert«, korrigierte Ellen. »Er lebt jetzt in Florida.«

»Was wird aus dem Geschäft?« wollte Anton wissen.

»Die Firma hat er seinem Ältesten übergeben. Der Pflüglin versteht eben zu leben.«

»Das versteht er«, bestätigte Anton.

Ellen weinte.

»Hättest du auf mich gehört, wäre uns vieles erspart geblieben«, sagte sie.

Gelegentlich hatte Ellen einfach recht.

Antje betrat das Krankenzimmer. Sie hatte Zeitungen besorgt.

Die Frauen nickten sich zu.

»Sag du es ihr«, bat Anton den Engel.

Daraus wurde nichts, weil Ellen »nicht länger stören« wollte.

Anton nahm den Packen Zeitungen.

Im Bermudadreieck der Leidenschaften titelte »Die Welt«.

Der Dichter, der Tod und das Mädchen überschrieb die »Süddeutsche« die Geschichte auf der Vermischten Seite.

Die »Frankfurter Allgemeine« berichtete von *Tragik und Größe*; die Münchner »Abendzeitung« von *Genie und Wahnsinn.*

»Bild«: *Star-Autor mordet Geliebte.*

Die Fakten, die in allen Zeitungen bemerkenswert übereinstimmten, sind schnell erzählt: Offenbar aus Eifersucht erschlug der in Deutschland weltberühmte Dichter Ludolf Argenthal im Urlaub auf den Bermudas seine Geliebte, die sechsunddreißigjährige Berliner Malerin Gisela Windisch, mit einem Sandeisen. Anschließend beging der Zweiundfünfzigjährige noch am Tatort Selbstmord. Er vergiftete sich mit Tabletten, die er in einem Glas Wein aufgelöst hatte.

Auf den Kulturseiten erste Nachrufe.

Keiner vergaß seine »Sprachgewalt«, sein »Genie«, die »Authentizität« seines Werkes und dessen »Widersprüche«. Argenthal war ein »Moralist wider Willen«, »gelassen und pathetisch«, »bisweilen unerträglich und oft unerreicht«, der »über die Maske des linken Utopisten die Fratze des Rechtskonservativen« gezogen hatte, ein »sarkastischer Ankläger des Fernsehens«, ein Mann, der »wütend liebte und nachsichtig verachtete«, der »Anstöße gab und Anstoß erregte«, ein »Spätromantiker mit metaphysischem Ekel und dem Bedürfnis nach Remythologisierung«. Mit einem Wort: »Wie kaum ein anderer war Argenthal ein Deutscher.«

»Ludolf Argenthal ist tot«, schrieb »Die Zeit«. »Nun geht es ihm besser und uns schlechter.« Argenthals Beisetzung versprach das Kulturereignis des Jahres zu werden.

Antje wußte noch mehr Neuigkeiten; sie hatte mit Irina in Krefeld gesprochen. Die Berliner Staatsanwaltschaft hatte das Ermittlungsverfahren gegen Unbekannt im Tötungsfall Frank

Schmid-Selbelang eingestellt. Man müsse, hieß es, von Selbsttötung ausgehen.

Durfte Anton das hinnehmen? Er mußte es hinnehmen. Was hatte er in der Hand? Was wußte er schon? Molke und Mintzel paktierten mit der Mafia, mit Schulin, dem Russen, und Giraglia, dem Franzosen, der vermutlich für eine italienische Gesellschaft agierte. Sie waren auf den Bermudas ins Rückversicherungsgeschäft eingestiegen. Na und?

Ein kluger Mann wußte, wann das Spiel zu Ende war.

Auch Kotemat wußte es. Unmittelbar nach seiner Ankunft in Deutschland erklärte er den Rücktritt vom Amt des Präsidenten der »Freunde des Golfsports in Deutschland e. V.«. Kreuzritter Hildenstein erklärte seine Bereitschaft zur Kandidatur um das vakante Amt, Regisseur Grobenzell seinen Austritt aus dem Verein.

Antje wich nicht mehr von Antons Seite. Als das Telefon klingelte, hob sie ab.

»Moment«, sagte sie und mit zugehaltenem Hörer: »Neuss.«

»Kein Bedarf«, sagte Anton.

»Bedaure, falsch verbunden.« Antje legte den Hörer auf.

Eine halbe Stunde später klingelte es erneut. Wieder nahm Antje ab. Diesmal war es Söhnlein.

Anton nahm gnädig den Hörer entgegen.

»Sie haben fabelhaft gearbeitet, Herr Sommer. Ich möchte Sie beglückwünschen.«

Fast gerührt war Anton, wenn er auch nicht gleich verstand, womit er sich das hohe Lob verdient hatte.

»Wir sind Ihnen dankbar. Sie haben Schaden vom deutschen Volk gewendet.«

»Keine Ursache.«

»Ohne Ihre Hartnäckigkeit hätte die Euroconstruct tatsächlich den Reichstag in die Hand bekommen. Die Mafia baut das Hohe Haus: eine unerträgliche Vorstellung!«

Sage keiner, ein einfacher Abgeordneter könne nichts bewirken, dachte Anton. Er hatte zumindest einen Stein ins Rollen gebracht.

»Wie weit ist die Staatsanwaltschaft?«

»Um Gottes willen!« sagte Söhnlein. »Lassen Sie die Justiz aus dem Spiel. Sie würde eine Lawine lostreten, die wir nicht unter Kontrolle haben. Wir wollen es nicht gleich übertreiben.«

Nein, das wollte Anton wirklich nicht. Noch einmal würde er seine Karrierechancen nicht fahrlässig gefährden. Söhnlein kritisierte gewiß nicht zufällig, daß in diesem Fall »das Ministerium lausig gearbeitet« habe. Da deuteten sich personelle Konsequenzen an der Spitze an, nicht sofort, aber in absehbarer Zukunft.

»Ihren Rücktritt nehme ich selbstverständlich nicht an. Ich brauche Sie!« sagte Söhnlein.

Doch Anton verlor sich nicht in Gedanken an die Berufung zum Parlamentarischen Staatssekretär. Erst einmal hatte er Erholung verdient. Auf dem Rolltisch lag das schöne Buch »Golfparadiese der Welt«. Eine Karte steckte darin, »mit den besten Genesungswünschen« vom Kanzler persönlich. Noch mehr freute sich Anton über das Geschenk Antjes. Es war ein Gutschein für ein Wochenende zu zweit im Golfresort Bad Griesbach.

»Wenn du willst, fange ich auch an«, sagte Antje. »Damit ich dich nie mehr allein lassen muß.«

Anton sah ihr lange in die Augen.

»Was sagt Rolf dazu?«

»Rolf?!«

»Hast du ihm schon ...?«

Antje überfiel ihn wie eine fleischfressende Pflanze.

»Tönchen! Hast du die ganze Zeit geglaubt, es gibt Rolf wirklich? Es gibt schon lange keinen Rolf mehr. Hatte ich tatsächlich vergessen, dir das zu sagen? Vielleicht, weil du so einen Respekt hattest vor ihm.«

»Du hast Glück«, revanchierte sich Anton, als er wieder zu

Atem kam. »Andere Männer in meinem Alter suchen sich eine neue Frau. Ich häute mich nur – und behalte dich.«

Antje legte sich zu ihm, und als sie ihn schlafend glaubte, huschte sie leise aus dem Zimmer. Anton schaltete den Fernsehapparat ein. Es mußte jetzt nicht unbedingt ein Krimi sein; Göttlich hätte er gern gesehen, es war seine Zeit. Aber es lief eine Kulturdokumentation: Auf den Spuren der Pilgerväter. Gelegentlich kroch eine Schriftzeile über die Mattscheibe. »Die Sendung ›Göttlichs Talk‹ muß leider entfallen. Wir bitten um Ihr Verständnis.«

Anton hatte Verständnis, sicher war Göttlich auf den Bermudas irgend etwas dazwischengekommen. Er zappte noch ein wenig herum und entschied sich für ruhige Bilder von der Erde, aufgenommen aus dem Weltraum. Niemand quatschte dazwischen.

Anton fragte sich, ob er die ganze Geschichte nur geträumt hatte. Der Alptraum war vorüber. Eine glänzende Zukunft stand ihm bevor.

»Sodelle!« sagte Schwester Monika und schaltete das Gerät ab.

Es sah aus, als ob Anton schliefe.

»Schwester, ich finde es riecht«, sagte er.

Überrascht blieb die Schwester stehen.

»Es riecht?«

»Nach Kohlrouladen«, bestätigte Anton.

Schwester Monika ballte die Faust in seine Richtung; nur den Mittelfinger ballte sie nicht.